(N. Desjardins)

EN AVANT,
CALME ET DROIT

DU MÊME AUTEUR

L'EAU GRISE, *roman*, Plon, 1951, et Stock, 1986.
LES ORPHELINS D'AUTEUIL, *roman*, Plon, 1956, et Presses Pocket.
LE CORPS DE DIANE, *roman*, Julliard, 1957, et Presses Pocket.
LES CHIENS À FOUETTER, Julliard, 1957.
PORTRAIT D'UN INDIFFÉRENT, « Libelle », Fasquelle, 1957.
BLEU COMME LA NUIT, Grasset, 1958, et Livre de Poche.
UN PETIT BOURGEOIS, Grasset, 1963, Livre de Poche et « Cahiers rouges », 1983.
UNE HISTOIRE FRANÇAISE, Guilde du Livre, 1965 ; Grasset, 1966 (Grand Prix du Roman de l'Académie française), et Livre de Poche.
LE MAÎTRE DE MAISON, *roman*, Grasset, 1968, Plume d'Or du *Figaro littéraire*, et Livre de Poche.
LA CRÈVE ; *roman*, Grasset, 1970 (Prix Femina) et Livre de Poche.
ALLEMANDE, *roman*, Grasset, 1973, et Livre de Poche.
LETTRE À MON CHIEN, Gallimard, 1975, et Folio.
LETTRE OUVERTE À JACQUES CHIRAC, Albin Michel, 1977.
LE MUSÉE DE L'HOMME, Grasset, 1978, et Livre de Poche.
L'EMPIRE DES NUAGES, *roman*, Grasset, 1981, et Livre de Poche.
LA FÊTE DES PÈRES, *roman*, Grasset, 1986, et Livre de Poche.

Albums :
HÉBRIDES, avec photographies de Paul Strand, Guilde du Livre, 1962.
VIVE LA FRANCE, avec des photographies d'Henri Cartier-Bresson, Robert Laffont, 1970.
DU BOIS DONT ON FAIT LES VOSGES, avec des photographies de Patrick et Christiane Weisbecker, Le Chêne, 1978.
METZ LA FIDÈLE, avec des photographies de Jean-Luc Tartarin, Denoël/Serpenoise, 1982.

FRANÇOIS NOURISSIER
de l'Académie Goncourt

EN AVANT,
CALME ET DROIT

roman

BERNARD GRASSET

PARIS

IL A ÉTÉ TIRÉ DE CET OUVRAGE
VINGT-CINQ EXEMPLAIRES SUR
VÉLIN À LA CUVE DE RIVES DONT
QUINZE EXEMPLAIRES DE VENTE
NUMÉROTÉS 1 À 15 ET DIX HORS
COMMERCE NUMÉROTÉS HC I
À HC X CONSTITUANT L'ÉDITION
ORIGINALE

*A la mémoire de la jument Milady
et du commandant Gardefort.*

« En avant, calme et droit », avant de devenir la devise du Cercle hippique de France, dont j'eus en 1946 l'honneur de compter parmi les premiers membres, fut — ou aurait pu l'être sous cette forme — un des préceptes émis par le général L'Hotte (1825-1904), écuyer lorrain, né et mort à Lunéville, qui commanda l'Ecole de Saumur et fut l'un des grands cavaliers français.

F.N.

Paul Rodrigue Hector Vachaud d'Arcole ! La fanfare du nom de l'écuyer éclata pour moi dans sa splendeur et sa totalité le jour où, allant le chercher dans le nid d'hirondelle qu'il habitait, dont une fenêtre ouvrait sur la charpente et la pénombre du manège, je découvris la carte de visite jaunie, lourdement gravée, punaisée à la porte du logement. Diable ! Je n'appris que plus tard la genèse du nom. Quant aux prénoms, Paul appartenait au père de l'écuyer, mort pour la France, Rodrigue était tombé du calendrier, et Hector provenait d'une méprise de la toute récente Mme Vachaud. Elle avait mal entendu le souhait du poilu, admirateur de Victor Hugo : le téléphone grésillait, vers 1916, aux environs de Saint-Mihiel. Là-dessus un éclat de schrapnell avait décapité le sergent Vachaud, qui n'était plus là pour protester contre cet « Hector » incongru le jour où la naissance de son fils fut déclarée à l'état civil, dans les conditions confuses que je dirai.

Vachaud d'Arcole me mit à cheval à l'automne 1967. Les cinquante reprises que l'oncle Régis m'avait offertes en cadeau de Noël étaient supposées me donner « assez d'assiette pour monter au Bois dès le printemps ». Tel était le vœu de ma mère. J'avais treize ans. Au printemps, en fait de Bois, je dus affronter la sédition, ses fracas et ses larmoiements, pour me rendre sur le théâtre de ma nouvelle passion. Le manège des Gobelins perdait ses plâtres et ses tuiles au fond d'une impasse entre Monge et la Mouffe, sur les arrières de la rue Ortolan et de la rue de l'Epée-de-Bois. Lieux incertains, que je vous défie de reconnaître aujourd'hui qu'on y a bâti la Résidence Gracieuse, du studio au cinq-pièces, duplex et terrasses privatives, laquelle doit d'avoir été ainsi baptisée à une autre rue du quartier qui ne mérite pas son nom.

Né au printemps 1917, Vachaud d'Arcole était donc un enfant du miracle. Il venait de prendre la cinquantaine quand je le découvris, les joues creuses et les cheveux déjà blancs. Deux marques de couperose, aux pommettes, lui donnaient l'air tuberculeux et sa coiffure, malmenée par les chapeaux, toques, bombes, casquettes dont il faisait grand usage, révélait des poils follets et rebelles s'il lui arrivait, en selle au milieu du manège, les rênes longues, découragé par notre nullité, de se découvrir pour s'éponger le front.

Il portait encore beau. Ses traits étaient fins, presque trop, et ses yeux candides, d'un gris délavé, injectés parfois d'un peu de sang, ignoraient la duplicité. Vachaud d'Arcole, que dans l'ordinaire des jours nous n'appelions que « Monsieur Vachaud » — seuls les jumeaux Bermont, qui faisaient du genre, le traitaient en dieu de Saumur — apparaissait au premier abord comme un albinos sans âge, la voix éraillée d'un soûlaud à qui les calvas du matin ont raviné le gosier. Un quart de siècle à hurler des ordres à travers un manège, ça met à mal les cordes vocales. Plus tard on s'habituait au personnage. Nous le trouvions superbe, ce qu'il était.

Quand arriva le mois de mai, trente séances de tape-cul m'avaient aguerri. J'attrapais déjà les tics du manège, son langage, et n'eût été la vigilance de ma mère, j'aurais couru tout droit, chaque soir, du lycée aux Gobelins. L'odeur du sable et de la sciure imbibés de pissat et de crottin m'enivrait. J'étais devenu un fanatique de Monsieur Vachaud, de ses vestes de gabardine qui juponnaient avec grâce sur le troussequin de la selle, des grosses naïvetés dont ses yeux et ses questions nous poursuivaient, nous, les gamins et les gamines, dans ce style démodé qui me donnait l'illusion d'être un garçon d'avant 14. Erreur, nous étions en mai 1968, et je laisse à imaginer l'effet de chiffon rouge que pouvait produire, sur les manifestants de la rue Gay-Lussac, le passage à bicyclette d'un dadais en jodhpurs, sa bombe et sa cravache accrochées par deux tendeurs au porte-bagages. Je déposai bientôt ma tenue dans un placard du manège et, de Louis-le-Grand à la rue Ortolan, chaque jour, vers quatre heures, je me faufilais entre les barrages de C.R.S., les criailleries, les monômes, parfois quelques explosions de grenades lacrymogènes. Ne me voyant plus, ma mère me crut engagé dans la croisade des C.A.L.[1] et en frémit. Elle eût été rassurée si elle avait pu m'apercevoir, à l'affût à la tribune du manège, espérant que Monsieur Vachaud me laisserait monter — gratuitement ! — tel ou tel des chevaux les plus calmes, à qui l'inactivité forcée donnait des humeurs. Las, notre écuyer ne songeait guère aux chevaux. Il avait cru comprendre que les étudiants s'insurgeaient contre la satiété

1. C.A.L. : Comités d'action lycéens, sigle et organisation qui eurent leur heure de notoriété au printemps 1968.

et le manque d'âme de la comédie bourgeoise : il nous tenait des discours de boutefeu. « Les braves petits gars ! » criait-il à la cantonade pendant que Tonnerre, Mustang, Raphaël, Mousquetaire nous secouaient le bidon au trot assis. « Des Chouans ! Voilà ce qu'ils sont : des Chouans !... »

Ma mère eût été édifiée.

Mais je ne veux pas me laisser ici entraîner à raconter par le mauvais bout l'histoire de Vachaud d'Arcole. Aussi, sans plus attendre, sauterai-je quinze années pour en venir à cette rencontre, chez Lipp, un jour d'automne, d'un certain Joucayrol, un ancien des Gobelins lui aussi, à qui, ne disposant pas d'autre sujet de conversation, je demandai des nouvelles de l'écuyer, que je n'avais plus revu depuis mon départ de France quatre ou cinq ans auparavant.

— Le père Vachaud ? Tu ne sais pas ?

Je ne savais pas.

— Ah ! tu tombes vraiment du ciel, toi.

C'est ainsi, à la terrasse de la brasserie où nous attendions tous deux une table, puis au premier étage, où nous relégua la modestie de notre condition, après que nous eûmes décidé de déjeuner ensemble, que Joucayrol me raconta, par allusions, hypothèses, digressions et dans les lourds effluves d'un cassoulet, ce qu'il savait de la vie de Vachaud depuis que je l'avais perdu de vue.

Ces bribes me donnèrent envie d'en apprendre davantage, une tristesse étant tombée sur moi. Le mémoire qu'on va lire est né de cette tristesse et de cette curiosité

Eloi Bigeon était affligé de pieds plats. C'est en 1900 ou un peu plus tôt, tout à la fin de l'autre siècle, que lui naquit, à Saintes, Charente-Inférieure (elle n'était pas encore maritime), une petite fille qu'on baptisa Violette. M. Bigeon était huissier, ou premier clerc d'un notaire. En tout cas on lui donnait du « Maître ». Ouf ! Mme Bigeon, qui était fière, n'exerçait aucune profession.

Un frère vint après Violette, qui mourut, puis un second, Louis-Charles, qui ne disparut que passé quatre-vingts ans, mais gâteux, de sorte que nombre des renseignements qu'il était disposé à fournir en abondance étaient fantaisistes, ou si sarcastiques, haineux et sujets à caution qu'il serait malhonnête d'en faire état.

Enfance, adolescence : il n'existe aucune image de Violette. Les Bigeon allèrent vivre à Jonzac. C'est là que la guerre les surprit et les combla d'aise, le clerc de notaire étant patriote. Réformé, il était si honteux de son infirmité secrète, dont ricanait à Jonzac toute la rue de la République, qu'il encouragea Violette à correspondre avec une demi-douzaine de filleuls de guerre à qui l'on envoyait des colis. Le plus hardi d'entre eux, en juin 1916, profita d'une permission pour débarquer en Charente, se fit héberger, cajoler, et bascula Violette sur son lit de jeune fille un soir d'orage. Seuls les grondements

15

du tonnerre empêchèrent les Bigeon d'entendre les cris que poussa dès cette première nuit leur fille. Savoir-faire du sergent ? Nature heureuse d'un coup révélée par la moiteur de la nuit et les déchaînements du ciel ? Peu importe, il fut acquis désormais pour Mademoiselle Bigeon qu'elle était sensuelle. Trois mois après le retour au front du sergent, Violette dut desserrer son corset et se rendre aux arguments du médecin de famille : elle était enceinte. Elle avait seize ou dix-sept ans. C'était le creux de cette vague de souffrances et de mort qu'on appela plus tard bataille de Verdun. Le sergent Vachaud venait d'accrocher une deuxième palme à sa croix de guerre. Un héros. On n'allait pas chercher noise à un héros. Il ne pouvait qu'avoir de l'honneur. Maître Bigeon se découvrit des trésors d'ingéniosité et d'audace. Il traîna ses pieds plats, son asthme et Dieu sait encore quelles misères jusqu'aux bureaux militaires de Saint-Mihiel, retrouva le sergent, le plaça en face de ses responsabilités et arracha le mariage. On voyait une drôle de lueur dans l'œil de Vachaud. La permission salvatrice se faisant attendre — ce pékin de Bigeon avait chauffé les oreilles d'un officier bravache —, le clerc de notaire entraîna sa fille, avec son ventre de sept mois, jusqu'au bord des tranchées et bâcla là des noces étranges, dans les roulements de l'artillerie et la boue de la « Voie sacrée ». On ne sait rien, sinon les lambeaux d'une légende familiale enterrée en 1976 avec son héroïne, sur cet épisode matrimonial dont les suites furent d'abord charmantes : Violette, épuisée, accoucha d'un garçon prématuré dans un hôpital militaire, « en plein champ de bataille », répéta longtemps Maître Bigeon. Tout se gâcha ensuite. Paul Vachaud ne put venir au chevet de l'accouchée et un éclat de 77 le mit à mal en avril. Il ne resta de son intervention dans la naissance du futur écuyer qu'un premier prénom, Paul, le troisième, Hector, qui devint le premier, étant, on s'en souvient, le fruit des crépitements dans un téléphone et d'une passion pour Victor Hugo.

Dès qu'on put transporter le nouveau-né, Violette fut rapatriée à Jonzac, où les langues étaient allées bon train. Les médisants furent désarmés par une telle accumulation de malheurs : un prématuré orphelin, une veuve de dix-sept ans. Les Bigeon, auréolés de l'expédition et du mariage à Verdun, devinrent des personnalités locales. Violette, recluse, prit en grippe le babichou et découvrit, elle qui avait à peine connu l'homme, l'horreur de dormir seule. Encore quelques mois et ce fut l'armistice.

On connaît mieux l'apparence de la jeune veuve Vachaud que celle de la petite fille qu'elle avait été, grâce à deux ou trois portraits photographiques dus à des artistes de Jonzac, puis de Paris, où en 1921 Violette vint conclure une intrigue nouée l'été 1920 sur la plage de Saint-Palais. Elle semble avoir été à cette époque une fausse maigre à la poitrine orgueilleuse, aux yeux pâles sous des cheveux noirs qu'elle n'avait pas fait couper malgré la mode alors triomphante. Peut-être sont-ce ces bandeaux romantiques qui lui valurent de séduire le quadragénaire parisien — pantalon blanc, bretelles, moustache — qui avait renvoyé dix fois le ballon que le petit Hector s'obstinait à lui jeter dans les jambes. On échangea des sourires, quelques mots. Cette relation de vacances devint bientôt un mariage de veufs : la grippe espagnole venait d'emporter l'épouse de Roger Guignebert.

Surabondante, la veuve de guerre n'avait pas la cote sur le marché sentimental au début des années vingt, et moins encore la veuve avec enfant. Aussi Violette dut-elle considérer qu'elle avait eu de la chance de décrocher un homme. C'était faire peu de confiance à sa beauté, qui était flatteuse, ce dont elle ne prit hélas conscience qu'à Paris, au bout de quelques mois, quand d'innombrables messieurs l'eurent suivie dans les rues en lui soufflant des propos sales.

Elle avait glissé à l'habitude, à peine était-elle devenue Madame Guignebert, de fuir le magasin de la rue d'Arcole, entre Notre-Dame et l'Hôtel-de-Ville, où son mari tenait commerce de chaussures. A Saint-Palais, il avait dit « bottier ». Le mot se murmurait avec des sous-entendus d'élégance, d'Angleterre. C'était, au vrai, une boutique ordinaire, où le quartier se fournissait en solides escarpins, en bottines à lacets comme en portaient alors les hommes, en charentaises. (Elle détestait quand son mari, jouant sur les mots et la flattant de la main, l'appelait « ma petite Charentaise »...) Régnait rue d'Arcole une certaine Mademoiselle Andrée, qui se prétendait « première vendeuse » bien qu'elle fût la seule et serrait dans son sarrau noir des seins coléreux. Elle avait, d'évidence, espéré jeter le grappin sur le veuf. Aussi accueillit-elle mal cette gamine aux yeux d'eau, nimbée de gloire guerrière, qui empilait avec répugnance contre sa poitrine les boîtes de carton blanc et, quand elle les avait posées au sol et ouvertes, se penchait avec plus de répugnance encore sur les aigres chaussettes, les odeurs douteuses.

L'appartement des Guignebert était situé à l'entresol. On y accédait par l'escalier de l'immeuble ou par un colimaçon dans l'arrière-boutique. Violette rêva deux ans de condamner le colimaçon et d'emménager au cinquième étage, d'où sans même se pencher on apercevait la tour Saint-Jacques et, en se penchant, Notre-Dame.

18

C'eût été une espèce d'hommage au cher Victor Hugo et à travers lui au sergent Vachaud, dont le portrait orné de sa croix de guerre était accroché, compromis acceptable, non pas au salon mais dans la chambre d'Hector. Violette l'idéalisait, Vachaud : afin d'en conserver une belle image, elle rompit bientôt avec Vachaud père, qui était fonctionnaire des postes, et avec sa belle-mère, dentellière à L'Isle-sur-Serein. Elle n'en pouvait plus de tous ces napperons et des empiècements dont elle ornait ses combinaisons. Bientôt Violette oublia que le sergent, survivant et démobilisé, fût redevenu chef de rayon à la Belle Jardinière. Elle en fit « un militaire », sans préciser, ajoutant seulement : « de carrière ». Elle ne promut lieutenant le sergent Vachaud qu'en 1923.

Quand elle eut compris que jamais son mari n'abandonnerait l'entresol pour le cinquième, Violette prit en grippe le colimaçon. « On se croirait dans un roman de Zola », soupirait-elle en contemplant la spirale de fonte. Autour d'elle s'entassaient en désordre les boîtes de richelieus, de nus-pieds, de bottillons que Mademoiselle Andrée n'avait pas eu le temps de ranger. Un fort parfum de hâte et de femme mal tenue empestait l'arrière-boutique. Guignebert ouvrait de grands yeux. Zola ? Violette haussait les épaules. Il y avait aussi les nuits. En somme, Roger l'avait eue jeune fille, malgré Hector et le sergent. Mais il l'avait traitée comme on traite une femme qui a vécu ! Rudoyée, presque. On aurait dit qu'il en voulait à Violette de n'avoir pas été le premier. Hector grandissait. Violette craignait d'enlaidir. Elle descendit de moins en moins au magasin. Ou très lentement, à regret. Le colimaçon lui donnait des vertiges. En vérité, elle était plus jolie que jamais et les hommes avaient bien raison, qui lui emboîtaient le pas sur les quais et s'approchaient d'elle en soulevant leur chapeau.

On mit Hector à l'école de la rue Saint-Louis-en-l'Ile, en attendant le lycée Charlemagne. Dès 1926, comme il était posé, on le laissa aller seul en classe. Il empruntait le quai aux Fleurs et le pont Saint-Louis. Arrivé là, désobéissant en cela à Violette, il suivait le quai d'Orléans, puis le quai de Béthune, dont les façades nobles, les portes cochères, le silence lui apprirent un autre goût de la vie. Sa mère, qui allait souvent rêvasser le long des parapets de la Seine, avait peut-être espéré que le génie des lieux soufflerait sur l'âme de son petit garçon. Ce n'était pas aussi clair dans sa tête, bien sûr. Elle s'arrangeait pour être en avance quand, à quatre heures, elle allait l'attendre devant l'école. Elle laissait ses yeux se perdre dans les reflets de l'eau, sur les nuages qui passaient aux carreaux des hautes fenêtres de l'île, et toutes ces lumières mouvantes lui donnaient la nostalgie de vies inaccessibles. « Hector, lui… », murmurait-elle. Le médecin-major l'avait charcutée, dans cet hôpital du front, forcément, une femme, il avait perdu l'habitude, et plus jamais elle ne pourrait avoir d'enfant. Elle avait longtemps hésité à l'avouer à Roger, qu'elle craignait de perdre. Au lieu de quoi il avait paru plutôt rassuré. Après cela, il l'empêcha de plus en plus souvent de dormir.

La crise s'abattit sur la chaussure sans trop affecter la rue d'Arcole. Le couple Guignebert prit le tournant des années trente dans un silence qui s'épaississait. Comme il arrive aux petites gens, les incertitudes morales se traduisirent chez eux en atteintes physiques. Cette fois Violette enlaidit, mais s'en rendit-elle compte ? Roger, lui, devint gourmand. Il commença, en prenant du poids, à ressembler à un Français de son temps. Sur la plage de Saint-Palais, Violette lui avait trouvé l'air américain. A elle, qui avait toujours eu la gorge opulente, l'âge vint par là, avec ces seins de caissière qui tendaient la robe, laquelle, à partir des tétons, tombait droit. Il y avait aussi ses essoufflements, sa façon de trottiner quand elle était pressée. Parfois elle surprenait, posé sur elle, le regard bleu d'Hector et se demandait ce qu'il avait dans la tête. « A quoi pense-t-il ? »

L'âge ingrat n'avait pas altéré le charme du garçon. Jamais un point noir n'offensait sa peau, ni un fou rire sa gaieté. Son seul désespoir : il rougissait pour trois fois rien. A Charlemagne, il parvenait à passer d'une classe à l'autre sans se faire remarquer. Il étonna son professeur de français en répondant à l'éternel « que font vos parents ? » : « Ils vendent des godasses. » Ce fut le mot qu'il employa : godasses. Il ne lui vint que plus tard l'intuition qu'il eût tiré meilleur parti de la question, qui était amicale, en évoquant, ce qui après tout eût été vrai, un père tué à la guerre. La boutique, qu'à son usage personnel il avait rebaptisée « Aux pompes d'Arcole », en eût été gommée. Mais un vertige du pire le précipitait au plus vif de ce qui le blessait. Le prof fit une moue et rendit au gamin, sans ajouter un mot, la rédaction où il avait cru entendre battre les ailes d'un ange. A la sortie, Hector l'attendit, dans l'intention d'inventer un mensonge intéressant afin d'orner la vérité qu'il était décidé à rétablir. Depuis le temps, le sergent Vachaud était au moins passé capitaine. Mais le prof, échaudé, s'esquiva avec des collègues.

Guignebert était le meilleur des hommes. On ne pouvait pas lui reprocher ses box-calf, ses maroquins, ses crocodiles, non plus que les palettes aux lentilles et les guignolet-kirsch qui lui prodiguaient leur tendresse. Entre les silences oppressés de Violette et la perpétuelle dérobade du gosse, il lui arrivait de ne plus savoir par quel bout prendre la vie. Il tâta de la politique. Les extrêmes le fascinaient. Des indignations, des élans vagues lui portaient les larmes aux yeux. A ses côtés, familière et insondable, Violette était elle aussi traversée de tentations, de nostalgies informes et lancinantes. Hector n'aimait pas cette impression, dans l'entresol de la rue d'Arcole, de déjeuner entre deux grands blessés. Muets, de surcroît. Le jour où son beau-père glissa du côté des Ligues, de la Cagoule, Hector flirta avec l'Internationale. Il avait seize ans.

L'avant-veille de la Noël 1933, comme il revenait de Moussey, en Moselle, où il était allé chez un fournisseur solliciter un report d'échéance, Guignebert se trouva dans ce train qui dérailla du côté de Lagny. De la plus grande catastrophe de chemin de fer jamais survenue en France il se rappela le vacarme, les cris et, alors qu'il était assis, hébété, sur un talus, la tête saignante et bandée, les grues dressées dans la nuit et la lumière bleue des chalumeaux.

Six semaines plus tard, au soir du 6 février 1934, Roger Guignebert croisait bien entendu du côté de la Concorde. Il cria très fort, courut aussi vite que le lui permettaient ses quatre-vingt-quinze kilos et sombra dans un tintamarre étoilé. Il n'en sortit que passé minuit, la tête une nouvelle fois bandée, allongé sur la banquette d'un bistrot de la rue Saint-Honoré. Des amis Croix-de-Feu le ramenèrent à l'aube rue d'Arcole, où ricanait Hector. Violette fut parfaite. On ne sut jamais ce qui avait assommé Guignebert : boulon ? Coup de plat de sabre ? Il y eut des traites impayées au magasin. Mademoiselle Andrée, qui forçait sur la chartreuse, avait du mal à tenir la barre.

Les nerfs de Violette craquèrent. Son mari allait et venait entre la boutique et l'entresol comme un homme à côté de qui la mort s'est assise. Il répondait à peine quand on lui adressait la parole. Le médecin parla de choc, du cœur et d'une cure à Royat. Guignebert, lardé de piqûres, parut aller mieux. Violette en profita, ainsi que du départ d'Hector pour son camp de Routiers (le balancier adolescent l'avait ramené en six mois de la faucille et du marteau à la croix scoute), pour aller embrasser son père en Charente : il fêtait ses soixante-quinze ans et la réclamait. Jamais elle n'aurait osé laisser son époux et son fils en tête-à-tête. Quand elle revint, le dimanche matin, après avoir passé la nuit dans le train, elle trouva Roger au lit, ses lunettes sur le nez, l'*Ordre* chiffonné sur sa poitrine, la lampe de chevet allumée. Il était paisible, mais froid. Elle poussa un grand cri et, les cloches de Notre-Dame sonnant la messe, comprit qu'elle était seule. Trente-six ans, deux fois veuve, un commerce qui battait de l'aile : la vie ne l'avait pas gâtée. Oui, si seule. Son père perdait le sens ; sa mère était enterrée depuis cinq ans ; Hector en culotte courte et grand chapeau marchait quelque part du côté de Villedieu-les-Poêles et elle ne trouvait, elle, nulle amie qu'elle pût appeler, nulle main à serrer. Ces vingt dernières années avaient passé dans le délaissement affreux où vivent les petits-bourgeois.

Violette écarta un peu le rideau : le soleil levant claquait sur la façade de l'Hôtel-Dieu. Elle s'assit dans le crapaud dont s'amusait Guignebert, qui, pensant à son énorme postérieur, trouvait le petit fauteuil si fragile. Elle se demanda si les voisins du dessus avaient entendu ce cri absurde qui lui avait échappé. Mais non, rien, aucun murmure ne troublait le silence dominical. Dans la pénombre, Roger pouvait passer pour un personnage de cire. Violette pensa qu'elle devrait « lui fermer les yeux », mais pour cela il faudrait commencer par retirer les lunettes, défroisser le journal et enchaîner ensuite, l'un après l'autre, tous les gestes dont on entoure les morts. Qui l'aiderait ? Qui avertir ? Hector présent, Violette ne lui eût pas ouvert la porte de la chambre avant que tout ne fût terminé. Le corps de Guignebert n'était pas l'affaire du garçon, ce grand corps trop lourd auquel elle avait fini par s'habituer. Ah ! les corps, cela aussi… « Il est bel homme », disait-on chez les Bigeon, les Vachaud, les Guignebert, chez tous les gens de leur sorte, devant un bâfreur que l'obésité menace. En revanche, jamais une femme n'était mince : elle était maigre, ou poitrinaire, ou fluette, ou n'inspirait pas confiance. Les gens de l'immeuble ? Bonjour-bonsoir, on se connaissait à peine. Alors, leur flanquer un cadavre sur les bras… Violette finit par penser à appeler le Dr Daudilleau, celui qui avait conseillé moins de sauces, et Royat. Mais elle attendit encore un moment avant de se lever. Jamais Roger n'avait voulu d'un poste à l'appartement. Le téléphone était en bas, dans la boutique. Elle avait honte de déranger le médecin — elle pensait : « le docteur » — un dimanche matin pour lui annoncer la mort d'un de ses patients.

Elle avait crié, oui, mais les yeux restaient secs.

Il est temps de replacer Hector au premier plan. Quand meurt son beau-père, l'été 1934, il est âgé de dix-sept ans. Il se trouve donc échoué aux basses eaux de la

24

vie. Deux aventures lui sont arrivées pendant que nous avions détourné les yeux de lui. La première, déjà ancienne, date de 1931-1932 : Hector a commencé de mépriser sa mère. Non seulement il a honte de la rue d'Arcole, des godasses, du grand-père planqué, du beau-père obèse, mais, très précisément, il en veut à sa mère. Il lui en veut d'avoir épousé Guignebert, démérité du héros, et de s'accroupir aux pieds d'inconnus pour lacer leurs chaussures. Ah ! ce geste, des deux mains vers le ciel, pour tirer les lacets... Seule Mademoiselle Andrée, dont la puissante amertume fait aux révoltes comme une saumure, trouve grâce à ses yeux. Lui qui fuit le terrier Guignebert, il passe de longs moments dans l'arrière-boutique à échanger avec la vendeuse des sujets d'indignation.

La seconde aventure est récente : deux camarades des Routiers l'ont pressé de commencer sa P.M.[1] Puisqu'il pense bien, il doit faire en sorte que l'Armée Française ne tombe pas aux mains des voyous. Il y a plus d'un an maintenant qu'Hector n'est plus pacifiste, ni socialiste. L'influence de la Troupe scoute, où règnent un chic esprit et un aumônier du style moine-soldat, n'a pas été pour peu dans l'évolution du garçon — « ton itinéraire », dit le père Vousseaume — vers le nationalisme et les traditions. Qui dit P.M. dit escrime, équitation. Les armes embêtent Hector, qui n'est pas vif, mais les chevaux l'ont bouleversé. Par un colonel ami de l'aumônier, les garçons de la Troupe ont obtenu le privilège d'aller monter, à la caserne des Célestins, les chevaux de la Garde. Le sous-off qui dirige leurs reprises, un rou-

---

1. « P.M. » : Préparation militaire. Entraînement volontaire que suivaient souvent les jeunes gens de la bourgeoisie, qui faciliterait, lors de leur appel, leur accession au rang d'officier.

geaud aux sarcasmes et à la brutalité légendaires, n'a pas du tout terrorisé Hector. Maigre, léger, la cuisse plate, ne rendant jamais son eau dans le pire effort, Hector a révélé des dispositions. Il a tout de suite compris cette mollesse des reins, cette souplesse faussement abandonnée qu'il faut apprendre à pratiquer tout en serrant les genoux. Hélas, les leggings dodues et brillantes que lui a passées le père Vousseaume lui font la jambe imprécise. Un vrai mollet de gendarme. Le sous-off lui a par chance trouvé dès la troisième reprise, chez le magasinier, une paire de houseaux de cuir, patinés, qui simulent à merveille la tige droite et le tube plat des bottes. A dix pas on s'y tromperait. Tout cela date des alentours du dernier Noël. Hector a vécu l'hiver et le printemps dans l'ivresse. Quand arrive l'été, il se débrouille en selle mieux que tous ses camarades. Le sous-off lui a confié la reprise pendant dix minutes un jour que le capitaine l'avait convoqué d'urgence.

Hector avait craint que la rue d'Arcole n'accueillît mal cette affaire de P.M., de salle d'armes et de manège. « Il ne faut pas péter plus haut que son trou », aurait pu décréter, sans appel, le marchand de chaussures. C'était mal comprendre les chimères qui crachaient leurs flammes tricolores dans la tête des Guignebert. Si le petit s'engageait enfin dans la bonne voie, il fallait l'y pousser. Tous les patriotes à vaste béret et brochette de décorations que retrouvait Guignebert le dimanche matin le féliciteraient d'avoir un garçon dans les bonnes idées. (Brave homme, il faisait passer Hector pour son fils.) Quant à Violette, qui depuis peu avait été en premières noces l'épouse d'un commandant, peut-être même d'un aviateur, sans doute vit-elle dans les nouvelles fréquentations de son fils l'occasion et le moyen d'une ascension sociale. La Troupe scoute, la préparation militaire, ce père Vousseaume qui avait un nez de seigneur, maintenant « le cheval » : tout cela lui parut de bon augure. Elle s'imagina, en capeline, au bord d'un terrain où Hector, monté sur un coursier blanc, survolerait des obstacles d'une folle élégance. Dans *Confidences*, magazine dont commençait la vogue, on lisait de quoi alimenter ces rêves, où le jeune amant portait souvent, à la Pierre Fresnay, une culotte de cheval coupée à vous disloquer le cœur. Hector fut un peu bien étonné du succès de sa tentative, mais écartant les soupçons que ce succès nourrissait, il s'abandonna au plaisir d'aimer enfin quelque chose. L'auteur de ces lignes, ayant connu trente-quatre ans plus tard pareille jubilation, peut concevoir celle d'Hector et en écrire savamment.

En somme, presque dans le même temps, qui était ce temps avili et fiévreux des adolescences, Hector fut habité par de vilains sentiments, puis par d'autres, plus subtils et singuliers, qui auraient pu devenir les antidotes des premiers. On verra qu'il n'en fut rien. Nous n'en sommes pas là. Pour l'instant, Violette Guignebert, qu'un médecin, un prêtre et de pieuses femmes ont visitée, a réoccupé son identité de veuve de guerre. Elle a déclaré que Roger Guignebert « avait été gazé », mensonge qui a permis à l'embolie dont est mort son second époux d'entrer dans la zone de lumière glorieuse où trônait déjà le destin du premier. Violette a beau être inconnue de sa paroisse — « Nous sommes croyants, mais je ne pratique plus » —, elle cumule les qualités de commerçante du quartier et de femme de héros. En outre, le premier vicaire avait aperçu le défunt dans un défilé devant la statue de Jeanne d'Arc, et le jeune Vachaud, son beau-fils, était « un des garçons du père Vousseaume ». C'en était assez pour qu'on entourât Violette de prévenances.

Le vicaire se chargea de joindre l'aumônier de la Troupe et de le mettre au courant, afin que ce dernier pût avertir Hector avec des ménagements. Des coups de téléphone furent échangés entre des presbytères, des châteaux, enfin avec un amiral en retraite dans le parc de qui la Troupe semblait avoir planté ses tentes. C'était une erreur. L'amiral se révéla être un officier de cavalerie, le colonel-baron de La Houlette, qui avait monté des obstacles sur la pelouse, devant son manoir, et transformé, à l'instigation d'Hector et avec la complicité de Vousseaume, autre fine cravache, le camp routier en stage d'équitation. Le Cotentin n'avait-il pas été choisi cet été-là par l'abbé et le chef de troupe afin de combler la passion d'Hector et de ses camarades ? On voyait, du côté de Saint-Lô, entre les haies vives, de placides alezans qui laissaient les garçons faire à leurs dépens des « à terre-à cheval » sans s'émouvoir outre mesure. Là-dessus le père aumônier avait dévoilé ses batteries et mené la troupe chez son vieil ami La Houlette : un triomphe ! Il était, ce Vousseaume, sous la soutane, un meneur d'hommes. La Houlette, qui se morfondait dans sa retraite entre une demi-douzaine d'anglo-normands et une souillon insatiable, accueillit Vousseaume et ses routiers avec allégresse. Il y eut de petits concours, avec pour obstacles des crayons posés sur deux bûches que les grands chevaux sautaient sans paraître les remarquer, des leçons pratiques d'hippologie et de pansage, des feux de camp, des chants. La Houlette était intarissable sur les coups de main vendéens. Il apprit aux garçons *Prends ton fusil, Grégoire* et les emmena chez des métayers qui l'appelaient « Not' maître » avec des airs en dessous. Hector ne touchait plus terre.

Quand l'abbé le prit à part et s'assit à côté de lui sur un tronc d'arbre comme s'il eût voulu l'entendre en confession (il était un adepte de ces pénitences champêtres et à la housarde), Hector s'apprêta pour une catastrophe. Vousseaume lui annonça la mort de Guignebert et le garçon eut le plus grand mal à empêcher son visage de s'éclairer ; il le pencha pour cacher le sourire qui risquait de lui tordre la bouche. L'abbé l'observait et soupira. Ces remariages, les mères fussent-elles veuves, froissent les âmes. La seconde pensée d'Hector fut : « Enfin ! » Il détestait son beau-père, d'une détestation industrieuse, vigilante, qui ne pardonnait rien. L'abbé le laissa digérer la nouvelle — elle paraissait passer plutôt bien — et expliqua à Hector que le train du soir, à Coutances, lui permettrait d'assister le lendemain aux obsèques. Les obsèques, Hector n'y avait pas pensé. Partir ? Des larmes de rage, à défaut de chagrin, lui mouillèrent les yeux. Depuis dix jours qu'avait commencé le camp il était heureux, pour la première fois de sa vie. On n'allait pas lui voler cela ? Il bredouilla des confidences confuses d'où il ressortait que cet homme, le mort, lui avait gâché l'affection de sa mère, etc.

— Quel âge avais-tu, mon garçon, quand Madame ta mère s'est remariée ?

— Six ans. Non, cinq...

— Pas de frère ni de sœur, n'est-ce pas ? Cet homme t'a donc élevé comme son fils ?

L'abbé Vousseaume commençait à trouver ce pleurnicheur un peu comédien. Il le rudoya selon les pures traditions de l'institution militaire, puis le caressa selon celles de la Compagnie de Jésus, à laquelle hélas il n'appartenait pas, le tout dans un emballage de fermeté froide qui lui donnait une flatteuse idée de sa science des cœurs. Hector se sécha les yeux. A ce moment survint le chef de troupe, un polytechnicien monté en graine. Il usa des formules « à hauteur d'homme », « complétude humaine », « devoir d'état », puis, pratique, dit à Hector qu'il le mènerait à la gare de Coutances sur le tansad de sa moto. « Sois prêt dans une heure, conclut-il, et n'oublie pas de prendre congé du baron. »

C'est dans le train, où il ne retrouvait pas le sommeil après avoir été éveillé par une sonnerie en gare de Caen, qu'Hector, exalté par la solitude, la nuit et le retour fracassant de la mort, cette fidèle compagne des Vachaud, se livra à ce que l'abbé lui avait appris à nommer « un bilan sans complaisance ».

Sans complaisance ? Il n'en était pas besoin pour constater que sa mère et lui n'étaient pas nés sur le versant ensoleillé du monde. Le manoir de La Houlette, les demi-sang trottant à l'aube dans la prairie, avec cette allure nonchalante que prennent en liberté les chevaux bien mis, les chênes au tronc desquels le baron prétendait voir les traces des balles républicaines qui avaient assassiné son trisaïeul, tout cela étourdissait Hector. On venait de l'arracher aux fleurs et aux musiques de la vie. Le chef de troupe, avec ses cuisses velues et son chapeau accroché dans le cou par la jugulaire, tenue qui faisait rigoler les cheminots, n'avait pas voulu laisser Hector attendre seul. Assis sur un banc, dans l'ombre déjà tombée, il lui avait posé des questions viriles et délicates, mais avec le rien de condescendance de l'héritier d'une dynastie d'X et de normaliens pour ces afflictions de boutiquier. Du moins fut-ce l'impression que ressentit Hector. Quand le train entra en gare, il n'eut aucun mal à tirer de lui un au revoir sobre et bref. Au point que le polytechnicien le gratifia aussitôt d'un cœur sec.

Assis dans un compartiment de seconde classe (en troupe, les scouts voyageaient en troisième ; seul, nuitamment et sous le coup d'un deuil, Hector avait eu droit à la seconde), le garçon laissa ses yeux s'habituer à la pénombre bleue de la veilleuse. Il distingua bientôt un couple assis en face de lui et il lui sembla que la forme allongée à sa droite, la tête vers la fenêtre et les pieds non loin de sa jambe, était celle d'une jeune personne. Tous ses sens aussitôt aux aguets, il scruta la silhouette sinueuse, huma l'air raréfié du compartiment : s'il s'agissait d'une jeune personne, quelque tache claire, quelque parfum devaient lui en révéler davantage. Il crut deviner une jupe plissée, un genou brillant. Le brillant devait être celui du bas. Une femme ? Assommé par cette hypothèse, Hector s'assoupit.

Les sonneries qui traversaient en ces années-là le silence nocturne des gares étaient, au choix, grêles, lugubres ou interminables. Le professeur de français d'Hector, celui qu'intéressait la « profession du père », avait mis en garde ses élèves de première contre les facilités du style, et, aux classiques prairies plantées de chênes séculaires, il avait préféré, esprit paradoxal, les sonneries des gares. Hector se souvint de l'exemple mais n'en regretta pas moins son rêve interrompu. Un rêve ? La lumière vague qui provenait de la fenêtre lui apprit, sans erreur possible, que sa voisine était un oisillon du sexe, en jupe marine, comme toujours les collégiennes catholiques, plongée dans un sommeil que de fréquents mouvements révélaient incertain. Hector n'avait pas rêvé.

Il se rappela l'amphi sur la pureté que leur avait placé l'abbé, par surprise, autour du feu, trois jours auparavant. Vousseaume avait glissé adroitement sur les plaisirs solitaires, l'expérience lui ayant appris que les gloussements ne sont jamais favorables à l'« écoute fervente » — tel était son style — qu'il exigeait de son auditoire. Il s'était en revanche étendu sur le danger qu'il y a (pour elles...) à provoquer le trouble des jeunes filles. « Ce qu'elles vous refusent, avait-il dit, elles l'accorderont demain à un autre... » « Chic ! avait murmuré Loutrel à l'oreille d'Hector, tu me les prépareras. » Comme ils regagnaient les tentes, Chevillon avait estimé que « le jus du père sur la pureté, c'était chiadé ». Mais on voyait mal, avec son pif et son front criblés de furoncles, quelle jeune fille Chevillon eût troublée, même s'il prétendait mener de folles intrigues aux leçons de danse, toujours nouées au moment du tango que la tapeuse martelait avec une sensualité envoûtante. Il avait semblé à Hector que le baron de La Houlette, plus sceptique, souriait dans sa moustache aux développements de l'aumônier.

A dix-sept ans, Hector était puceau. Sans doute moins travaillé par le désir qu'il n'était convenable de le prétendre, au lycée, lors des conversations de la cour des grands, il professait une modestie rare. Il tenait pour rien, ou presque rien, quelques jupes troussées, trois ou quatre corsages entrouverts, et ces entremêlements de langues dont les fillettes, à la fin des sauteries, n'étaient pas avares. Au reste, Hector n'aimait pas danser. Non plus que les demoiselles du manège de Neuilly où il se rendait chaque jeudi depuis avril. Parmi elles, le grand genre, c'était la camaraderie, les yeux limpides. Les plus délurées étaient toujours des cavalières confirmées et il lui restait des progrès à faire pour les intéresser. Une ou deux d'entre elles, dans la touffeur de juin, à la recherche d'un danseur pour le samedi suivant, lui avaient fait des avances. Mais ses chances resteraient faibles tant qu'il porterait cette culotte mollassonne et les houseaux du magasinier des Célestins. Quant aux progrès, il ambitionnait d'être accepté l'an prochain dans la reprise des « forts », celle du mercredi soir, où tous les cavaliers portaient des bombes, des vestes noires ou pied-de-poule coupées par Talon, et certains garçons des cravates de piqué blanc, voire des bottes à revers fauve, très chasse à courre.

Un mercredi sur deux Hector inventait un « carrefour » à la paroisse ou à la Troupe pour éviter de rentrer dîner rue d'Arcole, et il s'embusquait à la tribune du manège, les yeux lui tombant de la tête. Dans la pénombre il voyait passer au trot majestueux de Mirabelle, un mètre sous lui, Mlle de Pléméneuf, dont la gorge tendait adorablement la veste très cintrée. « En octobre ! se jurait Hector. En octobre, j'intégrerai à la reprise du mercredi... » A la P.M. il cachait les heures passées à Neuilly, et au manège il ne soufflait mot des terribles reprises des Célestins, de telle sorte que tout le monde s'émerveillait — sans le lui dire — des progrès qu'il accomplissait. Les dix jours qu'avait duré pour lui le camp, il avait sauté à cru sur tous les canassons aperçus derrière les barrières. Il les bourrait de coups de talon pour les jeter au galop et assurer son assiette. Il en avait les fesses meurtries. Mais les muscles de ses cuisses — il les tâtait dans la nuit : du fer.

L'aumônier parlait toujours de la tentation, et de troubler les filles, comme si rien n'était plus facile que de pécher. Ce qui frappait au contraire Hector, c'était à quel point la vertu et l'ordre avaient la vie dure. Ne cédaient que les filles qui le voulaient bien, quand elles ne prenaient pas l'initiative ! D'où l'excellent calcul que représentait, à parler vrai, la fameuse « pureté » : en la pratiquant, on se drapait à bon compte dans la morale. C'est la luxure qui eût exigé des trésors d'imagination et d'opiniâtreté dont Hector se savait dépourvu. Sans parler de l'élégance vestimentaire, de l'argent de poche, de la désinvolture, privilèges plus rares encore.

Avec un soupir, Hector fouilla donc, à tâtons, dans

une des poches de son sac à dos et il en sortit les deux volumes que le père Vousseaume y avait glissés avant de lui donner l'accolade : un Pascal et un Psichari. *Les Pensées*, bien sûr, et les *Lettres du centurion*, réputées exalter les âmes situées à mi-chemin du sabre et du goupillon, lieu géométrique des ambitions spirituelles de l'aumônier. Il n'était pas question, dans ce four, d'en lire une ligne, mais sa main posée sur les livres apaisait Hector. Un mouvement de sa voisine quand le train, dans un hoquet de ferraille, se remit en route, et le garçon eut sous la main, au lieu de Psichari, une cheville soyeuse. Son cœur s'affola. Surprise : la jambe était nue. Ni bas, ni socquettes. S'agissait-il d'une enfant ? Nulle jeune fille en âge d'être convoitée et en situation de voyager en seconde classe ne se fût aventurée dans le train Coutances-Paris, en 1934, sans porter de bas. Hector tenta de percer l'obscurité, de deviner l'âge et la condition du couple assis en face de lui, puisque, en bonne logique, il devait s'agir des parents de l'endormie. Se fût-elle abandonnée ainsi au sommeil si elle ne s'était pas sentie protégée ? Mais ils dormaient, eux aussi, d'un sommeil décent, retenu, sans spasmes ni ronflements, et il était difficile de se faire d'eux une idée.

Hector crispa la main sur la cheville douce sans qu'aucun mouvement de défense le repoussât. La nuque appuyée au dossier, les yeux fermés, écoutant le sang lui battre aux oreilles, il eut quand même, malgré ce trou qui se creusait en lui, la gloriole de se trouver plus fougueux que Julien Sorel. Il venait de lire *le Rouge et le Noir*. Loutrel et lui avaient débattu cette grave question : auraient-ils, eux, été aussi godiches que Julien pour s'emparer de la main de Mme de Rênal ? Eh bien, il tenait sa réponse. Un pied, et nu, et dans la nuit ! Sa victoire avait une autre saveur.

Ce qui se passa ensuite, ou ne se passa pas, dans le compartiment bringuebalant, appartient pour beaucoup au domaine des songes. Hector glissait d'une veille ardente au demi-sommeil, puis en sursaut retrouvait son audace. Sa main avait caressé le galbe du mollet, était remontée jusqu'à ce sillon un peu moite, à la pliure de la jambe, sous le genou, qui s'appelle le creux poplité. Là, longtemps immobile, sans qu'Hector sût si le flux de sang qu'il sentait sous ses doigts lui appartenait, ou à sa voisine, comme s'il eût découvert une façon plus secrète de lui prendre le pouls, sa main se détendit, de l'index écarta la jupe, s'arrêta. La dormeuse à ce moment soupira et changea de position, de sorte que les doigts du garçon se retrouvèrent allongés au tendre de la cuisse. Il n'était pas possible qu'elle ne se rendît compte de rien ! Hector était vaguement horrifié. Quelles caresses la jeune fille, selon la théorie de l'abbé, avait-elle repoussées dans une autre nuit pour lui permettre celle-ci aujourd'hui en feignant le sommeil ? Car elle feignait, il en était sûr. Il pensa à Loutrel : « Tu me les prépareras... » Son sexe, gorgé de sang, lui faisait mal. Un dégoût chaud lui donnait le sentiment d'être parvenu au bord d'un mystère longtemps désiré, à sa portée maintenant, et qui ressemblait à ses rêves. Des rêves, cette peau si fraîche, si brûlante, cette complaisance ? Le sommeil finit par avoir raison de lui, et à l'instant où il croyait lui avoir échappé Hector tomba ainsi dans l'inconscience, ses doigts écartés enserrant la cuisse mince.

Quand, vers six heures, des voix et des mouvements l'éveillèrent, ses bras étaient croisés et sa voisine, assise, tournait le visage vers l'aube grise appesantie sur la banlieue. Sa mère, en face d'elle, sentait très fort l'eau de lavande dont elle avait dû s'inonder aux toilettes. Hector, qui s'était recoiffé de la main et composé un

35

visage (en fait, il montrait sans le savoir le visage de son père, autrefois, s'apprêtant à sortir de la tranchée), reçut par surprise l'éclat de deux yeux bruns, narquois, butés, aussitôt dérobés et baissés, comme pour lui permettre d'examiner à loisir celle que Mme Lavande, à deux reprises, nomma « Jacqueline ». Puis le train ralentit ; on se leva ; on descendit du filet les valises ; on défripa de la main les vêtements malmenés par la nuit. La jupe plissée était bien bleu marine. A aucun moment Hector ne croisa plus le regard de la jeune fille, même quand elle passa devant lui dans le couloir, pâlie par la nuit, inodore, scellée.

Violette Guignebert parla beaucoup d'une « succession embrouillée ». Les livres du marchand de chaussures présentaient pourtant la cruelle limpidité des mauvaises affaires. Le magasin perdait de l'argent depuis un an. « Ton beau-père mangeait le capital », répétait Violette. Quant à Hector, une seule préoccupation l'habitait : serait-il obligé d'interrompre ou d'espacer ses séances au manège ? L'argent vint en effet à manquer. « Les comptes sont bloqués », gémissait Violette. Mademoiselle Andrée, que le décès (elle ne disait pas la mort) de son patron avait exaltée, fut toute gentillesse. Elle demanda sa demi-journée et revint, deux heures plus tard, portant un carton d'où elle sortit des bottes noires à la taille d'Hector. « Une affaire, dit-elle, chez un vieux fournisseur de Monsieur. Ç'aurait été bête de laisser passer l'occasion... » Elle ne lui avait plus fait de cadeau depuis la Noël de ses dix ans. Violette n'allait-elle pas trouver « gênante » cette soudaine générosité, ou « déplacée » ?

— Ta mère ? Oh ! elle est à la coule, maintenant.

Hector dressa l'oreille. Puis, sans plus chercher à savoir ce que ces mots signifiaient — l'impudeur des formules de Mademoiselle Andrée le troublait —, il chaussa les bottes : elles étaient parfaites. Il ne protesta pas davantage quand la vendeuse lui fourra deux billets de cent francs dans la main, ce qu'elle gagnait en deux semaines, calcula-t-il. Et de ce cadeau-là, Mme Guignebert ne sut rien. Discrétion malencontreuse : Hector ne put aller acheter, du côté de l'Ecole militaire, la tenue dont il rêvait. Le magasinier des Célestins, toujours lui, moyennant cent francs, procura une veste d'officier de la Garde à laquelle il avait retiré ses insignes et remplacé les boutons. L'ensemble — vaguement demi-solde — avait belle allure. Cela passa pour une sorte de cadeau, ce qui jeta Violette dans une imprévisible colère :

— Que vont penser les gens ? Que je n'ai pas de quoi t'habiller ?

Là-dessus, elle y alla elle aussi de son billet. Alternaient ainsi, avec elle, jérémiades et prodigalités. La mort de Guignebert avait rompu ses digues : elle tourbillonnait dans toutes les directions. Elle se fit faire pour le printemps des chapeaux considérables. Son père mourut et les six mois de grand deuil furent prolongés d'autant. Le notaire vendit en trois semaines la maison de Jonzac à un voisin qui la guignait. Le grand-père Bigeon était donc propriétaire ? Première nouvelle, pour Hector, dont la tête vacilla : allait-on cesser de parler d'argent humblement, comme ceux qui n'en ont pas, pour en parler avec l'âpreté froide des riches ? Las ! le chiffre, quand il le sut, le doucha. Et il fallut encore partager avec l'oncle Louis-Charles, à qui Violette ne parlait plus depuis 1923. Elle renonça pourtant à accrocher à la porte de la rue d'Arcole le panonceau « bail à céder », dont elle rêvait, elle aussi, dans le secret de ses pensées, et fit repeindre le magasin. Deux morts, une « succession » et un demi-héritage avaient donc pour seule conséquence de donner un air pimpant au commerce qui froissait l'honneur d'Hector. Le couvercle se refermait.

Un artiste en lettres vint libeller sur la porte la nouvelle raison sociale, qui était : « Madame Vachaud ».

— Mais oui, le même nom que mon fils, c'est plus convenable, expliqua Violette à Hector.

Ainsi, moins d'un an après sa mort, Guignebert était-il enterré une seconde fois. Sa veuve n'espérait pas, à L'Isle-sur-Serein, le même magot qu'à Jonzac. Avec le temps, l'image de Vachaud s'était encore embellie. Violette se devait à cette image. Modernisé, le magasin était moins indigne du « commandant ». On fit renoncer la pauvre Andrée à son sarrau noir pour endosser des blouses roses. Mi-figue, mi-raisin, Hector hésitait à se réjouir. Il mit du temps à comprendre que les nouvelles dispositions de sa mère suivaient la même pente que les siennes, ou une pente parallèle, et qu'il y avait un bénéfice à tirer de cette concordance de leurs rêves. Ainsi l'épineuse question des études fut-elle réglée en un tournemain. Hector caressa les fantasmes de Violette et laissa entendre qu'une vaste compétence commerciale lui permettrait « d'étendre un jour l'affaire ». Tel était le nouveau langage qu'il fallait tenir pour avoir l'oreille de Violette. Jamais Guignebert, perdu dans ses fumées politiques, n'eût appelé « affaire » la boutique de la rue d'Arcole. Violette, redevenue Mme Vachaud, découvrit aussi le mot « négociant », vocable flatteur à la recherche duquel errait depuis 1922 sa sensibilité écorchée. Hector commencerait donc « son » droit, comme tout le monde, et la seule condition que mit sa mère à cette chimérique décision fut la promesse qu'il « se tournerait » un peu plus tard vers une école de commerce. On était en plein songe.

Au début de novembre 1935, Hector se présenta à la

faculté de droit, place du Panthéon, où au coude à coude il se battit pour accéder à l'amphithéâtre de première année. Cris d'animaux, boules puantes, bombes fumigènes, joues congestionnées, refrains stupides : suffoqué, stupéfait, le garçon tenta vite de remonter vers une des sorties, secoué par les vagues du monôme qui essayait en vain de se former. Il faillit renverser un petit homme en robe noire, sur le visage duquel passaient des ondes contradictoires de peur, de flagornerie, de dégoût, de colère. Au-dehors, encadrée par les « hirondelles » à pèlerine et bicyclette, la troupe s'engouffra enfin dans la rue Soufflot en hurlant des niaiseries. Les commerçants, sur le pas des portes, regardaient passer la Jeunesse Française, dans des sentiments assez voisins de ceux qu'avait devinés Hector chez le professeur de droit civil. Quelques slogans politiques perçaient le vacarme, où ils faisaient comme des traits de lumière, « les bourgeois au poteau », « la France aux Français » et autres chatteries valant mieux, à tout prendre, qu'« il-est-cocu-le-chef-de-gare », inépuisable fond de sauce de ce ragoût. Hector parvint à échapper au déferlement et à gagner le trottoir. Un agent le regarda, des soupçons et peut-être de la haine plein les yeux. S'il avait su ! Hector pensa qu'en effet la haine était proche, sous la surface d'imbécillité. Il pensa aussi qu'elle pouvait devenir un jour une bonne solution.

Ses beaux amis du manège, si souvent étudiants en droit ou aux Sciences politiques, se trouvaient-ils parmi les braillards ? Ou parmi d'autres, dont on entendait ici et là exploser les rengaines en cette matinée de rentrée universitaire ? Hector se sauva par la rue Cujas. Mais à chaque carrefour il semblait que le chahut l'attendît. Il eut du mal à rejoindre le parvis de Notre-Dame sans se retrouver pris au piège des cortèges. Il rasait les murs, tant il craignait que son âge et son allure ne le désignassent comme un des tristes héros du jour.

Violette l'accueillit par des questions. Alors, ce premier contact ? Déjà rentré ? Etc. Il essaya de s'expliquer, mais, devant l'air fâché de sa mère, il renonça.

— Ce sont les traditions estudiantines, dit-elle.

Hector la regarda avec stupeur. Depuis quand parlait-elle ainsi ? Depuis quand avait-elle de l'indulgence pour ces mascarades ?

— Ton grand-père nous racontait...

La capacité en droit conquise à Lille, vers 1890, par Maître Bigeon, faisait de lui, il est vrai, une autorité en la matière.

— Demain tout sera rentré dans l'ordre et tu vas me faire le plaisir de ne pas sécher tes cours !

L'après-midi, Hector sortit sans bruit, par l'immeuble, et fila à Neuilly. Il avait besoin d'air. Un lundi de novembre, à trois heures, le manège était désert. Hector avait craint d'y rencontrer l'un ou l'autre de ses semblables. Un vieux monsieur, seul, faisait exécuter des épaules en dedans à Querelle, une jument baie de dix ans qui disposait d'un box individuel, un « box de propriétaire ». Après quoi il lui fit faire, au trot, quelques huit de chiffre avant de la détendre au galop. Aux naseaux de la monture et au nez du cavalier le froid mettait les mêmes petites explosions de buée, comme au taureau furibond dans un dessin animé. Hector ferma les yeux : les battues sourdes du galop de Querelle, les paroles que murmurait son maître en cadence, tout en lui flattant l'encolure, le raclement des sabots, là-bas, sur les pavés de l'écurie, le pas démultiplié et lent d'un cheval qui traversait la cour, le claquement du jet d'eau sur les jambes d'un autre que lavait un piqueux, tous ces bruits auxquels s'ajouta le trot désuni d'un poulain à la longe dans la carrière, et les odeurs qui en étaient inséparables, odeurs triviales, anciennes, lourdes, composaient pour Hector un idéal moment de bonheur. Pourquoi fallait-il ruser pour mériter ce bonheur ? Pourquoi fallait-il de l'argent, et de l'argent gagné ailleurs, autrement, dont il aurait toujours plus ou moins honte ?

Il pensa aux trois années d'une licence, à l'amphithéâtre pisseux qu'il détestait déjà, à cette « école de commerce » dont il parlait sans en rien savoir, aux visages excités et stupides qui ce matin gueulaient dans l'air vif de la rue Soufflot, et il comprit qu'il s'était avancé dans sa vie au hasard, qu'il avait jeté au hasard des mots qui l'engageaient, que personne ne lui donnerait un conseil, qu'il était seul. La tentation lui revint de rêvasser : il pensa « Eaux et Forêts », « Agro », « Ecole vétérinaire », portes qui lui paraissaient ouvrir sur des vies vraies, vertes, venteuses, où ne seraient pas dépaysés les grands chevaux qu'il entendait souffler et mâcher leur mors derrière la cloison. Mais c'était là des velléités de songe-creux, des trompe-la-peur. Il se savait incapable de préparer des concours, de faire le long détour par un métier, de se chercher des alibis. Il était de la race qui se fait tuer le dernier jour des batailles, quand elles sont déjà gagnées ou perdues, qui s'agenouille devant les clients en chaussettes mais crie des choses coléreuses derrière un drapeau, qui se fait faire « une grande capeline mousquetaire pour le printemps ». Il était de la race qui caresse dans l'ombre, se confesse dans l'ombre et ferme les yeux pour penser à l'avenir.

La France de ces années-là avait la fièvre. Les haines y

fermentaient. Presque chaque jour on risquait des bagarres au Quartier latin et, le samedi après-midi, quand s'y affrontaient les vendeurs de l'*Action française* et ceux des journaux communistes, l'échange d'invectives tournait à la bataille rangée.

Plusieurs fois Hector fut tenté de se laisser entraîner par les Camelots du roi. Non pas qu'il crût en leurs idées, mais il lui semblait y retrouver un peu du dégoût qu'il avait éprouvé le premier jour de fac. Il avait fait tache d'huile, ce dégoût. De proche en proche, il avait recouvert les politicards, les pékins, les godasses de Mme Vachaud, le droit romain, jugé égalitaire et pusillanime, les petites bagnoles et les conforts minuscules dont rêvaient les Français.

S'il avait accepté, sans canne et tête nue, d'accompagner quelques fanatiques un de ces fameux samedis, et s'il s'était battu, au pied des grilles du musée de Cluny et jusqu'à la terrasse d'une brasserie, c'est qu'Hector détestait la violence. Elle lui faisait peur. Il sentait que, la refusant, il refusait les moyens de son dégoût. Encore ne voulait-il pas avoir l'air de céder à la panique où le jetaient les cris de haine, les galopades sur le trottoir, l'œil fou des garçons d'en face, les phrases coupantes de ses compagnons. Il se battit donc comme les autres, maladroitement, étonné de constater que les coups ne faisaient pas grand mal, ni ceux qu'on donne, ni ceux qu'on reçoit. Il se retrouva quand même le soir avec son manteau déchiré et la moitié du visage en train de bleuir, à la satisfaction de Mme Vachaud qui trouvait bon que son fils se fît tabasser en compagnie de garçons distingués.

Il y avait de tout, chez « les royalistes » dont s'enchantait Mme Vachaud. Des hobereaux, des matheux aux muscles noueux, de grands myopes incollables sur la théorie, des Robespierre en mal de révolution, des buveurs de chopes. Hector aurait pu céder à l'ivresse commode des slogans, de la haine et de l'amitié : ce fut Marthe qui l'en délivra.

Au manège, on n'appelait Marthe que « Madame Reyniet ». Existait-il un M. Reyniet ? On en avait douté jusqu'à ce dimanche de concours à l'Etrier, où, son épouse montant, Louis Reyniet était apparu, sarcastique, pâle, très grand. Il marchait à l'aide d'une canne. Aucune décoration, en ces temps où le revers des hommes était hérissé de rubans, ne permettait de conclure à une blessure de guerre. Chute de cheval, peut-être ? M. Reyniet ne daigna pas s'expliquer, et il n'était pas le genre d'homme à qui l'on pose des questions. En tout cas il boitait, et cette infortune le vieillissait encore, ce dont il n'avait pas besoin, portant bien vingt ans de plus que sa femme. On l'oublia vite, au manège, où il ne parut jamais.

Marthe Reyniet avait la trentaine discrète, la bouche lascive, et l'un de ces corps dont on ne peut pas imaginer à quoi, nus, ils ressembleront. Elle possédait deux chevaux en pension chez Filloche, que l'été elle faisait transporter chez elle, dans le Perche. Elle les montait tour à tour, trois fois par semaine, et les autres jours laissait à l'écuyer et aux instructeurs le soin de les dégourdir. On la supposait riche : la Delahaye, le chauffeur, l'adresse apprise par hasard, les deux selles que les garçons d'écu-

45

rie entretenaient avec un zèle inlassable, tout disait le vieil argent et le goût.

Un jour Mme Reyniet vint au manège au volant de sa voiture. Manœuvrant entre les arbres de la cour, une cigarette aux lèvres, elle arborait un air plus conquérant que de coutume. Après la reprise, comme elle le faisait parfois, elle emmena les habitués boire dans un bistrot de la rue de Longchamp une bouteille de muscadet. L'écuyer, un certain Du Vigoux, joli cœur, fit lui-même signe au garçon d'en apporter une seconde. Eméché, il se penchait sur l'épaule de Mme Reyniet en murmurant des galanteries, il essayait de lui toucher la main, etc. Comme pour reprendre ses distances, le décourager, et Hector ayant avoué qu'il était en retard, elle proposa au garçon de le déposer : « Je vais à deux pas de chez vous », dit-elle. Du diable si elle savait où logeait Hector ! Il ouvrit la bouche, mais, ne sachant pas quoi dire, la referma sur son embarras. Il ne comprenait toujours pas comment le départ s'était déroulé quand il se retrouva dans l'odeur de cuir et de bois du cabriolet, les bottes sur la moquette rouge, le vent du Bois embroussaillant ses cheveux. Il ne buvait jamais et les deux ballons de muscadet lui avaient perdu la tête. Cette ivresse l'aida à trouver des répliques charmantes quand Marthe Reyniet, au lieu de prendre la direction du centre de Paris, tourna dans la rue de la Faisanderie et, là, pénétra sous la voûte d'un immeuble, traversa une cour, passa sous une seconde voûte et arrêta la voiture près d'un marronnier, à deux pas d'un pavillon couvert d'ampélopsis. « Voulez-vous que je vous montre ce fameux La Guérinière que vous désiriez voir ? » demanda-t-elle, la voix posée, à peine rieuse.

Hector prit le temps d'apprécier le rythme de l'enlève-ment et la métamorphose des estampes japonaises en traité d'équitation. Sa fatuité passa pour de la confusion et son silence le servit : il parut élégant et ne proféra pas de sottise. Marthe Reyniet attendit, en le suivant des yeux, qu'il eût fait le tour de la voiture afin de lui ouvrir la portière. A peine debout, elle s'engouffra dans le pavillon où régnaient des odeurs d'été, d'Orient, un silence étouffé. La salle de bains était carrelée de noir ; le soir tombait enfin. Hector se versa un verre du liquide doré qu'il avait aperçu dans une carafe, puis, poussant une porte entrouverte sur une chambre gris et bleu, il entra dans sa carrière d'homme.

Jamais, au fond de ses rêves les plus audacieux, il ne s'était attendu à ce que, dans l'amour, un corps de femme eût de ces inventions.

Au manège, on associait si peu le personnage d'Hector à des marivaudages que l'épisode du muscadet et de l'enlèvement fut oublié. Entre Mme Reyniet et le jeune homme le voussoiement était de règle, d'autant plus aisément respecté que jamais ils ne l'abandonnaient, même dans l'intimité. Il y avait bien ces monologues haletants que parfois tenait Marthe, dans la pénombre, à la stupeur d'Hector, mais il ne s'agissait pas là de mots ni d'exigences qu'on eût risqué de retrouver au détour d'une conversation ordinaire.

Jamais plus ils ne repartirent ensemble et ils évitaient même les retrouvailles au coin de la rue, si souvent fatales aux amants. Hector, à bicyclette, ne mettait pas un quart d'heure pour se rendre du pavillon de la Faisan derie à Neuilly, et le goût qu'il cultivait pour la retenue, voire l'hypocrisie, servait les desseins de Mme Reyniet. Plusieurs fois il croisa des habitués du manège du côté de la rue Spontini ou de l'avenue Henri-Martin. Il en conçut des alarmes, jusqu'à ce qu'il eût compris qu'on trouvait naturel de le rencontrer dans ce quartier, supposé être, sinon le sien, celui d'un oncle ou d'un ami.

La première fois qu'Hector rentra rue d'Arcole à deux heures du matin, il trouva comme il l'avait craint sa mère éveillée, qui l'attendait. Il s'était préparé, soupir, à un drame. Il n'y en eut pas. « Tu as dix-neuf ans, lui dit Mme Vachaud avec décision, et ta vie t'appartient. » Elle s'adressait à lui sur le même ton, ou à peu près, dont elle usait avec l'expert comptable. Elle avait préparé son texte. « Nous ne reparlerons plus jamais de tout cela. Je peux doubler ton argent de poche, un point, c'est tout. Je ne te demande que trois choses : pas de maladie, pas de poule, et de réussir tes examens. Ce n'est pas le Pérou. Je ne te cache pas que je t'aurais préféré plus tendre avec moi, plus attentif, après tous les sacrifices que j'ai consentis pour toi... Mais passons. Je ne suis même pas sûre que tu les aies mesurés. Ne me réponds pas ! Je ne veux rien savoir de ta vie. J'espère seulement... »

Qu'espérait Mme Vachaud ? Elle cherchait maintenant ses mots, l'ongle de son index grattant la nappe de feutrine verte dont était perpétuellement recouverte la table de la salle à manger. Sans doute était-elle restée là à l'attendre, sans bouger, pendant cinq heures, un magazine qu'elle ne lisait pas ouvert dans la lumière crue de la suspension. Hector sentit son cœur se serrer : il n'avait même pas pensé à téléphoner rue d'Arcole.

« .. j'espère seulement que tu choisiras toujours tes relations dans un bon milieu... »

Voilà sur quoi elle butait : « relations », « bon

milieu ». De vieux songes voletèrent à travers la pièce triste, et d'autres, plus neufs, qu'Hector s'étonnait de découvrir dans la tête de sa mère. Au-dessus du secrétaire en vernis martin, longtemps gloire du mobilier Bigeon, le portrait (en civil) du sergent Vachaud, qu'encadraient sa médaille militaire et sa croix de guerre, contemplait de ses yeux pâles les vingt années écoulées depuis qu'il pourrissait dans la terre d'Argonne, et ce fils qui venait de donner pour la première fois du plaisir à de la viande humaine. Tout resta un moment immobile. Des racines de cheveux gris apparaissaient aux tempes de Mme Vachaud. Le fils et la mère écoutaient en eux rouler des pensées peut-être voisines, peut-être discordantes. Violette observait Hector à la dérobée, ses mains, ses lèvres. Hector se disait que ce soir beaucoup de choses finissaient, plus qu'il n'en commençait, et il se sentait terrassé par la tristesse du monde.

« Je crois que nous avons sommeil », constata, pleine de bon sens, Violette. Elle se leva en pressant un instant ses mains sur ses reins, comme elle le ferait plus tard, quand elle serait vieille. Hector se pencha pour l'embrasser, mais, malgré elle, Violette s'écarta. « Il pue la cocotte », pensa-t-elle. Ce qui n'était guère généreux pour la coûteuse eau de toilette de Houbigant dont se rafraîchissait Marthe à ses retours du manège.

Cannes, printemps 1982.

Un annuaire du téléphone des abonnés de Paris, vieux de quelques années, consulté au début de 1982, m'indiqua, avec une adresse rue Jasmin, une seule « Mme Louis Reyniet ». Je tentai de l'appeler mais n'obtins que le disque répétant que le numéro en question « n'était plus attribué ». Je me rendis rue Jasmin. C'était un de ces immeubles qu'on appelait modernes au début des années cinquante et qui ont mal vieilli. Y habitait, à en juger par les boîtes aux lettres, le contingent habituel d'hôtesses de l'air, de veuves, d'étudiants libanais et de secrétaires de direction. La gardienne, une Portugaise arrivée depuis peu, ne pouvait pas se souvenir de Mme Reyniet, qu'elle n'avait pas connue, mais elle disposait d'une adresse où lui envoyer le courrier si d'aventure il lui en était arrivé. Elle n'avait jamais eu à l'utiliser ; elle ignorait si l'intéressée, puisque je disais « une vieille dame », vivait encore. L'adresse était : « Résidence du Grand Hôtel, Cannes. »

Plutôt que d'écrire et d'essuyer un probable refus, j'attendis une occasion. Elle vint sous la forme d'une invitation à passer trois jours au Festival du film, à l'administration duquel mon agence avait rendu des services. Le hasard fit qu'on m'hébergea au Grand Hôtel, dont un retour d'aile constitue la Résidence où, peut-être, logeait encore Marthe Reyniet. A travers les palmiers j'apercevais des terrasses exiguës, toutes semblables avec leur table basse et leurs deux fauteuils de jardin et, à l'arrière-plan, l'amorce de salons, ou de studios meublés avec une certaine recherche. Au paradis des retraités.

Le concierge de l'hôtel se renseigna : oui, Mme Reyniet habitait bien la Résidence. Il chargea un chasseur de lui remettre en mains propres un mot de moi et de l'assurer qu'elle ne risquait rien à m'ouvrir sa porte. J'avais annoncé mon appel et indiqué une heure. Mme Reyniet me précéda : c'est elle qui me téléphona, sans doute pour me faire comprendre qu'elle était capable encore de prendre des initiatives. La voix était ferme. Elle me proposa un rendez-vous pour six heures.

Quand je sonnai à l'une des huit portes du palier, je me demandai si j'avais eu raison de m'habiller déjà pour le gala du soir : une veste blanche et ma cravate noire pouvaient paraître incongrues. Mais quelque chose me disait aussi que Marthe Reyniet, si je la devinais bien, serait ravie de me voir arriver en tenue de fête.

Je ne m'étais pas trompé. La dame de beaucoup plus de quatre-vingts ans qui m'ouvrit la porte s'exclama : comme elle me trouvait « beau » ! Et « si jeune » ! Elle mettait volontiers des points d'exclamation à ses phrases. Elle-même, ronde et tassée comme les fausses reines mères d'Angleterre qu'on voit dans les salons de thé, avait perdu la ligne que parfois conservent les anciennes cavalières. Sa peau était boucanée, ravinée par plus d'un demi-siècle de soleil ; elle portait des mitaines de fil blanc, moins pour se protéger des rayons obliques qui éclairaient encore la terrasse que pour me cacher les

51

éphélides dont ses mains devaient être tavelées. La voix, plus chaude qu'au téléphone, avait les sonorités un peu provocantes qui sont au langage ce que les bourrades et les déhanchements sont aux gestes, à quoi se reconnaissent les anciennes comédiennes ou les femmes qui ont traîné.

Le soir même de notre rencontre je tentai de reconstituer aussi fidèlement que possible ses confidences : c'est ce texte qu'on lira ci-dessous, sans retouche. J'en ai seulement supprimé les questions par lesquelles je m'étais efforcé de faire rebondir les souvenirs de la vieille dame

« Le petit Hector ? Oui, bien sûr, j'ai eu une aventure avec lui, mais comment quelqu'un de votre âge peut-il savoir ça et s'y intéresser ? C'était personne, le petit Hector, et je n'étais personne non plus, alors nos amours... Vous ne me montez pas une entourloupette, au moins ? Laquelle, d'ailleurs... Je suis une maison où l'on ne craint plus les voleurs. Mon Louis est mort, et il s'en fichait bien, d'Hector, de tous les Hector qui sont passés, mais oui ! Il savait, il a toujours tout su, ça devait l'amuser. Ah ! ne me faites pas dire... Il n'était pas complaisant. Quoi ? Il était ailleurs. C'est ça, il était ailleurs. Des hélices d'avion, des armes. Mais vous devez savoir ça, Monsieur Je-sais-tout ! A la fin de la guerre, quand des saligauds ont essayé d'avoir sa peau (la fortune, il y avait longtemps qu'elle était à mon nom. Nous avions même divorcé, à la fin de 43, pour plus de sûreté... Il voyait loin !), quand ils ont essayé de le déshonorer, il y a eu des tas de généraux alliés pour voler à son

52

secours. Vous le saviez ? Même Eisenhower est inter-
venu en sa faveur. Vous vous rendez compte ! Nous
étions installés au Dolder à ce moment-là, à Zurich, et
les procès, l'épuration, Louis regardait ça de loin, il
rigolait... Alors Hector...

« Ça vous intéresse vraiment ? Eh bien, je l'ai aperçu
pour la première fois à la fin de 1935 ou au début de 36,
au manège Filloche, à Neuilly, où mes chevaux étaient
en pension. Il avait vingt ans... même pas... Je n'ai
jamais aimé les vieux corps. Vous l'avez connu ? Oui,
suis-je bête... Je ne veux pas savoir ce qu'il est devenu.
Ni les vraies raisons de votre visite. Vous ne me direz
rien, c'est promis ? Même si tout à l'heure je m'atten-
dris, même si je pose des questions, promettez-moi de
m'envoyer balader. J'ai quatre-vingt-quatre ans, vous
savez, je peux me laisser émouvoir...

« A cette époque-là, en 1935 ou 36, il tranchait sur les
jeunes gens de chez Filloche. Il était très beau, ça oui,
bien plus que vous ! Et lui, il ne le savait pas. Il était tout
concentré, tout efflanqué, avec ce visage si français, un
visage comme chez Clouet, vous voyez ? Ou bien le
neveu de Rameau... Fresnay, ça vous dit encore quelque
chose ? Eh bien, c'était un Fresnay haut et mince. Il était
serré dans une inénarrable vareuse noire, on aurait dit un
morceau de soutane, ou la veste d'un uniforme teinte
pour un deuil... Ah ! j'ai fondu. J'ai eu envie de le
manger tout cru, c'est vrai. Quand je l'ai eu, il était neuf.
Il avait un corps blanc, avec les muscles qu'on voyait
rouler, bouger. Ah ! ce n'était pas, comment dit-on ?
Enfin, il n'était pas un foudre de guerre. C'est drôle, à
vingt ans, non ? Il se laissait aimer. Il apprenait. Il avait
d'ailleurs l'air d'apprendre à regret... J'avais l'âge de sa
mère, savez-vous ? Et même, entre nous, un peu plus. Il
est possible que tout cela ait tourné dans sa tête. Tout

cela : sa mère, moi, la pauvreté, l'argent, les milieux, des bêtises. Tout le dégoûtait toujours un peu. Le petit monsieur vivait du bout des lèvres.

« Il m'avait très vite raconté sa famille, tous ces morts, ces histoires de boutique. Pour être franche, ça ne me passionnait pas. Mais le débourrer — vous êtes cavalier, je présume ? vous me comprenez ? —, lui donner envie de vivre, ça oui, c'était passionnant. Il n'était pas tellement malléable. Il avait ses idées sur tout. Fausses, le plus souvent. Il se contrefichait des événements, en 1936, vous vous rendez compte ! La politique, les bagarres de l'époque, ça l'assommait. Je devais le forcer à ouvrir de temps en temps un journal. La faculté, ses études ? Jamais un mot. A croire qu'il traversait ses journées comme les fakirs traversent les foules : sans voir et invisibles. Il ne se réveillait qu'en arrivant au manège, ou si je l'emmenais chez Bréauté, chez Clavreuil, chercher de vieux traités d'équitation. Là, il ne se tenait plus. Il m'aurait poussée à les acheter à n'importe quel prix. Pas pour lui ! Je n'ai jamais rencontré un homme à ce point désintéressé. Ça ne rendait pas notre vie facile. Il était même très à cheval là-dessus, si j'ose dire ! Alors Filloche lui donnait mes chevaux à monter et, pour ça, le payait. Trois sous que je remboursais au manège, évidemment. Hector ne s'est jamais douté de rien. Quant à Filloche, peut-être, après tout, croyait-il à la fable de l'orphelin, de la veuve de guerre... Hector avait tellement peu l'air d'un gigolo ! Il refusait de danser, il refusait d'apprendre à conduire, il refusait les cadeaux : il refusait tout. Il n'acceptait que ces heures à cheval que je lui procurais, et ce qui allait avec, qui lui paraissait naturel, le restaurant à Rambouillet, à Barbizon, quand nous allions monter en forêt.

« S'il était bon cavalier ? Oui, évidemment, du moins

l'est-il devenu. Un cavalier austère, exigeant. J'avais l'impression — comment vous dire ? — que cela le choquait de faire l'amour en sortant du manège. Un côté curé, le goût de la pénitence. Ah ! j'ai essayé d'y mettre bon ordre. Mais c'était peine perdue. Au bout de six mois, c'est tout juste s'il ne me faisait pas la morale, il m'accablait de théories... Entre nous, si ces idées-là ont mauvaise presse aujourd'hui, à cette époque, dans notre milieu, elles étaient monnaie courante : il avait, avant moi, un peu flirté avec les maurrassiens, les Camelots, tout ça. Oh ! des enfantillages. Mais vous ne pouvez pas savoir ce qu'ils étaient fanatiques. Ça l'avait marqué. Tout ce qui avait ces couleurs-là l'attirait. Je me rappelle, en 36, venait de paraître un roman qui avait tourneboulé Hector : *Nez-de-Cuir*. Les gens comme vous connaissent encore La Varende ? Oui ? C'est pour me faire plaisir... Il a absolument fallu qu'en allant chez moi, à Nocé (je le cachais à l'hôtel du Dauphin, à Nogent-le-Rotrou...), nous passions par Broglie, Le Chamblac, tous les décors de La Varende, sa maison. Moi, je trouvais qu'il en remettait un peu ! J'aimais monter, bon, mais chez lui ça tournait à la bigoterie.

« Remarquez, j'essayais de ne pas être aveugle : entre les petites misères ou les ambitions de sa mère, qui l'humiliaient, et moi qui risquais de le glisser dans la défroque de Chéri, il avait bien besoin de ciel, le pauvre ! C'était le rôle du manège : une espèce de chapelle, une morale. Il y retrouvait une belle idée de lui-même. Quand j'ai eu compris ça, j'ai cessé de le tarabuster. Moi aussi je me suis mise à lire *Pays d'Ouche*, *Milady*, et à traiter le cher Monsieur Filloche avec une déférence qu'il ne méritait guère ! Tout ça formait comme un corset dont le petit avait besoin en attendant que ses os durcissent. Je n'avais pas d'enfant, je n'en ai jamais voulu, mais à ce moment-là, comme dans deux ou trois autres circonstances de ma vie qui ne vous regardent pas, j'ai compris le goût des homosexuels pour la pédagogie. C'est drôle, non ? Je me sentais parfois, avec Hector qui me prouvait largement ses sentiments, quoique sans avoir l'air d'y prendre grand plaisir, dans la peau d'un pédé débarrassé de ses illusions... Je n'avais pas l'impression d'être aimée pour moi, ça, je vous le jure ! J'étais commode pour Hector, une espèce de super-maman. Je l'avais dégrossi. Je lui apprenais tout : à s'habiller, à se tenir, à parler, à se taire. Grâce à moi, en un an, son personnage avait pris de la consistance. C'était *ses* idées, mais c'était *ma* patte. Remarquez... Je parle, je parle, mais rien n'était aussi clair à l'époque. Hector était beau, très jeune et, je vous l'ai dit, j'avais l'âge d'être sa mère. Enfin, une jeune mère ! J'étais un peu boulotte. Plus belle habillée que nue, je le savais. Et plus belle encore grâce à Mme Lanvin, grâce à la belle Delahaye, à la maison de Nocé, au pavillon de la rue de la Faisanderie... Vous souriez ? Quant à Hector, il ne faut pas l'imaginer alors comme une espèce de premier communiant que croquait l'ogresse ! Entre les jeunes gens d'avant la guerre et leurs aînés il n'y avait pas la même différence qu'aujourd'hui ; l'habillement, les chapeaux, le genre : ils paraissaient à vingt ans moins gamins que vous autres à trente. Regardez les films de l'époque à la télévision : les acteurs qui jouent les adolescents ont des airs de petits vieux. Hector, certains jours, avec son sérieux, son air d'être cousu de fil noir, il n'avait pas d'âge. J'ai été tout étonnée au bout... je ne sais plus... d'un an, de dix-huit mois... quand il m'a dit qu'il allait être appelé soldat. Vous vous rendez compte, soldat ! Il aurait pu bénéficier d'un sursis puisqu'il était étudiant. Il n'a rien voulu savoir. A l'entendre, la guerre était pour le lendemain et il voulait avoir fait son peloton, être officier. Sa mère devait l'y pousser ; avec son faux commandant de mari elle rêvait d'un vrai sous-lieutenant pour fils ! Vous connaissez l'histoire du héros de 14 ? Impayable ! Où en étais-je... Ah ! oui. La caserne Charras, Courbevoie. C'est là qu'il a été incorporé au printemps 1937. Je suis sûre de la date, je vais vous dire pourquoi : quand il a eu fini ses classes, j'allais le chercher pour l'emmener à l'Exposition. Nous déambulions dans la poussière, la foule. Quelquefois il n'avait même pas eu le temps de passer rue de la Faisanderie se changer, il était en pioupiou... Nous allions manger de la choucroute dans une espèce de brasserie au bord de la Seine où je ne risquais pas de rencontrer mes amis élégants ! C'était la fin de l'été. A force d'écouter les discours d'Hector, j'avais vaguement peur. Il avait raison : on sentait rôder la guerre. Avec ces deux horreurs qui s'affrontaient en bas de la colline de Chaillot, le pavillon de Staline et celui de Hitler, et les sirènes, au pavillon de la Défense passive, qui n'arrêtaient pas de hurler, dans la nuit, ça faisait frissonner...

« Vous ne m'en voudrez pas si tout cela se mêle un peu dans mon souvenir. Combien durait le service, alors ? Je n'en sais plus rien. Et je n'ai jamais su, non plus, ce qui s'était passé pour ce pauvre Hector à l'armée... Avait-il fait plus de politicaillerie qu'il ne le prétendait ? Avait-il « une fiche », comme on disait ? Mystère ! Toujours est-il qu'il fut écarté du peloton des élèves officiers et qu'on lui refusa même d'être versé dans une unité de cavalerie ! Lui ! Et toujours bouche cousue. Il était maigre comme un coup de trique. Un beau jour on l'a expédié en Champagne, je me rappelle : au camp de Mourmelon. Oh ! là ! là ! J'allais à Reims l'attendre à l'hôtel. Ce n'était pas gai. J'ai toujours eu la mémoire des hôtels, mais celui-là, je l'ai vite oublié. J'y avais rencontré un ami de mon mari, un général... Le petit n'a pas desserré les dents du dîner... Quelle histoire ! »

Marthe Reyniet avait fermé les yeux. Comme elle n'avait plus de cils, ses paupières collées formaient deux cicatrices roses, étrangement sinueuses. Quant aux sourcils, dessinés en ailes de papillon, ils lui donnaient l'apparence d'une momie chinoise. La bouche était restée pulpeuse, mobile ; elle mâchait les mots loin en avant des dents. Toute vêtue de blanc, Mme Reyniet avait dû renoncer aux bagues à cause des rhumatismes et des mitaines, mais à son cou et sur sa gorge étaient superposés colliers, chaînes, pendentifs, médaillons. Les deux mains étaient accrochées aux accoudoirs du fauteuil. Quand elle parut revenir à moi et à son monologue, Marthe Reyniet garda pourtant les yeux clos. Ainsi avait-elle moins l'air d'une tortue offusquée. J'avais esquissé le geste de me lever, mais, d'évidence, elle ne l'avait pas vu.

« ... Et moi, je n'étais pas une sainte ! Peu importent les détails, mais il faut vous dire que j'avais quelqu'un, oui, enfin quelqu'un d'autre... Un homme plus âgé, avec des responsabilités, obligé au secret... au secret absolu... J'étais folle, non ? Une crise gouvernementale — non, ne cherchez pas à deviner ! Vous êtes trop jeune... — et il s'est retrouvé plus libre, moins en vue. Il a commencé à me faire espionner, à poser des questions. Moi, je ne voulais rien perdre, ni personne. Quant à Louis, il m'observait, de loin. Un amant est plus perspicace qu'un mari : j'ai dû multiplier les mensonges, les précautions Heureusement, Hector venait d'être affecté à Mourme-

lon. Il n'a rien su, mais comment ne m'aurait-il pas
sentie m'éloigner ? Que pouvait-il faire ? Il était
désarmé, sans le sou, de plus en plus amer... Tout cela
devenait triste. »

La tortue a rouvert les yeux et paru redécouvrir le
salon qui s'obscurcissait, les meubles très Côte d'Azur,
moitié Louis XVI, moitié bambou, et ma présence. Les
vieilles lèvres ont trembloté. Une main s'est levée, a
désigné le guéridon.
— Auriez-vous l'obligeance...
Il y avait là, posés sur un plateau d'argent, deux ou
trois médicaments. Lequel convenait ? Au hasard, j'ai
débouché un flacon de gélules vertes.
— Non, les gouttes... Vingt-cinq.
J'ai compté vingt-cinq gouttes dans un verre sale où
j'ai vidé le fond d'une bouteille d'eau de Vittel. Marthe
Reyniet respirait à petits coups bruyants, rauques, sans
lever ses paupières plissées et bleues. M'observait-elle à
travers ces espèces de meurtrières ?
Elle a bu d'une seule longue gorgée.
Je restais assis, tout proche d'elle, silencieux, à la
guetter. Je n'étais pas trop inquiet ; il me semblait
qu'elle avait choisi ce moyen d'échapper aux confidences. Elle s'était laissé entraîner trop loin. Quand elle m'a
paru apaisée, je me suis levé, toujours en silence. Je
devinais, au fond du petit appartement, une présence.
Quelqu'un prendrait mon relais. Je suis sorti sur la
pointe des pieds et j'ai refermé doucement la porte sur
moi.
Le lendemain, j'ai appelé pour remercier Marthe Rey
niet et prendre de ses nouvelles. Une voix autoritaire m'a
fait savoir que « Madame ne pourrait plus recevoir Monsieur ». Je m'en étais douté.

Hector comprit que s'il n'amenait pas tout de suite Serge Paccaud rue d'Arcole, il ne le ferait jamais. Ses vieilles gênes prendraient le dessus, et ce goût nouveau du secret, que Marthe lui apprenait.

Il invita donc Serge à venir dîner avec Mme Vachaud. Il lui en avait assez dit, sur la terrasse de La Houlette, pour n'avoir pas à redouter les étonnements de son nouvel ami. Il n'avait oublié qu'un détail — le seul qui frappa Serge : c'est combien Violette était encore belle. Ce soir-là elle fit un effort d'élégance et Hector fut obligé de constater que le regard de Serge, posé sur elle, était un regard d'homme. En fut-il fier ou embarrassé ? Il repoussa la question : Marthe l'avait déshabitué de calculer l'âge des femmes.

Deux semaines auparavant, une société hippique rurale de la Manche qu'animait le baron de La Houlette avait organisé un rallye dans le Cotentin. Une semaine entre Périers et Villedieu, avec des haltes dans des fermes, des visites de haras, une messe dans les ruines de l'abbaye de Hambye et même un bal dans un château. Non pas chez le colonel-baron, « célibataire sans train de vie, mes pauvres petits », mais chez un de ses voisins que le pays regardait de haut : chez lui le champagne était bon.

Marthe n'aurait manqué ça pour rien au monde ; Mme Vachaud offrit la somme nécessaire.

Hector avait imaginé le rallye comme une escapade, et qu'il retrouverait Marthe chaque soir sous des édredons rouges. S'il l'avait en effet retrouvée, mais seulement deux fois, avec un luxe de précautions digne d'une conspiration, il avait surtout veillé à ne rien trahir de leur intimité devant une vingtaine de garçons et de filles qui n'avaient pas leurs yeux dans la poche. Il avait fallu ruser, et même donner quelques gages. Par exemple sourire aux plaisanteries de tel fier-à-bras de vingt-cinq ans qui trouvait « de beaux restes à cette Madame Reyniet », et qu'elle devait avoir « le feu aux reins ». On ne disait pas « cul » chez les mufles de ce milieu-là. Marthe, tout en gardant ses distances avec un peu d'ostentation, observait Hector. « Elle me guette », pensa même le garçon. Elle ne lui aurait pas pardonné une facilité s'il s'en était permis une. Par exemple, s'il n'avait pas repoussé avec une indifférence plutôt difficile à feindre les avances d'une des plus jeunes cavalières. Oh ! très discrètes, les avances : une certaine façon de lever les sourcils, de trotter botte à botte dans les chemins creux, de plier la jambe, le matin, au passage d'Hector pour qu'il l'aidât à se mettre en selle. Marthe Reyniet ne perdait rien de tout cela et ses belles lèvres esquissaient un demi-sourire. Au bal, ce fut un supplice de délicatesse. Hector ne fit danser qu'une fois cette Marie-Adèle, souple au point de donner au garçon l'illusion d'être devenu bon valseur. Avec Marthe il était au régime des slows et des tangos, et à la portion congrue : il ne fallait pas faire jaser. Heureusement tout cela, qui aurait pu être fastidieux n'eût été le temps passé à cheval, était devenu charmant par la grâce d'un grand garçon rieur nommé Serge Paccaud.

Que diable un étudiant en architecture faisait-il dans cet escadron de cavaliers ? Paccaud, il est vrai, venait du vieux manège des Gobelins et pratiquait une équitation plutôt rudimentaire. Mais on lui devinait des jambes d'acier. Il paraissait inconscient de l'effet qu'il produisait avec son élégance multicolore, ce foulard, cette négligence qu'Hector, la première fois qu'il alla chez son ami, découvrit comme un trait de famille. Les Paccaud étaient inclassables et heureux de l'être. M. Paccaud, le père, sous des airs d'inventeur du Concours Lépine, cachait de grandes compétences scientifiques. Une sœur était pharmacienne, la mère portait ses cheveux gris, un frère serait professeur de lettres : ni l'argent, ni les mondanités, dont les complicités et les lois étaient sous-jacentes à toutes les conversations du manège, ne paraissaient avoir prise sur les Paccaud. On voyait chez eux des bahuts en merisier, des fauteuils cannés, des cousins pauvres. On y respirait la province.

Sans doute Serge devina-t-il, en dix minutes, la liaison entre Hector et Marthe Reyniet et ne l'apprécia-t-il pas. Ce qui le dispensa d'y faire allusion. Il comprit l'embarras où était le garçon, contraint à jouer un rôle de sainte nitouche pour sauver les apparences ; en s'installant, lui, dans le rôle du meilleur ami, il tirait à Hector une épine du pied. Il dédia même des amabilités à cette Marie-Adèle afin de donner le change. Mais rien de tout cela n'eût été possible si les deux garçons, d'entrée de jeu, n'avaient pas plongé dans l'ivresse des conversations infinies, plaisir de jeunesse qu'avait ignoré l'adolescence d'Hector. Il déballa sa vie à Paccaud, d'un élan, comme on se décharge d'un fardeau trop longtemps porté, soudain capable de tout dire, et de le dire avec drôlerie. Seule Marthe fut épargnée par ce déferlement de confidences, ce qu'approuva Serge, qui n'eût pas aimé voir son nouvel ami commettre une indiscrétion, et encore moins avoir à s'en faire le complice.

Le meilleur de ce bonheur fut un grand bavardage, à l'écart sur la terrasse de La Houlette, un verre de fine à la main, le soir que le colonel avait offert aux cavaliers du rallye la maigre hospitalité de son manoir. Tout le monde était venu en bottes ; les femmes avaient renoncé à leurs vestes et portaient des chemisiers frais. Tout de suite on avait sacrifié aux anecdotes habituelles : chutes dans des barrages de concours, dérobades, cavaliers novices embarqués porte Dauphine au milieu de la circulation, etc. Le baron, le jarret tendu, l'œil à la fois critique et allumé, jetait d'une voix si brève qu'on avait parfois du mal à les suivre des histoires de caserne, destinées dans son esprit à faire rougir les dames.

— Le banquet des pêcheurs à la ligne, murmura Serge. Quelle barbe ! Tu viens ?

Paccaud avait entraîné Hector au-dehors. Au passage il avait rempli leurs verres ; ses gestes étaient discrets et sûrs. C'est ce soir-là qu'ils avaient ouvert leurs cœurs, en tout cas Hector le sien, et au bonheur pris à s'épancher il aurait dû comprendre combien naturel et abandon lui avaient manqué. Il se sentait, à près de vingt ans, enthousiaste comme un gamin. Il prenait quand même garde à ne pas faire sourire Paccaud.

Marthe, qui de loin les avait observés, leur laissa un bon moment de solitude avant de venir les interrompre. Elle aussi, d'un tout autre œil qu'Hector, avait repéré Paccaud et l'avait trouvé à son goût. Elle sut tout de suite que les garçons n'avaient pas fait allusion à elle et sa seule crainte se dissipa. Au retour, elle accepta de monter dans la vieille Mathis du baron, qui raccompagnait « ces dames », et elle laissa les deux amis rentrer à pied. Elle ne dit qu'un mot à Hector, mais chaleureux : « Il est bien, ce Paccaud. » Rien de plus. Elle ne voulait pas avoir l'air de s'annexer la trouvaille d'Hector ; elle craignait trop d'en écarter le garçon et de le retrouver les nerfs à vif au milieu de toutes ces fillettes excitées. « C'est qu'il commence à avoir la bouche sensible », se dit-elle en souriant toute seule. Puis, comme la suite logique de sa remarque : « Ai-je eu la main brutale ? »

Dès lors, et pour quelques mois, la vie d'Hector s'organisa de façon harmonieuse : Marthe et Violette appréciaient Paccaud, qui passait souvent rue d'Arcole à l'improviste en sortant de l'Ecole. Il montait toujours par l'escalier de l'immeuble et prit l'habitude de sonner trois coups brefs afin qu'on sût que c'était lui. « Ne m'ouvrez pas si vous êtes occupés... » Il entraînait Hector dans l'île Saint-Louis, le Marais, lui apprenait à lever le nez, à voir les détails d'architecture dont il relevait parfois un croquis. Pendant que Serge dessinait, Hector regardait par-dessus son épaule l'esquisse prendre forme sur le carnet, sans jamais la commenter, mais il poursuivait son inépuisable monologue. Le léger embarras qu'il éprouvait encore sous le regard de Serge disparaissait alors et il osait aborder les sujets difficiles : la morale que les chevaux lui avaient apprise, le long règne de Guignebert sur sa vie, l'indifférence où le laissait cette ombre dont il portait le nom — il l'appela même, un jour, « mon soldat inconnu » —, enfin Marthe, qui finit par venir tout naturellement dans la conversation. Au soulagement qu'il ressentit après avoir parlé d'elle, et d'en avoir parlé sans gêne ni chiennerie, il sut combien Marthe avait rendu sensible, presque douloureuse, toute une part de sa vie. Dans les réponses prudentes de Serge il crut discerner de la considération. Dès lors, il se sentit devenir un personnage moins falot et il en conçut, pour Paccaud, plus d'affection encore.

Du jour de son incorporation à la caserne Charras, il sembla à Hector qu'il n'échapperait plus à la machinerie militaire. Elle le broyait d'étrange façon. Il s'était vu cavalier et, pourquoi pas, officier. Fontainebleau, Saumur : des possibilités qui lui chantaient dans la tête. Au lieu de quoi, et sur la foi d'il ne savait quel « dossier », on l'écarta sans lui fournir d'explications. Un capitaine lui débita un discours agressif et flou. De qui avait peur cette armée de 1937 ? Qu'y reprochait-on à Hector ? D'avoir devancé l'appel ? D'avoir été trop assidu à sa P.M. sous le Front populaire ? D'être patriote au moment où Franco bousculait les républicains, où les aviateurs allemands bombardaient Almeria ? Hector se sentit pestiféré, rejeté par ce grand corps absurde qu'il avait été prêt à aimer. Il profita du relâchement qui suivit les négociations de Munich pour aller se présenter aux examens de sa troisième année de droit. Tout le temps qu'il avait passé au camp de Mourmelon, et Marthe ne se montrant plus guère, Paccaud lui avait apporté les polycopiés des cours, qu'il allait chercher pour lui rue Saint-Jacques. Les chevaux, bien sûr, manquaient à Hector. Au camp, seuls les officiers obtenaient des facilités pour monter. Où qu'il s'adressât, Hector trouvait porte close, visages hostiles. « C'est vous, l'ami de l'artiste ? de l'amateur de musique nègre ? » lui demanda, voix sifflante, leggings étincelantes, le terrible capitaine. Ainsi, même Serge avait été repéré, avec ses jolis foulards et sa passion pour le jazz. Il écrivait des articles enthousiastes dans la revue du Hot Club de France et il avait joué, un soir, de la trompette pour Django Reinhardt aussi bien qu'il sonnait de la trompe avec le Débuché de Paris, à la sortie de l'église, dans les mariages de cavaliers. Allez expliquer ces contradictions à un capitaine écumant ! Un biffin, de surcroît.

Hector avait appelé au secours le colonel de La Houlette, mais n'avait reçu aucune réponse à sa lettre. Le baron, lui aussi, devait le prendre pour un rouge. Marthe était de plus en plus évanescente. Quand Hector obtint une permission pour passer ses oraux, le pavillon de la Faisanderie était livré aux peintres, inhabitable. Il se mit en pékin et alla, tout seul, voir *la Grande Illusion*. Ah ! quel titre. Il descendit les Champs-Elysées, aux alentours de minuit, en sifflotant *Il était un petit navire...* Ce film le gênait. Tout compte fait, Gabin y était plus sympathique que Fresnay — enfin : le prolo lui plaisait davantage que l'aristocrate, et peut-être la gêne venait-elle de ce que le cinéaste, en principe du côté du prolo, avait outrageusement flatté l'aristocrate ?

Dans quel étrange pays vivait donc Hector ? Il se sentait partout suspect, étranger, il n'était plus à l'aise nulle part. Jusqu'à son apparence physique qui avait changé : la pitance et le pinard militaires le rebutant, sa silhouette était devenue famélique ; il coupait de plus en plus courte la brosse de ses cheveux ; tête nue sur les Champs-Elysées, sanglé dans sa vieille redingote noire, plus demi-solde que jamais, il ne ressemblait à personne. Désormais, il parlait sec, peu, vite, et seulement pour dire l'essentiel. Paccaud essaya de l'entraîner chez les belles jeunes filles qu'il s'était mis à fréquenter, à Monceau ou à la Muette, et qu'il ramenait le soir dans une traction décapotable, mais Hector ne supporta ni les vins lourds, ni les conversations légères. Quoi qu'on dît devant lui, il en voyait le vilain côté et s'insurgeait. Il s'entendit défendre pêle-mêle Blum, les cadets de l'Alcazar, la mollesse têtue de Daladier, le cynisme de Ribben-trop. « Mais enfin, protestait Paccaud, où sont tes opinions ?... »

Ses opinions, ou ce qui lui en tenait lieu, il les retrouva trois jours de suite au manège, où Filloche, à six heures du matin, lui donna à monter des chevaux qu'Hector ne connaissait pas. Ceux de Marthe Reyniet n'étaient pas là : on les avait menés dans le Perche dès que la guerre et la réquisition avaient menacé ; ils s'y trouvaient encore. On sortit pour lui un immense tarbais nommé Quéron, un mètre quatre-vingts au garrot, en haut duquel Hector hissa sa maigreur. Il s'était attendu à un tremblement de terre, au lieu de quoi il découvrit au cheval des allures douces, coulées, de la crème. Un peu de brouillard s'attardait au Bois dans le petit matin d'octobre. Arrivé à cette immense prairie, entre Bagatelle et la route du Bord-de-l'Eau, il mit Quéron au galop sur un cercle assez vaste pour que le cheval s'allongeât. Après quoi, comme il s'appuyait sur son mors, Hector resserra les doigts et écouta l'allure. Les voitures, au loin, paraissaient fantomatiques. Les mottes d'herbe sautaient sous les sabots de Quéron. Cela sentait l'aube et l'automne. Hector se lavait. Il retrouvait ses sensations, son équilibre, la fraîcheur du monde. Les trois temps sourds du galop, martelés sur la prairie, résonnaient dans tout son corps d'où ils chassaient les maléfices des derniers mois. Il rentra au manège transfiguré.

— Alors, on dirait que ça te manquait ! remarqua M. Filloche.

Hector pensa qu'une pute aurait parlé ainsi à un client lui paraissant émerger d'une longue période de chasteté. Il haussa les épaules : « Pour ce que je sais des putes !... » Celles de Reims, après que Marthe se fut faite rare, l'avaient écœuré pour longtemps.

Il retrouva Paris quelques mois plus tard dans un sentiment d'irréalité. A quoi bon recommencer (ou commencer) à vivre puisque la guerre était pour demain ?

Hector, stupéfait, découvrit que sa mère se laissait appeler par ses pratiques « Madame Vachaud d'Arcole », du nom de sa rue, pour se distinguer, prétendit-elle, d'une autre Mme Vachaud, couturière à la journée, installée depuis peu rue Chanoinesse. « C'est une invention des facteurs », ajouta-t-elle sombrement. Elle paraissait à la fois butée et radieuse. Butée comme une qui s'attend à être critiquée ; radieuse parce qu'elle s'était forgé une alliance. Elle avait retrouvé une relation vieille de dix ans et en paraissait coiffée. Une certaine Jeanne, l'épouse d'un camarade de guerre de Guignebert, Cantini, un Marseillais perdu de vue vers 1927 quand il était retourné ouvrir un restaurant dans sa ville natale. Les Guignebert, en 32, étaient bien allés rendre visite aux Cantini, mais l'expédition avait tourné court. Au lieu de trouver leurs amis installés sur le Vieux Port, seul lieu où ils imaginaient qu'on pût tenir commerce à Marseille, il leur avait fallu les chercher au creux d'une anfractuosité pleine de cris, d'odeurs de poisson et de marmaille, que Guignebert, du fond de ses cent kilos, avait considérée avec un dégoût apeuré : le « Vallon des Auffes », il avait cru que c'était une raison sociale, non pas une adresse. Le Midi, très peu pour lui, et très peu aussi la bouillabaisse, la bourride, l'aïoli, et tous ces rigolos à feutre et cravate pâles, rasés de trop près, qui observaient Violette d'un œil à sous-entendus. Bref, on s'était quitté froidement. Là-dessus le silence était retombé ; c'est à peine si les Cantini avaient su la mort de Guignebert, et Violette, celle du restaurateur. Un rien mystérieuse, celle-là, et sur laquelle on ne s'étendait pas. Quand Jeanne, qui avait vendu le fonds, était montée à Paris « refaire sa vie » — entendez qu'elle était devenue gérante de la Boutique du Cadeau, rue des Archives — elle était venue voir Mme Vachaud. Entre veuves. Elle avait ébloui Violette.

Jeanne Cantini avait de loin dépassé la quarantaine, mais on lui voyait encore cette silhouette à la fois fuselée, opulente et serrée qui fait dire de certaines épouses de bistrot, derrière leur comptoir, qu'elles sont belles femmes. Les hauts talons, l'usage des fards, et sans doute tout un passé de pyjamas de plage, d'américaines décapotables et de terrasses au bord de l'eau : pour Violette, le comble de la dissipation. Jeanne ne se cachait guère d'avoir eu des aventures. Elle allait dans les instituts de beauté se faire gommer les rides que son habitude de rire et de hâler avait multipliées. Elle aimait les tailleurs chics, les sacs à main en lézard. « C'est plus élégant que le croco », disait Violette, très au fait dès qu'on parlait cuir.

Jeanne buvait du thé, le dimanche, à la Marquise de Sévigné, lisait les annonces matrimoniales du *Chasseur français* et mettait des songes dans la tête de Violette. « Vachaud d'Arcole », ce devait être d'elle.

— Penses-tu ! C'est à la poste qu'ils ont eu cette idée-là pour ne plus égarer le courrier de ta mère...

Elle avait tout de suite tutoyé Hector, comme s'il eût été un gamin. Elle le regardait, songeuse, de son œil au velours usé. Serge, lui, aurait su rendre ses « tu » à Jeanne. Hector n'y parvint pas. Il aima pourtant, et tout de suite, la présence de cette femme rieuse, affranchie, dont il aurait dû tout détester mais qui ramenait sa mère à la vie. C'en fut fini du parme et du gris des vêtements « demi-deuil », et des soupirs. Violette, avec sa nouvelle amie, allait au cinéma, au théâtre. Leur amitié avait d'ailleurs flambé un samedi soir que Jeanne — elle avait eu des places gratuites — avait entraîné Violette voir Jean-Pierre Aumont jouer *l'Amant de paille* au théâtre Michel. Après ça elles ne s'étaient plus quittées. Hector devina quelle jeune femme, autrefois, aurait pu être sa mère si la vie avait été plus généreuse avec elle.

Quand il était encore sous l'uniforme, Jeanne Cantini restait souvent dormir rue d'Arcole. C'est Mademoiselle Andrée qui le lui dit, les lèvres pincées : ces habitudes de pensionnaire l'irritaient. Réoccupant sa chambre, Hector privait donc sa mère de la compagnie de Jeanne Habiter ailleurs ? Il n'avait pas le sou. Filloche ne lui avait pas proposé de renouveler leur arrangement d'autrefois, et pour cause : Marthe Reyniet ne le finançait plus.

Elle parut soulagée, Marthe, quand Hector trouva un emploi chez un éditeur de recueils de jurisprudence. Entre les horaires de travail du garçon, les heures qu'il passait au manège et les soupçons inattendus qu'elle attribua à son mari, elle trouva le moyen d'espacer ses rencontres avec Hector jusqu'à les rendre exceptionnelles. Une ou deux fois, dans le pavillon où semblaient flotter encore des odeurs de peinture, ils fumèrent des cigarettes et oublièrent de faire l'amour. Hector s'en aperçut-il ? On peut en douter. A vrai dire, Marthe n'aimait guère l'homme qu'il était devenu. Il allait sur ses vingt-trois ans mais paraissait davantage. Il avait ramené de l'armée un corps musculeux, toujours blanc, et il disait des choses nobles et cassantes. Parti à son tour faire son service, Paccaud n'était plus là, hélas, pour polir Hector.

Marthe passa l'été de 1939 dans sa maison du Perche. Elle paraissait avoir oublié cet hôtel de Nogent où, deux ans auparavant, elle s'entendait si bien à cacher son amant. Maintenant elle avait la tête farcie de haute politique et d'intrigues de cabinet. Autant dire qu'elle ne montait plus. Cela, Hector ne « l'admettait pas », c'était son mot. Marthe sut l'imminence de la déclaration de guerre avant tout le monde et trouva le temps, presque joyeuse, d'appeler rue d'Arcole afin de prévenir Hector. Il partait dès le premier jour et ce furent sa mère et Jeanne, bras dessus, bras dessous, qui l'accompagnèrent à la gare de l'Est. Elles avaient conclu un accord : Jeanne louerait la chambre d'Hector, rue d'Arcole, le temps que dureraient les hostilités. Ainsi Violette ne resterait pas seule et Jeanne dormirait à dix minutes de son travail. Son petit appartement, à Boulogne, « lui donnait le bourdon ». Elle avait bien pensé à habiter l'hôtel, « mais l'hôtel, ça fait poule, tu ne trouves pas ? » Tout le monde était content.

Hector avait vu approcher la guerre avec une jubilation noire et brouillonne. « On va balayer tout ça », pensait-il. Tout ça, c'étaient les bourgeois à bedaine et à pernod, les films à la gloire des voyous, les finasseries parlementaires, les éternels étudiants en droit. C'était aussi le vieil homme, en lui, qui avait filé doux et faisait à Marthe des baisemains d'opérette afin qu'on ne devinât pas, entre eux, le lit.

Mais tout de suite un doute l'envahissait : cette « vraie

France » dont il se gargarisait existait-elle ? Maurice Chevalier, *Tout va très bien, Madame la marquise*, la veulerie, l'œuf colonial, et ces affreux galonnés rubiconds dont à Mourmelon il essuyait les sarcasmes, c'était aussi la France — c'était peut-être toute la France. Combien étaient-ils du même métal que lui, rongeant comme lui leur frein, suffoqués comme lui de mépris, et sauraient-ils se reconnaître ? Dans le train qui le menait vers Charleville les bidons de vin circulaient. Hector accepta deux ou trois rasades : il ne fallait surtout pas être fier, ni « pâlot », comme le lui avait fait remarquer une espèce d'ogre en le dévisageant. « Toi, avait-il ajouté, tu as une tête d'officier. » Hilares, les autres avaient opiné. Hector trouva pour répliquer un ton de violence sourde qui les convainquit : il était bien des leurs. « C'est drôle, pensa-t-il, j'ai simplement dit ce que je pense... »

Il fut affecté, sur la frontière belge, à un poste météorologique. On ne lui avait jamais appris à mesurer les azimuts ni à se servir d'un théodolite. Le sergent qui commandait le poste (les officiers s'étaient planqués plus au chaud), un certain Aron, n'était guère plus compétent que lui, mais, le nez toujours dans ses livres, il intimidait Hector. Et puis, un juif ! Hector n'en connaissait aucun. Un jour que le sergent s'était écarté, il s'approcha et retourna le bouquin : Machiavel, *l'Art de la guerre*. Rien qui facilitât la conversation.

Hector décida de parler au sergent de ses chers chevaux. A sa surprise, l'autre parut passionné. « Mon frère est champion de tennis », lui dit-il. Puis, comme si rien n'était plus simple : « Un régiment de spahis est cantonné près d'ici. Va voir le lieutenant B. de ma part. Il te laissera sûrement monter... »

C'est ainsi qu'un peu de bonheur hanta pour Hector le

sinistre hiver ardennais. Les petits chevaux des spahis étaient ferrés à glace. La forêt sous le givre, le matin, était belle à n'y pas croire. Les types se laissaient pousser la barbe — « le collier », disaient-ils — et portaient les passe-montagnes que toute la France tricotait en famille : tassés dans les colis du soldat, ils empêchaient de brimbaler boîtes de confit et de rillettes. Hector s'était fait envoyer ses bottes. On l'aperçut ainsi harnaché et sa réputation en souffrit. Le soir, au café du village, il essayait de se faire aimer. Il pensait à *la Grande Illusion*, à Gabin, et désespérait de savoir y faire. Comme dans le train le jour de la mobilisation, il se mit à boire un peu trop, y prit goût, continua. Il gagna même, un soir de février, un « concours de cognac » sur le score de onze petits verres. Les fins de soirée lui parurent plus faciles à vivre que les matins. Il n'était pas patient avec l'alcool ; le vin, la bière n'étaient pas son affaire ; il voulait que ça lui tape le crâne, dur et vite. Il découvrit le schnaps, le kirsch, la mirabelle, le genièvre, le marc, la quetsche, tous ces noms dont ses camarades baptisaient généreusement le tord-boyaux qu'ils versaient dès l'aube dans le café de la cambuse. On sourit d'abord d'Hector, puis il devint une figure populaire de la compagnie. En somme, il avait réussi son coup.

Le 10 mai 1940, ce fut à vingt kilomètres du plateau où était installé le poste météo que les blindés allemands rompirent le front. Le 13, vint l'ordre de repli et les types du poste, sous la direction d'un lieutenant réapparu par miracle, se mêlèrent à la cohue de l'armée Corap en retraite. Dès le début de leur carapate, Hector, qu'une cuite mémorable avait terrassé deux jours auparavant, se mit à vomir toutes les tripes de son corps. Il ne tenait plus debout, suait, essuyait sans cesse son visage, plus livide encore qu'à l'ordinaire. L'Ogre, dont la drôle de guerre n'avait pas amenuisé le volume, lui jetait des regards en dessous et rigolait.

— Alors, l'aristo, on a la pétoche ?

Avait-il peur, en effet, sous les mitraillages et les bombes des stukas, dans le hululement de leurs sirènes, ou crevait-il d'une rage incoercible, d'une honte à lui vider les viscères ?

A Brie-Comte-Robert, où l'unité météo, bloquée, fit halte, le médecin diagnostiqua « une jaunisse carabinée ».

— C'est le mal français, petit ! Que veux-tu, nous savons vivre, nous...

Ce n'était donc pas la rage patriotique qui avait engorgé le foie d'Hector, mais la gnôle. Il se sentait trop mal pour s'en indigner. Pas question de suivre la compagnie qui repartait. Rester là ? Il serait fait aux pattes. On lui trouva une place dans une ambulance à quatre civières où, à sa surprise, on le laissa seul. Marcel, le chauffeur, avait hâte de retrouver Nénette quelque part dans le Gers : « Tu crois que je vais la leur laisser, Nénette, aux frisés ? Elle se tiendrait pas longtemps tranquille, va ! Quand je l'ai eue, elle était encore vierge du cul, mais maintenant elle a plus rien à perdre... »

Marcel se révéla un génie de la carte Michelin, du raccourci audacieux, du chemin de terre qui vous arrache aux encombrements. Dans l'extravagante panique de l'exode, il inventa des ruses, des détours, des routes vides et parvint à franchir la Loire loin des ponts bombardés. Pillage ou bagou, il trouvait chaque jour de quoi manger et venait saucissonner sous le nez d'Hector, qu'aussitôt les nausées secouaient. Vingt fois, des gendarmes ou des officiers postés à un carrefour voulurent caser dans l'ambulance des blessés dont ils ne savaient pas quoi faire. Marcel leur racontait une histoire de maladie rare, de contagion, embellie à chaque halte et que les autres, dégoûtés, gobaient. Il faut dire qu'Hector, à qui Marcel ne donnait que de l'eau sucrée où nageait un peu de vermicelle, était maintenant à faire peur. Il riait tout seul dans les cahots de la vieille Hotchkiss à la pensée de la belle guerre qu'il était en train de réussir. Digne fils d'un héros ! L'image, dans le soleil, des blessés que la fable de Marcel leur permettait d'abandonner aux mouches de l'été, sur un talus, lui tournait les esprits d'un vertige de dérision. Aucun des pauvres bidasses dont il s'était moqué pendant les neuf mois de la drôle de guerre, il en était sûr, ni aucun des officiers ventripotents qui les commandaient n'aurait osé être aussi lâche que Marcel et lui traversant la France dans les ripailles de l'un et les dégueulis de l'autre. Sa tête ballant sur l'oreiller dur de la civière, couvert de sueur, perdant par instants le sens du temps et des choses, il se vautrait dans l'abjection.

Le 18 juin au soir, ils se retrouvèrent à Mérande. Marcel arrêta la camionnette dans la cour d'une clinique, dit à Hector : « Je reviens », et s'éloigna, le pas nonchalant, étrangement vêtu en civil. Où et quand s'était-il changé ? Derrière son volant ? Hector attendit un moment dans l'ambulance transformée en serre par le soleil. Puis il se décida à descendre, titubant, et à se diriger vers le perron de la clinique Saint-Joseph.

Jeanne professait que les grands désordres sont féconds. Elle le formulait autrement : « Il y a de l'argent à gagner, disait-elle, des gens à rencontrer... » Aussi, quand Violette Vachaud, dont les comportements étaient classiques, démoralisée par les théories de réfugiés qui traversaient la capitale du nord au sud, défilaient boulevard du Palais et jusque devant le magasin, voulut fuir Paris et sortit d'un placard ses valises, Jeanne éclata-t-elle de rire.

— Où vas-tu avec ça ? demanda-t-elle à Violette. Tu n'as ni voiture, ni bicyclette, ni maison à la campagne — rien. Crois-tu les boches assez bêtes, alors que la France est en capilotade, pour venir bombarder Notre-Dame ? Si l'on respecte Notre-Dame, on te respecte : tu en es à cent mètres. Mais à peine aurais-tu tourné le coin de l'Hôtel-Dieu qu'on viendrait forcer ta porte et te chiper tes chaussures. Crois-moi, restons ! En revanche, nous devrions aller en vitesse faire des provisions ; dans huit jours toutes les boutiques seront fermées ou vides. As-tu du sucre ? Des sardines ? Des petits pois ?

Violette pensa que décidément elle ne s'habituerait jamais à ce tutoiement, même s'il la flattait, et elle referma ses valises. Elle qui détestait porter les paquets,

comment serait-elle partie sur les routes avec des valises ! Elle était folle.

De cet instant, convaincue de rester, elle regarda avec
commisération les voisins entasser des paquets sur leurs
Citroën, fermer leurs persiennes, pleurer d'énervement.
Bientôt l'immeuble fut vide. En trois jours les rues adja-
centes étaient devenues désertes, les façades hostiles et
mortes. Une excitation vague chauffait le cœur des deux
amies, accoudées à l'appui de la fenêtre de la salle à
manger, qui regardaient tomber le soir d'été en tendant
l'oreille vers le grand charroi qu'on entendait du côté du
Pont-au-Change, du pont Saint-Michel ; les voitures
des premiers partis devaient être en train de se faire
mitrailler sur la Loire ; ne restaient plus à l'arrière-garde
des fuyards que les hésitants, les piétons, les charrettes
aux chevaux fourbus.

Violette, comme cent fois dans la journée — et chaque
fois son cœur se dérobait — pensa à Hector. « Dans la
Météo, ils ne se battent pas… » Elle se le répétait avec un
mélange de soulagement et de dédain. Elle essayait de ne
pas parler d'Hector à Jeanne. Mais comment rester
muette ? Elle remarqua :

— Ils vont faire sauter les ponts. Il y en a une demi-
douzaine à portée de voix. Et nous…

— Mais non ! Paris est « ville ouverte », tu l'as assez
entendu à la T.S.F. On ne voit nulle part un soldat. Sauf
les filochards, évidemment…

Puis, après un silence, à sa façon obstinée et patiente :

— Même si tu rouvres le magasin — et ce n'est pas
demain la veille ! — pas question de liquider ton stock.
Si tu veux, on planquera quelque part ta meilleure marchandise, petit à petit… Il va falloir trouver un local. Tu
attendras que les prix montent.

— Et je vivrai comment ?

— J'ai encore trois sous devant moi, le solde de la vente du restaurant, que m'a envoyé le notaire au début de mai. Encore heureux ! On se débrouillera. Je ne te donne pas six mois pour qu'elles vaillent de l'or, tes chaussures. Tu peux te vanter d'avoir de la chance ! Ce n'est pas comme moi, avec mes briquets et mes listes de mariage. Et puis, ma camelote, elle ne m'appartient même pas, alors...

Violette avait un peu le tournis. Penser à tout ça ! D'où Jeanne tenait-elle ses certitudes ? Dans les rares magasins ouverts, elle put constater que son amie avait eu raison : il ne restait déjà plus rien à vendre. « On nous a dévalisés ! » disaient les commerçants. Violette avait eu tort de lambiner. Mais des chaussures...

Huit jours plus tard, les soldats allemands écrasaient leur nez sur la vitrine et frappaient pour qu'on leur ouvrît. Ils avaient vidé déjà les grandes boutiques du boulevard Saint-Michel et de la rue de Rivoli. Tout leur était bon : petites et grandes tailles, l'enfant et la femme, la ville et le sport, le richelieu et la sandale. A croire qu'ils allaient pieds nus, là-bas. Violette baissa le rideau de fer : après tout, elle pouvait bien être partie, elle aussi. Elle alla faire un tour sur la rive gauche, un autre jusqu'au Palais-Royal, à l'Opéra. Les quelques magasins ouverts étaient pris d'assaut par de joyeux garçons barbares, qui payaient sans discuter et montraient la photo de leur femme afin qu'on leur indiquât, au jugé, les bonnes tailles. Elles avaient de gros seins, semblait-il.

Violette revint rue d'Arcole l'estomac barbouillé. Mais en même temps il lui semblait commencer à comprendre ces évidences que Jeanne savait de toute éternité. Une impatience la saisit, qui lui fit honte. Alors elle pleura.

— Que t'arrive-t-il ? demanda Jeanne.

— Hector..., soupira-t-elle.

Elle avait à peine conscience de mentir.

— Cela ne sert à rien de pleurnicher, constata Jeanne, l'œil soupçonneux.

Violette, en vérité, s'était apaisée depuis que le désastre était consommé. Elle avait si souvent dit « la France », sans y penser : « Mort pour la France », « la pauvre France ». Maintenant elle y pensait, à la France, comme à un proche enfin froid après une atroce agonie. « Il ne souffre plus... » Pour une bonne moitié, les morts sont des délivrances. Violette jouait à la veuve de la France — vieille habitude ! — mais s'avançait vers l'avenir d'un pas déjà plus guilleret. Sa sérénité reposait sur le raisonnement suivant : premièrement, on ne se fait pas tuer dans la Météorologie. Deuxièmement, c'est en résistant qu'on se fait tuer, non pas en se sauvant, et l'on n'est plus en 14. Troisièmement, si Hector est sauf, il ne peut plus rien lui arriver. Or, l'intuition de Violette, fameuse autrefois dans la famille Bigeon, lui « disait » qu'Hector était vivant. A la mairie, où elle allait chaque matin quêter des renseignements, elle consultait les listes des survivants et non pas celles des « morts et blessés ». Sa superstition était presque aussi célèbre que son intuition. Elle repartait lentement, flânait. Elle n'avait plus flâné ainsi depuis 1923, 1924, quand elle attendait chaque jour Hector devant l'école. Les façades aux fenêtres closes, la chaleur, les rues vides composaient un spectacle insolite. Que ces camions gris, tous ces soldats ennemis en fussent le ressort et l'élément les plus dramatiques, voilà qui ne parvenait pas à accabler Violette. La guerre, la mort : elle avait assez donné, elle se sentait quitte. Ces Allemands, il arrivait qu'avec leurs traits bien accusés, leurs joues si joliment creuses ils lui rappelassent Hector. Hector, qui, à la gare de l'Est en septem-

79

bre dernier, ressemblait si peu aux pauvres garçons en compagnie desquels il partait. Hector qui paraissait s'être trompé d'armée, de cause, d'époque. Hector que Violette, palpitante, devinait là, quelque part, indemne et sans doute désespéré, mais qui lui serait rendu.

Le 25 juillet Mademoiselle Andrée réapparut. L'exode ne l'avait pas menée plus loin que le Gâtinais, où elle avait un frère. Elle en était revenue à bicyclette, bronzée, volubile, revancharde. Violette et Jeanne, ennuyées, comprirent qu'on allait parler politique et payer Mademoiselle Andrée à ne rien faire. Rouvrir le magasin ? Jeanne fut intraitable. On lui avait proposé, rue Ordener, du sucre à trois fois son prix : ce n'était pas le moment de flancher.

Le Dr Lambert, médecin-chef de la clinique Saint-Joseph, était une « gueule cassée ». Les chirurgiens lui avaient rendu apparence humaine vers 1919 à coups de greffes et de miracles d'ingéniosité. « J'ai le visage fait avec les fesses », éructait-il, sa laideur penchée sur le foie d'Hector. Il l'auscultait en lui promenant sur l'abdomen deux doigts froids qu'il tapotait de l'index et du médius de l'autre main. Le son restait désespérément mat. Le foie d'Hector ne se dégonflait pas. « Picoleur ? » demandait Lambert, méprisant. Il voulait dire : « Jouisseur ? Athée ? Socialiste ? »

— C'est fini, tout ça. On va nettoyer les écuries d'Augias, *Monsieur* Vachaud. Elle aura au moins ça de bon, la débâcle des foutriquets, qu'elle va permettre aux vrais Français de les mater...

Il prolongeait la diète d'Hector comme s'il eût voulu le tuer d'inanition. Civil, militaire, Hector ne savait plus ce qu'il était. Il en avait touché un mot à la mère supérieure, laquelle avait prévenu les gendarmes. A quoi bon ? Entre les Belges, les réfugiés de vingt départements, les soldats sans officiers et les officiers sans soldats, la petite ville était asphyxiée. On logeait des gens chez l'habitant, dans les écoles, à la salle paroissiale. Un vicaire, flairant du gibier pour lui, était venu rendre visite à Hector, qui n'était pas en aussi piteux état que la mère supérieure le prétendait ; et surtout l'abbé l'avait trouvé dans d'excellents sentiments. Une sainte colère. Une rage purificatrice qui laissait bien augurer de l'avenir immédiat de ce garçon. Informé, le Dr Lambert mit une sourdine à ses sarcasmes. « De mon temps, bougonna-t-il, quand ça marmitait, on avait le cuir troué, on n'engorgeait pas son canal cholédoque... » Il finit quand même par remettre Hector sur pied. La mère supérieure, apitoyée, accepta de lui laisser un lit et un coin de chambre. Sans cela comment eût-il fait ? Marcel, dans la poche du beau costume civil qui le faisait ressembler à un notaire encanaillé, avait emporté les économies de son passager...

Cette deuxième quinzaine de juillet, Hector erra dans les rues de Mérande. Il ne pouvait pas même se payer une eau minérale au café du Progrès et il prenait ses repas, le plus souvent, histoire d'échapper aux regards du Dr Lambert, au « restaurant communautaire » organisé par la mairie pour secourir les réfugiés. Les commerçants, en effet, ne leur vendaient plus volontiers, même à ceux qui avaient de l'argent et en proposaient beaucoup.

Hector réfléchissait. Coupé du reste du monde, plutôt que de s'abandonner aux jérémiades, il essayait de mettre à profit ce vide et de le peupler de pensées utiles. A la radio, dans les discours des distributeurs de soupe, dans les homélies des curés — son petit abbé ne le lâchait plus — flottaient des mots nouveaux qu'Hector écoutait, intéressé. Il avait jeté à la boîte, en haussant les épaules tant le geste paraissait saugrenu, quatre lettres : une destinée à sa mère, rue d'Arcole, deux à Marthe, à Paris et dans le Perche, et une, la plus chimérique, à Serge Paccaud, expédiée à l'adresse de son secteur militaire ! Bouteilles à la mer. De modestes bouteilles, où n'était dit que l'essentiel : « Je vais bien », et l'adresse de la clinique Saint-Joseph, qui paraissait démentir la première assertion.

Reprirent les déambulations, entrecoupées de rares bavardages avec tous ceux qui traînaient, comme Hector, dans les ruelles ombreuses et sous les ormes : soldats débandés, bourgeois agités, éternelles victimes des fausses nouvelles, paysans du Nord et de l'Est aux lents accents. Les bourgeois étaient les plus déplaisants, toujours à la pêche aux privilèges, colportant des ragots de leurs voix haut perchées. Peu à peu un nouveau vocabulaire s'installait, des slogans qu'on répétait avant de les avoir compris. « Il faut être vigilant », pensa Hector. Mais qu'avait-il à protéger, pour songer à être vigilant ?

A la gendarmerie, peut-être pour ne plus le voir, on lui conseilla de se rendre à Auch où il semblait qu'on démobilisât les militaires dans son cas, éclopés ou blessés coupés de leurs unités. Il emprunta un vélo à l'abbé. « Cinquante kilomètres, par cette chaleur, et dans votre état ! » Mais à peine eut-il roulé cinq kilomètres qu'Hector se sentit revivre. La route était déserte, la campagne invulnérable. Quel dommage qu'on ne l'eût pas envoyé, dans la direction opposée, se faire démobiliser à Tarbes ! Hector avait toujours imaginé Tarbes comme Saumur ou Chantilly, un lieu voué aux chevaux. Mais Auch ?

Il y trouva, au quartier où tenaient garnison les dragons, une espèce de révolution en marche. Le colonel, un type au nom alsacien, avait décidé d'y « reprendre la situation en main ». Cela semblait consister en travaux de nettoyage et de jardinage : des tas de détritus vidés des greniers attendaient d'être brûlés ; les chambrées étaient peintes de neuf ; des bidasses transportaient des géraniums dans des brouettes. L'allure même des hommes étonnait : en short, torse nu, on ne leur voyait pas le regard oblique ou narquois des soldats vaincus. Que se passait-il ? Dans les bureaux où se présenta Hector ne régnait pas l'affreuse odeur de crésyl, de sueur et de fumée froide des casernes françaises. Les fenêtres, ô miracle ! étaient ouvertes.

Pendant qu'Hector attendait le verdict d'un intendant à quatre galons que son cas passionnait (oui ou non, sa jaunisse lui « ouvrirait-elle droit à pension ? »), une cérémonie se préparait dans la cour du quartier ; prise d'armes, salut aux couleurs ou simplement harangue à la troupe, Hector ne voyait pas au juste en quoi cela consistait. Deux canons de 75 fraîchement astiqués, des bégonias en carré, un mât d'un blanc immaculé : cette armée défaite était fringante. Le colonel prit la parole. Il parlait en détachant ses mots pour que la brise ne les emportât point, chacun claquant en jappement satisfait : « ... Soyons nets, impeccables, élégants. L'élégance, ce n'est pas seulement le pli du pantalon, c'est l'âme, le style ! Pas de relâchement ! Pas de mains dans les poches ! Pas de mégot aux lèvres ni de débraillé !... »

« Il pète sec », pensa Hector. Le colonel, il faut dire, avait l'allure fière. Ses paroles étaient faites aux mesures des répugnances d'Hector ; le garçon observa avec curiosité l'homme qui osait clamer ces évidences devant le front des troupes. Il observa aussi les visages : aucune grimace contenue, aucune raillerie. L'officier qui, six mois plus tôt, se fût risqué à tenir pareil langage eût senti frémir son auditoire de gouaille ou de colère. Là-dessus, la clique attaqua *Sambre et Meuse* sur un rythme allègre et les dragons — à pied, malheureusement — défilèrent comme s'ils aimaient ça. Quand ils firent « tête gauche » devant le colonel, c'est aussi Hector, là où il était placé, qu'ils fixèrent. Ils avaient des regards honnêtes.

Dix minutes plus tard, le colonel poussa la porte du bureau où l'on tamponnait le livret militaire d'Hector. Il fit signe au garçon de se mettre au repos.

— Vous n'êtes pas de chez moi, vous ?

Les yeux dans les yeux, le menton levé.

— Je vous ai repéré, de loin. Drôle de tenue, mais jolie silhouette. Votre unité ?

Cinq minutes plus tard, Hector en était à résister au chant de la sirène guerrière qui lui faisait miroiter les charmes de la nouvelle armée en train de naître, la prime pour un engagement de trois ans, et surtout, surtout ! les chevaux...

— On nous *les* rend ! Finies les odeurs de pétrole et de goudron. On va leur en montrer, des cavaliers !

Hector admirait que la poussière de l'allée où ils marchaient côte à côte ne fît pas perdre aux bottes du colonel leur éclat. Il était heureux. Heureux que l'on eût deviné, simplement à le voir, un homme de qualité, même après vingt-cinq kilomètres de route et habillé comme l'as de pique. Heureux de retrouver un rythme de monologue, des sujets, des mots qui lui étaient familiers et que les mois de guerre avaient paru condamner à jamais.

— Mais au contraire, mon petit vieux ! Nous avons une formidable place à occuper. On ne va pas laisser les amiraux les prendre toutes. Ils ont failli nous en mettre un à la tête des haras, vous vous rendez compte ! Qu'est-ce qu'il aurait fait, avec sa casquette, le boute-en-train ?

Le colonel égrena un rire aussi fluet que sa personne. Puis, comme il avait quand même donné dix pleines minutes à ce garçon parfait mais un peu trop réfractaire à l'enthousiasme, il le quitta sur un « réfléchissez ! » à la fois impérieux et implorant, et s'éloigna. Vif comme un jeune homme, il fit demi-tour, revint, s'arrêta à trois pas, toisa Hector :

— Rappelez-vous, mon petit, ces trois mois que nous venons de vivre. Ne les oubliez jamais ! La France a mérité sa déculottée. Vous m'entendez ? Mé-ri-té. A nous de lui apprendre une morale...

Au retour, il pédala doucement. Le soir tombait, Hector se sentait les jambes lourdes. Il repensa plusieurs fois au colonel, à son beau régiment de fantaisie et crut convenable, à chaque fois, de ricaner. Jusqu'à ce qu'il comprît qu'il n'avait nulle envie de rire et qu'il se sentait très proche, au contraire, du colonel du 2ᵉ dragons. Comment s'appelait-il, déjà ?

Si une part de lui était prête à se moquer de ces plates-bandes, de ces garde-à-vous de rêve et surtout de la rhétorique du colon, une autre y reconnaissait des écœu-rements familiers. Il était étonné qu'on les formulât. Mais n'avait-il pas, lui aussi, détesté l'accent mou des Parisiens, leur bouche qui se tordait, les chansons où les Français de ces dernières années goualaient leur abandon avec une délectation affreuse ? Détesté les guinguettes, les bretelles, les tandems, les bagnoles, les casquettes sur l'œil, la poésie des faubourgs et des marlous ?

Epuisé, il fit halte et s'assit sur le parapet d'un pont. L'eau de la rivière, glauque et rapide, reflétait déjà la nuit proche. Un des mots qui dansaient en lui l'avait blessé. Etait-il si innocent qu'il pût songer aux marlous de cinéma avec ce dédain ? Il se rappela des petits détails atroces : ses conforts de gigolo, les chambres d'hôtel et les dîners mystérieusement payés, les carafes toujours pleines, les paquets de Craven dans ses poches... Quant à ses grands airs ! N'était-ce pas le peuple qu'il détestait, ses joies faciles, son naturel qu'au fond il enviait ? Le peuple dont il se savait si proche. Il s'était sauvé, mais il pouvait être à tout moment rattrapé. Il pensait : contaminé. Le *Sergent* Vachaud survivant, Hector se fût retrouvé le fils d'un chef de rayon à la Belle Jardinière. Moins glorieux encore que « les pompes d'Arcole » ! Et s'il s'était réfugié avec cette ivresse dans les manèges, c'est qu'il y voyait des lieux abstraits, coupés du monde réel, où l'on cultivait une science et des usages d'un autre temps. Ainsi font, en devenant prêtres ou profs, les hommes que rebute la bataille de la vie : enfants, femmes, sacristies, collèges — ils se croient à jamais protégés des cruautés et du grand vent. Vies douillettes, vies en miniature, en reflets, où il n'y a rien à conquérir, rien à mériter qu'une retraite ou le ciel, ces blagues. Les manèges, on ne les fréquente que déguisé, on y parle un langage désuet. Comme les casernes, à bien y regarder. Ce colonel, tout à l'heure, qui paraissait avoir oublié l'humiliation, comme s'il n'eût pas été un officier vaincu, et qui jubilait parce que « ses garçons » gonflaient les pectoraux, plantaient des bégonias. Un chimérique lui aussi, un frileux peut-être, qui préférait à la vraie société des hommes ces espaces clos de murs à l'intérieur desquels règne une étiquette surannée. Là, on ne mettait pas en question sa compétence ni son droit à parler d'élégance et de morale. Là, on le saluait selon un rite indiscuté. Comme au collège ! Comme au séminaire ! Toutes les voies de garage, sur le réseau de la vie, se ressemblent. La France, cette drôle de France « non occupée », « nono » comme on commençait à dire — et quel symbole que ce fût presque, *Nono Nanette*, le titre

87

d'une opérette ! —, n'était-elle pas en train de se mettre tout entière sur une voie de garage ? « La nouvelle armée... » Une armée sans chars ni canons, mais avec des cliques, des fourragères, des gants à crispin — et des chevaux !

Hector reprit sa bicyclette. Le phare était déglingué. Il en serait quitte pour se planquer dans le bas-côté s'il entendait venir, par miracle, une voiture dans la nuit maintenant tombée. Mais les routes étaient vides depuis qu'étaient repartis vers le nord, à l'aventure, les réfugiés qui avaient trouvé de quoi rouler deux cents kilomètres. Il n'y avait plus un bidon d'essence à Mérande.

Hector passa sa dernière demi-heure de route à calculer combien de temps il pourrait tenir avec sa prime de démobilisation. « Votre pécule », lui répétait le commandant. Un pécule, une pension ! La guerre lui laissait la monnaie de sa lâcheté. Mille francs : un mois de salaire de manœuvre. De quoi survivre quelques semaines si la cantine n'éteignait pas ses fourneaux et si la clinique ne lui fermait pas sa porte. Après quoi... Jamais Hector n'avait senti se creuser devant lui cet abîme de liberté. La liberté, mais dans une prison. A supposer qu'il pût franchir la ligne de démarcation, que ferait-il à Paris ? Et à quoi ressemblerait Paris ? Les bruits les plus discordants couraient. Il lui paraissait inconcevable de retrouver le petit bureau de la rue Servandoni, les arrêts de jurisprudence, et plus encore la faculté. La France des avocats et des tabellions avait du plomb dans l'aile. Cela se disait beaucoup, du moins.

Hector faisait la queue chaque matin à la poste, parmi cent personnes désœuvrées et anxieuses qui guettaient un télégramme, une lettre, dont elles espéraient hâter l'arrivée en suppliant les préposés. Deux ou trois jours de suite il alla ainsi languir devant le guichet numéro trois où une jeune femme dépensait une gentillesse inépuisable. Il surprit son nom quand une collègue l'appela : Thérèse. Il la baptisa, tant elle était courtoise et douce, « Sainte Thérèse ». Le troisième jour, avec un sourire malicieux, visage baissé mais les yeux levés, elle lui tendit une lettre : « Je vous l'ai gardée », murmura-t-elle. Elle l'avait donc subtilisée au facteur pour la lui remettre elle-même.

Hector, sans céder à la suffisance, s'était habitué aux privilèges de la beauté, à la sécurité qu'elle assure à ses bénéficiaires. Il accueillait avec le même naturel la curiosité du colonel ou le sourire de Sainte Thérèse, conscient qu'il les devait à sa jolie tournure. Il répondit à mi-voix, sentant l'impatience gronder derrière lui. On l'écrasait contre le comptoir.

Le soir, il croisa Sainte Thérèse rue de l'Evêché, et, au lieu de répondre de loin au battement de paupières dont elle le gratifiait, il l'aborda. Debout dans la rue, elle était plus élancée et jeune que derrière son guichet, et plus belle sans sa blouse. Elle paraissait embarrassée. Comme il était périlleux pour sa réputation à Mérande de rester plantée là où toute la ville passait, elle invita Hector à l'accompagner. Le mouvement est innocent. Il lui offrit un jus de pamplemousse et lui parla de son meilleur ami, un passionné de jazz. Oui, il avait serré la main de « Django ». « Mais que m'arrive-t-il ? » se demandait Hector. Il se fichait bien du jazz et de Django

— C'étaient de bonnes nouvelles, la lettre de ce matin ?

— De ma mère, excellentes. Elle est restée à Paris tou‑ ce temps

— Vous avez eu de la chance. Les lettres, maintenant, c'est fini. Il n'y aura plus que les cartes inter-zones...

Il fallut à Hector trois soirs et tout un samedi pour venir à bout de la vertu de Thérèse. Elle céda le dimanche, dans le logement qu'elle habitait au-dessus des Dames de France : par la fenêtre on voyait à l'envers les lettres de l'enseigne, qu'Hector épelait, pour faire poétique. Il manquait le D : « Ames de France », c'était de circonstance. La Révolution Nationale, comme écrivaient maintenant les journaux, ruisselait d'âme. A ce propos, et à propos de vertu, Thérèse parut à Hector plutôt experte. Qui l'avait débrouillée ?

— Que va-t-on dire de toi ? demanda Hector avec une tendresse qui ne lui était pas habituelle.

Leur étreinte avait été réussie et rieuse : cela non plus ne lui était pas familier.

— Je m'en tamponne. Je ne dois rien à personne, moi.

— Tes parents habitent Mérande ?

— Non, Tarbes. Pourquoi ?

Comme un gosse, le jeudi, qui montre ses jouets à un nouveau copain, il se décida à lui parler des chevaux. Il n'en avait pas dit un mot au long des quatre jours de séduction : il ne devait pas l'en croire digne. Il eut, en s'y risquant, la surprise de découvrir une auditrice attentive.

— Je me disais aussi...

— Tu te disais quoi ?

— Rien... Quelque chose, chez toi...

Il eut peur de la sottise qu'elle allait proférer et l'allongea vite sur le lit. Cela aussi, c'était nouveau, ce goût de retourner au plaisir.

Il devenait urgent de trouver de l'argent.

La lettre de Mme Vachaud, vieille de quatre semaines, appliquée et prudente, où revenait trois fois le nom de Jeanne Cantini, avait mis fin aux angoisses d'Hector. Et du même coup à ses espoirs : sa mère tranquillement calfeutrée à Paris, cela faisait pendant à sa jaunisse et à l'odyssée dans l'ambulance de Marcel. Le drame s'était refusé aux Vachaud. Les guerres se suivent et ne se ressemblent pas.

Mme Vachaud parlait à Hector, dans sa lettre, d'avenir, de travail. Elle écrivait, puisqu'elle avait toujours pensé et écrit ainsi : « songer à ton avenir », « te faire une situation ». Le monde s'était écroulé, mais rue d'Arcole on pensait à se faire une situation. Une bouffée de rage embruma la tête d'Hector et il repensa au colonel du 2ᵉ dragons. Il avait paru prêt à Dieu sait quelles caresses pour recruter dans son « armée nouvelle » un cavalier de belle prestance. Hector regretta de n'avoir pas été plus attentif pendant que discourait ce brillant officier. Il se rendit à la gendarmerie et expliqua son désir — éventuel — de souscrire un engagement. Les gendarmes le regardèrent comme le ravi de la crèche. Eux qui avaient pensé se débarrasser de lui en l'expédiant à Auch ! On lui conseilla d'y retourner. Hector n'osait pas dire à Thérèse les intentions qui prenaient forme en lui. Il avait peur qu'elle ne le méprisât. Sous-off ! Car, une fois oubliés les massifs de fleurs et le lyrisme du colonel, c'était de ça qu'il s'agissait. A cheval, oui, mais sous-off. Et à vingt-cinq kilomètres de Thérèse, dont l'impudeur et le naturel lui étaient devenus en quinze jours plus précieux que le pain, d'ailleurs rare. Hector décida d'hésiter encore.

Le notaire de la ville l'engagea à la semaine pour mettre de l'ordre dans son courrier et ses dossiers : il n'avait aucune nouvelle de ses deux clercs et les imaginait prisonniers. Un licencié en droit qui acceptait un salaire d'ouvrière, c'était une aubaine. Et tant pis s'il couchait avec cette petite postière — on a ses renseignements —, dont les parents, à Tarbes, avaient déplorable réputation, des rouges, en cheville avec tous les Espagnols de la ville. Quant à elle, le Dr D. en savait long sur ses charmes. Passons. Le cher maître contemplait avec une commisération envieuse la maigreur d'Hector et cherchait à en savoir plus sur ce jeune homme taciturne. « Il a l'air bien dédaigneux... »

Un matin, une traction étincelante s'arrêta devant l'étude. En sortit un colonel beau comme une image qui demanda à voir Hector. Une sale histoire ? Un parent ? Vingt minutes plus tard, le garçon raccompagna son visiteur sans courbettes excessives. Il arborait même, en regagnant son bureau, un drôle de sourire. Il le perdit le soir, quand Thérèse lui annonça qu'elle était enceinte.

Marthe Reyniet avait reçu une des deux lettres d'Hector, celle qu'il avait adressée à Paris, et en avait été contrariée. Elle était heureuse, certes, et soulagée de le savoir sain et sauf, mais elle craignait qu'il ne s'accrochât. Louis Reyniet avait failli devenir ministre et, sur cette lancée, occupait à Vichy des fonctions vagues mais considérables. Le petit le saurait vite, s'il ne le savait pas déjà, et débarquerait. Mieux valait prendre les devants. Mais comment ? Il était plus sage de ne pas aventurer du courrier dans ce grand désordre. D'ailleurs les temps n'étaient plus à l'imprudence. Marthe avait été folle de laisser se glisser dans sa vie ce vieil homme, ce politicien de toutes les combines, dont Hector n'avait jamais soupçonné l'existence, qui avait essayé de fuir la France à bord du *Massilia* et venait d'être arrêté. La même fournée que Blum. Marthe en frissonnait d'inquiétude. Elle cherchait à se souvenir : n'avait-elle pas écrit des lettres — ah ! les lettres —, laissé ici ou là des traces de leur liaison ? Si l'on venait à citer son nom, c'en serait fini de l'ascension de Louis. Ou, pis encore, il leur faudrait affronter quelque chantage, et l'affronter ensemble, après que Marthe se serait humiliée à confesser ses imprudences. Il n'était pas question de laisser Hector venir patauger là-dedans.

Louis Reyniet eut à faire à Pau et Marthe insista pour l'accompagner. Vichy et les ragots du Sporting l'assommaient. Une fois à Pau, elle trouverait bien le moyen de gagner Mérande.

Ce ne fut pas si facile : l'essence était comptée et le chauffeur ne pouvait pas être mis dans un secret. Marthe se souvint opportunément d'un élevage de chevaux, près de Lannemezan, que possédait un ancien de chez Filloche et qu'elle « mourait d'envie de visiter ». Elle obtint le plein, et de prendre elle-même le volant : elle avait cent cinquante kilomètres à parcourir.

Sur la route elle respira pour la première fois depuis l'arrivée des Allemands à Nocé. Depuis ce bruit du gravier écrasé quand les motos et deux drôles de voitures grises, hautes sur roues, ouvertes à tous les vents, avaient fait une demi-volte devant la maison avant de s'arrêter au pied du perron. Cinq officiers. Il avait fallu leur abandonner le salon, le billard, les plus belles chambres et les écouter rire et chanter, le soir, pendant qu'ils buvaient leur affreux mélange de cognac et de bière. Le départ pour Vichy, malgré l'abandon de la maison, avait été une délivrance. Mais là, ces grimaces qu'il avait fallu s'imposer ! Marthe détestait la province, les villes d'eau, la vertu. Elle baissa la vitre ; la matinée de septembre était chaude.

A Mérande, elle se rendit droit à la clinique Saint-Joseph où la mère supérieure, l'air pincé, lui indiqua l'adresse du notaire, mais pas celle d'Hector. Comme il était l'heure du déjeuner, Marthe alla attendre la réouverture de l'étude au restaurant Métropole, où elle commanda du confit et une bouteille de cahors. Entre deux boules d'hortensias elle vit passer Hector sur le trottoir, une fille à son bras. Ils n'avaient pas l'air à la fête. Marthe expulsa d'elle un petit rire, se versa un troisième verre de vin et pensa à son âge. Elle sentait ses paupières s'alourdir et se demandait ce qu'elle était venue faire ici. « Tirer un trait », murmura-t-elle. Sous quelle soustraction ? Jolie, la fille. Ordinaire, mais jolie. Marthe alluma une cigarette. Elle qui avait craint l'insistance d'Hector, et qu'il ne la harcelât ! Elle pensa à une citation qu'elle aimait : « Tout finit bien, puisque tout finit… » Avec satisfaction, elle constata que le petit pincement au cœur s'était relâché ; entre les hortensias, le trottoir était vide ; elle chercha son reflet dans un miroir et se vit le visage détendu ; un peu rose, peut-être ? Elle vacilla en traversant la salle. « J'y vais à pied », décida-t-elle.

Le notaire crut devoir garder un silence réprobateur. « Il prend l'étude pour un salon, ce petit Vachaud… » L'élégance de Marthe, un tailleur couleur de sable et des escarpins blancs, pourtant, l'impressionnait. Il désigna lui-même à Hector, du geste, le bureau inoccupé de Dupanlot.

Le notaire pianotait sur sa table. Il avait laissé sa porte entrouverte afin de voir s'en aller la dame en beige. Bientôt une heure que cela durait ! Quand elle sortit de chez Dupanlot, elle lui parut majestueuse comme une goélette. Il avait lu cette comparaison, qu'il trouvait superbe. Il se précipita et arriva juste à temps pour se faire présenter par le petit Vachaud et pour accorder « le pardon » qu'on sollicitait avec une aisance qu'à part soi il qualifia de « parisienne ». Il risqua un baisemain, un « très honoré », un sourire. Reyniet ? Comme le ministre ? Enfin, presque… Cet Hector était un luron ou un fils à papa. Mme Reyniet disparut dans un tourbillon de Fougère royale. Le notaire se retourna, indécis et grisé. Il fut surpris de découvrir à Hector Vachaud une tête de coupable après l'aveu.

L'affaire avait été vivement menée. Emportée par le cahors au-delà d'elle-même, Marthe avait tout de suite tutoyé Hector. « Va-t-il feindre ? Va-t-il *la* trahir ? » se demandait-elle. Au lieu de quoi, l'air contraint du jeune homme fut parfait. Ainsi, il n'était pas une canaille ? Cette constatation amollit le cœur de Mme Reyniet.

— Tout a bien changé, mon pauvre chéri, dit-elle.

En cinq minutes Hector avoua tout ce que ne contenaient pas ses lettres : la jaunisse, Marcel, ses économies envolées, la caserne d'Auch, Thérèse. Il ne parla pas du « pécule ».

— Elle est jolie ? demanda Marthe avec une grâce et une tristesse infinies.

Interdit, Hector la regarda : « Se fiche-t-elle de moi ? » D'un coup refluèrent sur lui tous les souvenirs équivoques, les humiliations en forme de générosités, les leçons reçues lèvres serrées.

— Elle est postière, dit-il. Elle a vingt ans, elle est postière et elle attend un bébé.

— Il faut arranger ça, dit Marthe, très vite. Mon pauvre chéri, il faut arranger ça.

Elle triomphait : elle avait bien vu ; jamais elle ne s'était trompée sur la mine d'une femme. Elle ouvrit ses bras à Hector.

96

Les *Dalloz* au dos noir et doré, la lampe à abat-jour vert, les meubles d'ébène composaient un décor parfait pour cette étreinte édifiante. Marthe ne mit pas longtemps à convaincre Hector d'accepter de quoi payer l'avortement. Elle s'était munie d'argent, à tout hasard Cela sert, parfois, de ne pas croire à la beauté de la nature humaine. En venant, sur la route, elle avait cherché les mots qui feraient passer la chose. Elle avait trouvé . « Un petit viatique, en souvenir... », ce qui n'était pas fameux, elle se l'avouait, aussi avait-elle pensé qu'il lui faudrait insister sur les points de suspension, la mémoire triste. Elle n'avait pas imaginé devoir étaler sa science des faiseuses d'anges, qui était courte. Elle avait entendu dire : mille, quinze cents francs. Marthe avait deux mille francs sur elle. Elle adapta les prix à ses possibilités. Hector, le sec Hector, s'épongeait le front.

Marthe regardait suinter cette eau avec sévérité. Il ne fallait pas laisser s'engluer la conversation. Elle tenta un de ces changements d'allure auxquels, naguère, elle excellait :

— Quant à ton avenir, dit-elle, usant des mêmes mots qu'eût choisis Mme Vachaud, tu ferais une folie en retournant voir ton colonel Chose ou Machin. Je ne doute pas qu'il soit un homme de qualité, il faut l'être pour avoir tout compris aussi vite ! Mais l'armée, pour l'instant, est sur la touche. Il se prépare des choses autrement intéressantes. A Vichy... Ailleurs... Crois-moi ! Il ne faut pas repeindre les vieilles baraques, par les temps qui courent, quand on peut en changer. Tu sais de qui j'ai entendu parler, pas plus tard qu'hier. Ton ami Serge...

Hector avait relevé la tête. A la vitesse avec laquelle la gêne fit place sur ses traits à une curiosité joyeuse, Marthe mesura combien il était encore gamin.

— Où est-il ?

— Il avait été fait prisonnier je ne sais pas où dans les Vosges. Mais lui, au lieu de rester comme une loque à chasser ses poux, écouter l'aumônier dire des messes et attendre d'être emmené en Allemagne, il s'est évadé. Une histoire rocambolesque, je crois, très crâne, très chic Bref, il est arrivé à Vichy gonflé à bloc. Il ne pense plus pour l'instant à l'architecture, mais à inventer pour la jeunesse un nouvel encadrement, des raisons de ne pas se laisser aller. Tu as entendu parler des Chantiers ? Il est dans le coup. Et dans plusieurs autres. C'est lui que tu dois revoir, il te prendra dans ses équipes.

Hector était stupéfait. Serge, le Serge de *Jazz Hot* et des chahuts aux Beaux-Arts, tenait le même discours, ou à peu près, que le « colonel Chose ou Machin » ? Marthe elle-même...

— Tu ne réponds rien ?

Marthe le scrutait. « Après tout, songea Hector, je viens bien de lui expliquer que le beau 2ᵉ dragons me tentait et que j'étais prêt à en prendre pour trois ans. Nous voilà tous logés à la même enseigne. Pourquoi Marthe ne me croirait-elle pas de son bord ? *Et ne suis-je pas de son bord ?* Retrouver Serge !

— Ce serait formidable de retrouver Serge...

— Je me charge de tout. Avant dix jours tu auras de ses nouvelles. Maintenant, je m'en vais. La route est longue jusqu'à Vichy.

Marthe n'avait rien dit de Pau, ni de l'époux qui l'attendait à la préfecture en piaffant. Elle s'était dirigée vers la porte et l'avait ouverte avec un calme austère et théâtral. « Que ce petit notaire n'aille pas imaginer Dieu sait quoi... »

« ... Nos femmes, les femmes françaises, étaient trop souvent molles, geignardes, volages, vaniteuses. Trop d'entre elles préféraient à la noble douleur de l'enfantement la beauté artificieuse de leur corps, et leur confort à l'aventure d'élever une famille. Trop d'entre elles renonçaient aux joies austères du foyer, encombraient les usines et les bureaux pour y gagner l'argent de leur superflu, quand elles ne préféraient pas se pavaner au volant de leur voiture ou au bras de leur amant. Trop d'entre elles, après la faute, n'hésitaient pas à payer d'un meurtre, oui, d'un meurtre ! leur stérilité retrouvée... Vous ne serez pas, Messieurs, semblables à ces hommes qui toléraient, voire encourageaient de telles femmes. Vous ne serez pas les jouets de leurs manœuvres ni les complices de leur immoralité. Vous leur préférerez, demain, quand il sera l'heure de vous choisir une épouse, les vraies jeunes filles de France, laborieuses, honnêtes, fidèles, gaies. Et puisque vous avez le privilège en ce château de La Brugne, témoin des hauts faits d'autrefois, de passer les semaines de votre stage dans la familiarité de la tradition, auprès d'hommes qui la connaissent, la pratiquent, la respectent et veulent vous l'enseigner, n'oubliez pas que dans nos vies tout se tient. Une belle âme transparaît sur le visage, et les vertus cachées condi tionnent les vertus publiques. Ne soyez pas des hommes à secrets, des hommes à contradictions, des hommes divisés. Ne soyez pas de ces garçons dont le cœur trahit les lèvres. La Révolution que, tous ensemble derrière notre chef, nous sommes en train d'accomplir n'a besoin et ne tolère que des hommes *entiers* !... »

« Bonne nouvelle, gronda Hector entre ses dents, la Révolution Nationale n'a pas l'intention de hongrer ses zélateurs... »

Il était assis en tailleur — la culotte de whipcord et les bottes ne rendaient pas cette position confortable — au milieu du cercle d'une trentaine de jeunes hommes, certains vêtus comme lui, les autres de pièces et de morceaux, presque tous les cheveux à la brosse, qui écoutaient parler le capitaine de Vergeoise. Seul debout, le capitaine, jambes écartées, bras croisés, la cape avantageuse, éclairé par le feu comme les comédiens d'autrefois l'étaient par la rampe des chandelles. Cela ajoutait du relief à un visage qui en manquait peut-être, et l'on sentait que l'orateur ne détestait pas cette sobriété grandiloquente, ce martèlement de ses paroles dans le silence de la nuit que troublait, de loin en loin, l'écroulement des bûches. Là-bas, la façade du château rougeoyait, mouvante, au gré des flammes.

« Autrefois l'aumônier, hier le colonel, ce soir Vergeoise : je suis voué aux harangues, feux de camp et levers des couleurs », songeait Hector.

C'était la troisième fois en cinq mois que le capitaine de Vergeoise montait au château et qu'Hector entendait le couplet sur les femmes artificieuses et les ventres inféconds. A chaque stage on invitait Vergeoise et il exigeait de servir son discours, quel que fût le temps, devant le feu. La première fois il pleuvait et ça n'avait pas été facile de lui offrir des flammes honorables.

« En fait d'homme divisé, qui dit mieux que votre serviteur ? » Pour supporter le laïus du capitaine, Hector était obligé de produire une sorte de ricanement intérieur. N'était-il pas l'exemple de ces hommes dont « le cœur trahit les lèvres », ou, en l'occurrence, les oreilles, car Hector se contentait d'écouter — parfois de ronéotyper et de distribuer — la littérature officielle ? Lui, il se taisait. « J'expie… » (Nouveau ricanement intérieur.) Marthe au volant de la Delahaye ; Marthe en soie chinoise, les jambes en l'air, rue de la Faisanderie ; Marthe lui glissant les billets destinés à payer le dîner au pavillon Henri IV ; Marthe chez le notaire lui glissant les billets destinés à l'avortement de Thérèse ; Thérèse elle-même, illuminée comme après une naissance heureuse, le remerciant d'avoir réussi le miracle de trouver quinze cents francs et une faiseuse d'anges, dans le Gers, au mois d'octobre 1940, en pleine ébullition morale, il y avait de quoi couper le souffle à tous les capitaines, colonels, amiraux, grands chefs et petits chefs de la Révolution Nationale. L'étendue et la profondeur de sa duplicité ravissaient ou effrayaient Hector, selon les heures. Pendant ses rares insomnies, la frayeur l'emportait. Au garde-à-vous, ou comme ce soir autour du feu, la fausseté lui bloquait le visage en une grimace très virile.

Une question le fascinait : tous les artisans de la grande mutation en train de s'accomplir étaient-ils aussi hypocrites que lui ? Une comédie avait-elle seulement succédé aux autres ? On murmurait que le maréchal avait raffolé des femmes et, avec la sienne, n'était passé devant le curé, en toute hâte et discrétion, que récemment. Derrière toutes ces mâchoires serrées, tous ces regards d'azur, Hector croyait parfois deviner les ravages ou les tentations de la mollesse. Paccaud lui-même… Paccaud ?

Auréolé de sa « chic évasion », d'une croix de guerre dans son neuf et de sa réputation d'artiste, mais un artiste musclé, plein de verve et de santé, il avait fait à toute vitesse son chemin à Vichy, où il laissait à chacun de ses voyages un sillage de rires et de hâte. Le « lieutenant Paccaud » — maintenant l'on disait « le chef Paccaud » — avait le cuir trop fragile et le galon trop modeste pour réussir dans les chambres-bureaux des ministres et les salles de bains où officiaient leurs secrétaires. Il l'avait compris. Il s'était donc taillé ce fief, entre Chausseterre et Chabreloche, dans la sauvagerie des Bois-Noirs. Il ne lui fallait qu'une heure un quart, dans la vieille Vivaquatre du Centre, pour gagner Vichy en cas d'urgence, et cette dégringolade dans la plaine et les antichambres lui nouait l'estomac, mais à La Brugne il se sentait inexpugnable. L'armée l'avait remonté en chevaux d'artillerie et lui avait fourni trois sous-officiers ; en tenue civile, ils avaient été baptisés « moniteurs » ; la cape et le béret, c'était pour les sorties. En quinze jours les écuries et le chenil du château avaient été remis en état et « le chef Paccaud » avait pu proposer ses services aux responsables des Chantiers, Écoles de cadres, Compagnons de France, faux et vrais scouts dont les tentes et les baraques fleurissaient dans toutes les forêts et friches de France. Qu'offrait Paccaud ? Des stages de deux mois pour mettre à cheval les futurs chefs d'équipe de tous les mouvements de jeunesse en gestation. Sa circulaire était un chef-d'œuvre : « L'équitation, école de spiritualité et de virilité. » « Acquérir en selle le sens du passé, c'est se préparer à être un homme de l'avenir. » « Les plus beaux préceptes de nos Maîtres d'autrefois deviendront à La Brugne les devises de l'Ordre Nouveau. »

Il y avait une douzaine de formules de ce tonneau-là.

A Hector qui lui demandait s'il n'y allait pas un peu fort Serge avait répondu :

— Tu connais la réponse du prince de Galles à qui s'étonnait de le voir s'empiffrer ? *A little too much is just enough for me.* Eh bien, un peu trop est juste suffisant pour eux. Tu ne les vois donc pas ? Tu ne les écoutes pas ? « Joffre, obstinément ! » « A moi Lyautey, bâtir ! » « A moi Dupleix, dans l'honneur ! » A moi Suffren ! A moi le chevalier d'Assas ! Qui encore ? Le héros a fleuri sur le fumier de la défaite... Je n'ai rien à foutre de leur soupe, mais s'il suffit de leur en cuisiner un peu pour rassembler trente canassons, les monter, et de surcroît apprendre ce bonheur-là aux moins zozos des zozos qui viennent ici, je trouve que je m'en tire bien. L'architecture ? Réfléchis : on ne bâtira plus une maison en France avant des années. Les villes détruites le resteront ou le seront davantage. C'est le règne du baraquement qui commence, et pour longtemps. Quelle est ma place là-dedans, dis-le moi...

Serge montrait du geste la façade du château, ses pierres couleur de fer et de rouille jointoyées de mortier clair, ses fenêtres à meneaux, la tour octogonale où montait l'escalier.

— Ici, je pourrai même m'offrir un peu d'archi. Si j'obtiens la chaux et le ciment qui ont mystérieusement disparu de France en six mois, nous restaurerons tout ce qui branle là-dedans. Ça, et les chevaux, c'est quand même plus excitant que d'aller faire du forestage et fabriquer du charbon de bois, comme c'est la mode !

Paccaud avait raison. Bientôt son affaire tournait, les subventions pleuvaient et l'on s'inscrivait six mois à l'avance pour les stages. Quant à faire de toutes ces Marie-Louise des cavaliers, c'était une autre paire de bottes. Les jambes en battant de cloche, les reins soudés, les mains féroces, le spectacle n'était pas beau.

— Regarde ces gugusses ! Un cavalier, ça ne s'improvise pas, répétait Hector. Il y faut une morale, un système d'admirations et de références, une certaine façon de vivre...

— Tu es trop idéaliste, répondait Serge. Tu as tort de croire aux topos que tu leur dégoises.

L'hiver arriva, le plus rude depuis longtemps.

Aucun chauffage n'avait jamais été installé au château. D'ailleurs, où trouver du charbon ? Les robinets y étaient rares ; ils gelèrent. La vie quotidienne devint difficile. Entre deux reprises il fallait organiser des corvées de bois, et se gendarmer pour que les garçons fussent propres, rasés chaque matin. On vit resurgir les passe-montagnes : le spectre de la drôle de guerre errait autour de La Brugne. Les bouffardes, les barbes, les mégots menacèrent de pousser aux gueules livides ou rougeaudes des apprentis cavaliers. Paccaud se retirait de plus en plus souvent dans son bureau. En son absence, les conversations roulaient bientôt sur les femmes, le vin, le passé. Hector était décontenancé.

Qu'est-ce qui poussait Paccaud à prendre ainsi ses distances ? Découragement, récollection, mauvaise humeur ? Hector ne savait pas comment interpréter les silences de son ami. Il n'avait osé lui faire aucune confidence. Marthe naguère, Thérèse aujourd'hui, ce n'étaient pas des sujets à aborder devant lui.

L'avortement s'était mal passé. Thérèse s'était mise à saigner dans la nuit et avait refusé qu'Hector la conduisît à l'hôpital : on avait commencé, en zone libre, à traquer les sages-femmes et les médecins complaisants, à mener des enquêtes, à harceler de questions les malheureuses qui venaient supplier qu'on leur fît un curetage. Thérèse avait peur de s'évanouir, de se laisser circonvenir, de parler. Des associations bien-pensantes réclamaient la mort pour les avorteuses...

Au bout de trois jours elle était retournée à la poste, où le receveur l'avait regardée avec suspicion. Les semaines qui suivirent, Hector s'attendait chaque matin à voir les gendarmes arriver à l'étude et lui demander de le suivre. Il en oubliait l'air souffreteux de Thérèse, ce bleu sous ses yeux. C'était l'époque où Paccaud le pressait de le rejoindre à La Brugne. Il finit par accepter et il gagna le château comme on prend la fuite. Là, le ton des discours commença par le ragaillardir. Il était ainsi constitué que les principes lui cachaient les faits. Au bout de quinze jours, il n'avait répondu qu'une fois aux lettres de Thérèse et s'était convaincu que la jeune fille avait mené seule cette sale affaire. Il fallait l'oublier, repartir de zéro, digérer le passé.

Une sorte de haut-le-cœur d'honnêteté bouleversa cette digestion. C'est en écoutant le capitaine de Vergeoise le soir de sa première visite, sous la pluie, qu'en frissonnant Hector découvrit qu'il était peut-être un saligaud, indigne de la mission à lui confiée par Paccaud, etc. Le lendemain il avait un rhume. Mais dans le même temps qu'il éternuait, il se disait que Vergeoise n'avait dévidé la veille qu'un tissu d'âneries. La petite Thérèse avait une autre classe, qui ne respectait ni Dieu ni diable et serrait les dents, au fond du lit, pendant que son sang coulait d'elle. Elle se serait étouffée de rire si l'on était venu lui parler des « jeunes filles de France ». « Je pourrais t'en raconter de belles, avait-elle dit un soir à Hector, sur les familles *bien* du pays. Une petite ville, tout se sait. Alors tu penses... »

Hector se réfugia dans la chambre qu'il partageait avec un autre moniteur. Ils en avaient décoré les murs de photos tirées de *l'Illustration* et collées sur des bristols. Elles montraient l'équipe française d'équitation aux jeux Olympiques de Berlin, cinq ans auparavant. Hector en aimait une plus que les autres : on y voyait le capitaine de Castries sur l'obstacle, en képi noir, mince comme une virgule. Son cheval y était incroyablement allongé, tous ses muscles saillants comme sur un écorché d'hippologie ou une peinture de Degas. Il paraissait voler, immobile, au-dessus de la rivière.

Une vraie glacière, cette chambre.

Hector s'assit, serrant ses mains gourdes entre ses cuisses sans parvenir à les réchauffer. Il se sentait découragé, soudain, d'écrire à Thérèse la lettre tendre dont il avait cru que les mots dansaient dans sa tête. De larges taches d'écume auréolaient l'intérieur de ses bottes. A Thiers, on ne trouvait plus depuis deux mois une seule boîte de cirage. Elles finissaient leur carrière, les belles bottes d'Andrée...

Hector, d'Andrée et du cirage, en arriva vite à sa mère. Les cartes inter-zones qu'il recevait d'elle et celles qu'il lui envoyait, dans leur laconisme presque abstrait, épongeaient commodément ses scrupules. Voyages impossibles, lettres interdites : un quasi-silence était tombé sur la rue d'Arcole et Hector s'en trouvait bien. Mais, comme toujours, au lieu de tirer profit d'une situation qui l'arrangeait, il titilla ses remords jusqu'à les raviver, et bientôt pensa qu'il serait convenable de rendre une visite à sa mère. La vision fugitive, qui venait de le traverser, du placard dans l'arrière-boutique où l'on stockait les boîtes de cirage Lion noir n'était peut-être pas étrangère à sa résolution. Noël était trop proche : il irait à Paris pour Pâques.

Le 24 décembre, vers midi, Thérèse arriva à Thiers après quatorze heures passées dans des trains ou des salles d'attente. Hector avait obtenu de Paccaud le droit d'emprunter la Vivaquatre, qu'on venait d'équiper au gazogène. C'était encore une curiosité et des gens entouraient la voiture, devant la gare, quand Thérèse débarqua. Elle était parvenue, malgré les couloirs bondés, à atteindre les toilettes et à s'y enfermer un moment pour se rafraîchir. Elle avait les joues rouges, les cheveux bien peignés, elle sentait bon. Plus « Sainte Thérèse » que jamais. Hector l'embrassa sur les deux joues, comme une cousine. Le genre d'homme qu'il avait décidé d'être ne lèche pas les filles sur la place de la gare de Thiers. Pourtant, comme Thérèse était jolie ! Elle admira l'uniforme — bottes, cape verte, béret noir — dans lequel elle voyait Hector pour la première fois. Par chance, un peu de soleil se montra, sous lequel parut moins ingrat ce vide battu de vent, où durcissait la neige, avec à l'horizon les monts du Forez dans la lumière cruelle de l'hiver.

Toute la journée ils rusèrent afin de déjouer la surveillance d'une certaine Mme Lavignière, une veuve de coutelier chez qui Hector avait loué une chambre pour Thérèse. Il n'avait pas pensé que la vertu de la veuve lui dicterait ces incessantes incursions — « Voulez-vous une tasse de lait chaud ? » « Vous n'allez pas visiter la ville ? » « Le mirus tire-t-il suffisamment ? » — ni que ses regards deviendraient de plus en plus inquisiteurs. A quatre heures, dans le soir qui tombait, ils décidèrent d'abandonner la lutte. Le gazogène prit dix minutes pour chauffer, pendant lesquelles Thérèse piétinait dans le froid avec ses bottillons trop légers. Ils s'engagèrent sur la route de Lyon, que le verglas rendait dangereuse.

107

Hector conduisait mal. Cela alla mieux à partir de Cha-breloche, sur la départementale où la neige était restée molle. Thérèse blottie contre lui, silencieuse, dans la nuit venue, la voiture se baladant d'un bord à l'autre du chemin, Hector était enfin heureux. Ils arrivèrent dans un rêve au col de Saint-Thomas. Quel dommage que Thérèse ne pût pas voir les hauts sapins, la sauvagerie à perte de vue !

Comme il l'avait espéré, les bâtiments de La Brugne, cette veille de Noël, étaient déserts. Paccaud, entre deux stages, avait donné campos à l'intendant et aux moni-teurs. Seuls étaient restés deux palefreniers qui fes-toyaient chez le gardien.

Hector manœuvra pour garer la voiture dans une grange un peu éloignée : on ne les entendit pas arriver. La nuit était lumineuse et Thérèse, levant les yeux, découvrit d'un coup la masse de la demeure, les deux tours, les clochetons découpés sur le ciel froid. Elle faillit battre des mains. Avec les idées de ses parents, la petite postière n'avait guère visité de monuments historiques. C'était son premier château. « On va dormir là-dedans ? » Elle ne sentit pas l'haleine de tombe que soufflait la porte. Hector, pour ne pas signaler leur présence, alluma deux bougies et ils grimpèrent l'escalier dans le vacillement de leurs ombres.

— Pourquoi ne m'as-tu pas amenée tout de suite ici au lieu d'aller chez la sorcière ?

— J'attendais la nuit...

Les dimensions de la chambre et la cheminée de pierre rousse émerveillèrent Thérèse. Hector la laissa seule et redescendit chercher du bois. Des bûches plein les bras, il remonta à tâtons et s'aperçut qu'il avait maintenant « dans les jambes » les marches et les recoins du châ-teau : c'était en train de devenir sa maison.

Il prépara et fit partir la flambée avec l'aisance d'un ancien scout. Il faut dire qu'on allumait tellement de feux, à La Brugne, dans les cheminées ou sur l'esplanade, sous tous les prétextes, pour les veillées, la chorale, les discours, les visites, l'arrivée des stagiaires et leur départ, qu'un saint y fût devenu pyromane.

Pendant que la chambre se réchauffait, Hector tira d'un placard une bouteille de fine, cadeau de Noël des élèves partis la veille. Il en versa deux belles rasades et exigea de Thérèse qu'elle fît cul-sec avec lui. Un air de gaieté et de défi était venu sur le visage de la jeune fille. Elle avait oublié sa nuit en chemin de fer, pleine de raclements de gorge, le papier aux camélias pisseux dans la chambre de la veuve.

Elle se serrait en frissonnant contre le garçon.

Hector, comme s'il eût voulu repousser quelque épreuve, constata que la chambre était encore froide, ajouta des bûches au feu et proposa à Thérèse de descendre visiter l'écurie. Elle fut étonnée, mais déjà il lui jetait sur les épaules la cape de son compagnon de chambre, dans laquelle elle se drapa en riant. La cape, l'écusson gravé au linteau de la cheminée, les hauts bougeoirs astiqués chaque semaine par la « corvée de cuivre » : on baignait en plein feuilleton. Quand ils traversèrent l'arrière-cour pour gagner les communs, Thérèse serra les mâchoires ; elle ne voulait pas qu'Hector l'entendît claquer des dents ; fatigue, froid, impatience. Du logement des gardiens parvenait une chanson qui n'était pas exactement *Une fleur au chapeau* ni *le Vieux chalet*, de rigueur à La Brugne. Hector osa allumer les trois ampoules jaunâtres qui éclairaient l'écurie. C'était un long et haut bâtiment dont l'étage, à partir du milieu, servait à entreposer le fourrage. De sorte qu'on se serait cru d'abord dans une église, puis, plus loin, dans une soupente. Les stalles étaient aménagées des deux côtés, ainsi que trois ou quatre boxes barreaudés de fer, à l'apparence de cages

Même si l'on y faisait de la buée en respirant, l'écurie donnait quand on y entrait une impression de tiédeur, à laquelle participait sans doute cette vague rumeur des souffles, des grattements de sabot, des mouvements sourds, des mastications.

Thérèse s'avança dans l'allée centrale, interdite, comme intimidée : des encolures ployaient, se tournaient vers elle et des yeux sombres la suivaient. La lumière, les voix, le bruit de ses pas faisaient passer sur la vingtaine de chevaux qu'elle devinait en s'habituant à la pénombre une vague de curiosité, de nervosité, avec des ébrouements, de soudains frottements des licols, des claquements de sabot sur le pavé, là où les litières étaient moins épaisses. Hector était resté près de la porte, prêt à éteindre, et il regardait Thérèse s'aventurer entre les croupes luisantes.

Dans un second temps de sa découverte la jeune femme prit conscience des odeurs. Ce n'était pas exactement celles, qui la dégoûtaient un peu, qu'elle avait connues, petite fille, quand ses parents l'emmenaient « à la campagne », dans les fermes du Lannemezan où elle craignait toujours de gâcher ses chaussures dans le purin et les bouses. Ici le parfum était plus sec, plus entêtant aussi. Thérèse entendit son cœur battre.

Hector la rejoignit, l'encouragea à se glisser dans certaines stalles à côté des chevaux, à les flatter, à leur parler. « Non, pas celui-ci, disait-il, il est vicieux, il mord... » Ou encore : « Fais attention à Gigolette, elle botte ! » Il la fit entrer dans le box où logeait son préféré, Athos, celui qu'il appelait « mon cheval », et il apprit à Thérèse à l'embrasser entre les naseaux, dans le rose et le gris de la plus grande douceur du monde. Ce furent ses mots : « la plus grande douceur du monde... », et Thérèse se retourna, le regarda, troublée.

Un peu plus tard, devant le feu, quand ils eurent tous deux une épaule, une hanche, une joue brûlantes, et les autres glacées, tout faillit tourner mal entre eux parce que Thérèse, d'une voix sourde, supplia Hector de « prendre des précautions ». Elle s'était relevée à demi pour atteindre son sac posé sur une chaise : elle en sortit d'un geste maladroit un sachet qu'elle fourra dans la main d'Hector. C'était un préservatif. Au lieu de faire vite, et en riant, le garçon prit un air doucereux et scandalisé. Il s'écarta. « D'où tiens-tu tant de science ? » demanda-t-il, le ton sifflant. Il oubliait l'affreuse bonne femme de Mérande, la liasse de billets de cent, l'hémorragie, les jours de peur. Puis, soudain, il s'entendit. Il entendit sa voix changée, flûtée. Une voix de folle ou de fille. Les tempes lui battaient. Il avait froid, debout, nu, dans la chambre où bientôt seraient consumées les quatre bougies tremblotantes. Il se versa et but d'un coup une grande gorgée de fine. « Viens », murmura Thérèse. Et elle attira sur elle le garçon en calculant pour la dixième fois, dans sa tête, les semaines et les jours.

A parler franc, la seule préoccupation de Jeanne depuis son veuvage avait été de se dégoter un nouvel homme. Les salons de thé et les cinémas où elle traînait, très habillée, les jours que fermait la Boutique du Cadeau, étaient des étapes, jugées par elle obligatoires, dans sa prospection des beaux restes et des tempes grises. Elle se jurait de n'être plus trop difficile.

Aussi Mme Vachaud ne fut-elle pas étonnée quand Jeanne plissa les yeux et risqua le sourire confus qui annonçait une confidence salée. C'était bien ça : Jeanne avait rencontré « Monsieur Brigoulet » et l'avait revu trois fois, dans des bars.

— A quoi ressemble-t-il, ce Monsieur Brigoulet ? demanda Violette Vachaud que les bars ensorcelaient.

— Oh ! il n'est pas beau. Il a le teint bilieux, des yeux à pleurer et un gros nez. Un gros ventre, aussi. Par les temps qui courent !

— Et que fait-il ?

— Il m'a dit « des affaires », je ne sais pas lesquelles.

Impitoyable, Mme Vachaud poussa l'interrogatoire. Les rires embarrassés de Jeanne la revanchaient de l'ascendant que son amie avait pris sur elle, avec ses combinaisons en soie naturelle, ses anciens amants, toutes ces rides moqueuses qui ne parvenaient pas à enlaidir son visage.

Au bout d'un quart d'heure de questions précises et de réponses vagues, il apparut que Léonce Brigoulet (Léonce ! A-t-on idée...) ne possédait ni métier, ni famille, ni adresse, ni amis. Il était né en Martinique, à Saint-Pierre, en 1890. A part cela, du flou. Monsieur Brigoulet semblait ne pas savoir où était passée une épouse qu'il disait avoir eue, et s'il avait, à l'en croire, connu tout le monde, il ne voyait personne. Il portait des costumes époustouflants mais fatigués.

— Tu es allée chez lui ?

— Penses-tu ! Il ne veut pas. Il habite rue Rosa-Bonheur.

— Et alors ?

— La concierge ne connaît même pas son nom. Je n'ai pas insisté, elle me regardait d'un air...

— Tu dois lui parler carrément.

— J'ai essayé, mais il m'embobine, tu sais, il me raconte des histoires d'un compliqué, et qui changent tout le temps. Il parle de Nice, de stars de cinéma, de voitures de course — à l'entendre il aurait mené une vie de pacha. Mais l'autre soir il m'a bien semblé qu'il avait du mal à payer nos deux Martini. Et puis, le lendemain : regarde ces fleurs qu'il m'a envoyées...

Quand Hector arriva à Paris, en mars 1941, avec en poche un *Ausweis* tout à fait en règle qui lui avait permis de monter dans la « micheline des ministres », Brigoulet était dans la place. A Jeanne qui trouvait décidément ses récits évasifs il avait dit :

— Vous avez connu Jules Berry ? Vous me racontiez que votre mari lui avait fait la bouillabaisse, à Marseille, en 37…

— C'est vrai !

— Eh bien, allez le trouver et demandez-lui de vous parler de moi. On se connaît depuis quinze ans, tous les deux. S'il a un trou de mémoire dites-lui simplement : « La Packard bleue, en 38, à Golfe-Juan… » Vous vous rappellerez ? C'était une bagnole splendide. Je l'avais rachetée à Meg Lemonnier et quand j'en ai eu assez je l'ai revendue à Jules… Mais vous savez, ma petite Jeanne, vous me peinez à me soupçonner de je ne sais quoi. Vous me prenez pour un malfaiteur ? Vous me croyez en cavale ?

Jeanne n'avait plus entendu l'expression depuis certains dîners très discrets au Vallon des Auffes. Il y avait une drôle de clientèle, dans la salle du fond, le soir. Pour l'heure, elle était fascinée par une tache de graisse, sur la cravate du Carnaval de Venise, que soulevait l'estomac de Brigoulet au rythme de son indignation.

— … Si j'avais quelque chose à cacher, est-ce que je vous aurais proposé le mariage ? Un homme avec des faux papiers ne va pas à la mairie les mettre sous le nez des fonctionnaires !

Les bans furent publiés on ne peut plus normalement, bien que la Martinique fût inaccessible et que la ville de Saint-Pierre, bienheureux hasard, eût été détruite par l'éruption de la montagne Pelée douze ans après la naissance du petit Léonce, ce qui avait entraîné l'incendie des archives.

— Bah ! avait dit Brigoulet, d'anciens esclaves à qui

l'on donnait des noms de vents ou de plantations.. Quelle importance ?

Ce qui n'avait vraiment aucun rapport avec le malaise de Jeanne, que son rendez-vous avec Jules Berry, arrangé par de vieux flambeurs marseillais, avait plutôt aggravé. Dès qu'elle avait parlé de Golfe-Juan et de la Packard bleue, le comédien s'était levé, l'air ténébreux et embêté, la voix volubile : « Oh ! chère amie, avait-il murmuré, l'époque est trouble. Ces années d'avant-guerre, le cinéma... » Il n'avait pas terminé sa phrase, mais d'une paume ferme il poussait Jeanne vers la porte tout en lui baisant la main : une vraie gymnastique. Elle s'était retrouvée sur le trottoir du boulevard Raspail, devant cet immeuble ultramoderne qu'habitait l'acteur, d'où l'on apercevait à travers les arbres les grandes croix gammées sur la façade du Lutétia. Elle se sentait incertaine et confusément coupable. Comme elle était méfiante ! Elle n'avait rien osé dire à Brigoulet de sa visite et l'avait épousé dix jours plus tard à la mairie de Boulogne. Elle était éperdue de respectabilité. Depuis trois semaines déjà, le nouveau marié logeait chez elle, rue du Château, où elle était retournée, et l'on ne parla plus de la rue Rosa-Bonheur. Brigoulet, selon toute apparence, ne possédait au monde que sa garde-robe.

Hector ne détesta pas Brigoulet. Il marinait depuis six mois dans une telle limpidité que les hâbleries du mari de Jeanne lui parurent savoureuses. Ce gros homme qui serrait toujours un matelas de billets dans sa poche revolver le changeait des militaires filiformes et des mousquetaires du charbon de bois dont il faisait son ordinaire. Brigoulet essaya de lui expliquer comment se gagnent facilement ces billets en quoi paraissait pour lui se résumer la vie. Il en dit trop ou pas assez : Hector n'avait besoin que de bottes.

Sa surprise, dès son premier soir à Paris, fut de découvrir le relatif confort où vivait sa mère. Une opulence primitive, le fruit d'une régression vers les âges anciens des sociétés. La boutique avait été fermée. Les meilleures chaussures de la réserve, entassées dans un petit appartement de la rue Massillon, à deux pas, que Brigoulet avait trouvé à louer « une bouchée de pain », servaient de monnaie d'échange pour obtenir le jambon, le café, le sucre, les cigarettes qui, stockés à leur tour assez longtemps, deviendraient de l'or. « Doucement ! recommandait Brigoulet. Allez-y doucement ! Il faut tenir jusqu'à la victoire. Chaque mois qui passe donne de la valeur à la marchandise. Nous sommes assis sur un tas de lingots... »

Les commerçants du quartier Notre-Dame, instruits de l'existence de ce trésor, lui avaient vite donné une importance fabuleuse. On respectait Madame Vachaud d'Arcole — le nom ennoblissait les trafics — d'avoir su comprendre la première quelle époque pointait, d'avoir baissé son rideau de fer, d'avoir eu le courage de refuser de petits bénéfices pour en préparer de mirifiques. On la soignait. On lui faisait, à perte, des douceurs qui, espérait-on, seraient autant d'investissements. Le trois pièces de la rue Massillon, dès l'été 41, était devenu la caverne d'Ali Baba.

On dévoila tout cela à Hector, mais doucement, à demi-mot. Ses joues osseuses, sa cape, son béret n'avaient pas produit bonne impression. « Tu ne peux pas t'habiller normalement ? » avait demandé Jeanne. Un mystérieux atelier de la rue des Francs-Bourgeois retailla en deux jours un costume de Brigoulet aux mesures d'Hector, et Mme Vachaud « dénicha » des chaussures piquées, genre anglais, à triple semelle. Le béret disparut de lui-même.

Hector avait la sensation d'être traité rue d'Arcole comme un béjaune. Il avait cru y revenir en homme, en chevalier, en témoin des temps nouveaux, et voici qu'on lui faisait comprendre sans ménagements sa naïveté. Il essaya de décrire le château de La Brugne et la vie qu'il y menait, les chevaux, les feux de camp, mais sa mère s'enquit de la solde qu'il touchait — elle disait « salaire » — et fit la grimace. Elle retourna à ses fourneaux. Elle était devenue gourmande. On eût dit que la faim des autres lui excitait l'appétit, comme à Jeanne, qui fumait plus que jamais depuis que ses Balto étaient sans prix.

— Ils ne vous ont pas entortillé, j'espère, mon vieux, avec leurs conneries ? demanda Brigoulet, paternel.

Une bouffée de confusion troubla l'esprit d'Hector. Il haussa les épaules — ce geste dont à l'égal des mains dans les poches il avait essayé de dégoûter ses stagiaires. « La première ennemie du cavalier, c'est la veulerie », répétait-il. Mais il eût été en peine d'expliquer pourquoi. Il se rappelait Babby-Ducoultreux, formidable cavalier d'obstacles croisé en 1939 dans les concours, qui n'était qu'un noceur aux ressources douteuses.

— Ils doivent essayer de vous endoctriner ? remarqua Mme Vachaud.

Hector raconta les visites du capitaine de Vergeoise et risqua même une imitation des meilleurs moments de sa harangue. Mais il eut honte du succès qu'il remporta. Jeanne en avait le fou rire. « Je suis un salaud », pensa Hector. Il contempla la panse tremblotante de Brigoulet, ses yeux énormes et vaguement vitreux ; il les compara à la sécheresse du capitaine, à son regard court, confiant, et il se demanda : « Où est le vrai homme ? Où, la vraie qualité de l'homme ? » Brigoulet riait toujours. Une formidable faim de mépris vint à Hector Pourquoi mettait-il les pouces ? Pourquoi ne leur criait-il pas que leurs combines lui répugnaient, qu'il étouffait rue d'Arcole ?

Mme Vachaud revenait de la cuisine, portant une tarte dont elle parlait depuis le matin comme d'un chef-d'œuvre de la pâtisserie, et qui serait mauvaise, comme d'habitude, puisqu'elle n'avait jamais su confectionner les tartes. Jeanne s'essuyait les yeux. La pente parut à Hector trop rude à remonter. Il se leva, suivi par trois regards incrédules. Un malaise ? Il était si maigre. Affamé, sûrement. Ne pas les nourrir, dans un château d'Auvergne ! Alors que nous, à Paris...

Hector fit un signe de dénégation. A la lettre, il étouffait. Et il se sentait ridicule dans son costume de flanelle tennis, avec ses godasses neuves qui craquaient. Il ouvrit la porte comme s'il eût été en train de mourir asphyxié ; sa dernière vision avant de la refermer sur sa fuite fut le grand visage désolé de M. Brigoulet, ce visage où il semblait qu'il y eût trop de tout : trop de chair, trop d'insistance, trop d'or dans la bouche, trop de tristesse dans le regard. C'est dans l'instant où claqua la porte que l'évidence s'imposa : Brigoulet ? Mais il était juif !

Abasourdi, Hector descendit l'escalier sans songer à remonter prendre son imperméable.

Des juifs, les Vachaud croyaient dur comme fer n'en avoir jamais connu. Hector en tout cas, car sa mère affirmait en avoir croisé « dans la chaussure », comme elle disait. Des concurrents plutôt que des fournisseurs, les propriétaires des chaînes de magasins bon marché qui raflaient les clients modestes. Violette, elle, visait plutôt les élégantes, la chaussure fine.

Hector marchait sous la pluie en essayant de mettre ses idées en ordre.

Au lycée ? Il en avait eu pour condisciples. Forcément, le quartier... Il se rappelait des visages, les noms imprononçables, des accents vite dominés. Toujours parmi les premiers de la classe, ou alors des cancres indécrottables, sarcastiques, pas de milieu. A la fac, au manège, il s'était frotté à des gens pour qui les juifs c'était l'Orient, l'exotisme, terre inconnue. On ne les fréquentait pas, à moins qu'ils ne fussent convertis ou millionnaires. Convertis *et* millionnaires. Et encore. Hector avait bien surpris une fois ou l'autre un ricanement, un mot blessant, mais il avait préféré ne pas les entendre. Quant aux garçons qui l'avaient entraîné naguère vendre *l'Action française* et faire le coup de poing boulevard Saint-Michel, ils avaient toujours, eux, Stavisky à la bouche, et Blum, et Jean Zay. Ils racontaient des histoires juives auxquelles Hector riait, comme tout le monde. C'étaient des mots, tout ça, comme « cagoulards », « frères trois points », « métèques », « Frente popular », « déterreurs de carmélites ». Mais Hector n'avait jamais bavardé avec un juif. Ceux du lycée n'invitaient pas chez eux, du côté de la rue du Roi-de-Sicile, un petit goy comme lui. D'ailleurs, chez qui Hector allait-il ? Plus tard, les heures que passaient les étudiants au café, lui les passait au manège. A seize ans il avait cru au paradis soviétique, mais là aussi, dans cette miteuse « permanence » qu'il avait fréquentée pendant six mois, on se méfiait des « youpins ». L'ombre de Trotski, probable. Ils étaient ailleurs, dans les journaux, les livres, mais pas « à la base ». Il y avait bien eu cette rencontre avec un certain Stern, qui avait de beaux yeux et la passion de la dialectique, mais déjà Hector s'était repris et voguait vers l'abbé Vousseaume. Quant à ce Aron qui l'avait intimidé l'hiver 39, il préférait l'oublier. Une succession de hasards, de rencontres évitées ou ratées. Si français, tout cela.

Etait-ce les diatribes de Guignebert qui avaient jeté Hector vers les Jeunesses communistes ? C'est vraisemblable — mais alors comment expliquer que jamais le garçon ne les entendait ? Ses oreilles se bouchaient, à table, dès que son beau-père prenait la parole. Or, il ne le voyait jamais qu'à table. Quand il avait rencontré Marthe, l'expérience du samedi après-midi et de la bagarre sous les grilles du musée de Cluny était proche. Sans doute lui en avait-il parlé avec un rien de jactance. N'avait-il pas reçu des coups, déchiré son manteau ? A moins que ne lui eût échappé une parole malheureuse sur cette famille Wolf dont on se méfiait au manège ? Toujours est-il que Marthe, tranquille, l'avait douché : « Mon petit Hector, vous allez me faire le plaisir de ne plus débiter de ces sottises devant moi... » Il se l'était tenu pour dit. Encore heureux ! Aujourd'hui, alors qu'il traînait dans le square Notre-Dame entre deux ondées, essayant de rassembler les bribes éparses de ses velléités, l'injonction de Marthe et la bonne volonté avec laquelle il s'y était soumis lui servaient de témoignages à décharge. Et même, s'il y réfléchissait, ce Meyer que Paccaud avait tiré on ne savait d'où, placé comme comptable au Centre et qu'il appelait en riant « l'Alsacien » — ce Meyer ne paraissait guère pressé de serrer la main des hérauts de la Révolution Nationale venus se pavaner à La Brugne. Voilà que le monde s'éclairait différemment sous les yeux d'Hector. Si Paccaud aidait un juif, sinon à se cacher — on n'en était pas tout à fait là ! —, du moins à travailler, à manger, c'est qu'il professait des opinions que ne lui supposait pas Hector. Et s'il ne l'avait pas mis dans la confidence, c'est qu'il prêtait à Hector des idées ou des indifférences dont Meyer aurait pu pâtir. « Qui pense-t-il donc que je suis ? » Soudain Hector entendait autrement la question de Brigoulet : « Ils ne vous ont pas entortillé, au moins, mon vieux, avec leurs conneries ? » Chaque mot sonnait juste et tout s'éclairait : les étonnements de Jeanne, l'emménagement à la cloche de bois, la concierge évasive, la dérobade de Jules Berry, pourtant bavard ! Ce n'était plus des criailleries sur le Boul'Mich, c'était... c'était quoi, au juste ? Hector découvrait qu'il n'avait jamais réfléchi une minute sur cette gêne sourde, multiforme, souvent ressentie mais toujours repoussée, où le mettaient les invectives, les plaisanteries, les injures doucereuses ou fracassantes dont on accablait les Wolf et les Meyer, en France, depuis qu'il avait l'âge de les entendre. Aussi lunaire qu'il fût, il lui était arrivé de consacrer quelques pensées à Franco, à Hitler, à ce comique de Mussolini, au gros Daladier et au petit Reynaud, mais aux juifs, jamais. Le grand chapeau de Blum et sa voix chevrotante l'amusaient sans qu'il y vît malice. Les juifs, ce n'était pas l'affaire des Vachaud, ni des Bigeon, ni des Guignebert. Pourtant il devait être arrivé au cher Guignebert d'en gueuler de belles, dans ses défilés ! Et dans les conversations de famille ces soudains murmures, les voix qui s'assourdissaient, les lèvres qui se pinçaient à propos d'un commerçant, d'un mariage, d'une fortune, de la consonance d'un nom : depuis quand Hector était-il idiot ?

Il se sentait les oreilles chaudes et brûlantes malgré le froid et la pluie. Jeanne et Maman étaient-elles au courant ? Bien sûr que non. Mme Vachaud aurait eu trop peur. Quant à Jeanne, elle n'aurait pas voleté autour du secret de son mari si elle l'avait connu ; elle ne l'aurait pas harcelé ainsi. Une évidence s'imposait donc : il fallait aider le soi-disant Brigoulet à sauver les apparences.

Même si ce rôle répugnait vaguement à Hector, Brigoulet n'étant pas taillé dans l'étoffe des héros, toute autre attitude eût été déshonorante.

Déshonorante ? Quand il fut tombé sur ce mot-là, Hector respira. Il venait, d'un coup, de hisser le problème à son altitude favorite. De même que Paccaud protégeait Meyer en lui creusant une place discrète à La Brugne, il protégerait, lui, Léonce Brigoulet en feignant de croire à ses balivernes et à ce nom de fromage qu'il avait été contraint de porter, en le laissant hanter en toute sécurité la rue d'Arcole et la caverne d'Ali Baba, en apaisant les soupçons de Jeanne et de maman. Hector développa un moment ce thème — la pluie avait cessé — et se sentit ragaillardi. S'il existait une constante à travers les personnages successifs qu'il avait voulu incarner, c'était bien la défense de la veuve et de l'orphelin. Le flasque et aurifère Brigoulet était difficile à imaginer en veuve ou en orphelin, mais choisit-on les bénéficiaires de sa bonté ?

Ses troupes ainsi rassemblées sur de nouvelles positions, Hector n'en fut que plus à l'aise pour prendre la décision qui s'imposait : abréger son séjour. Soixante-douze heures à écouter parler ravito et triples semelles, c'était assez. Athos, dans son box, devait dépérir d'ennui. Quand il annonça son départ, à la fin du dîner, il y eut moins de protestations qu'Hector ne l'avait craint ou espéré. On avalait en hâte la fin du repas, à cause du couvre-feu et du dernier métro. D'ailleurs, Jeanne était soucieuse. Ses malaises avaient repris. Cet après-midi encore, elle avait dû s'allonger. Elle promit de consulter sans tarder.

De la promenade derrière Notre-Dame à son retour à
La Brugne, Hector ne descendit pas de ses nuages. Pour
effacer le souvenir des quatre journées parisiennes il lui
fallait demeurer dans le sublime. Alors que s'ancrait en
lui la résolution d'aider Brigoulet à échapper à la persécution, qui allait s'amplifiant, il se sentait tenu, par un
étonnant système d'équilibre, de défendre l'ordre et
l'idéologie organisateurs de cette persécution. Il se
moquait bien de Vichy, de ses lois, de ses comédies. Il ne
voyait que cette équation : Vichy égale La Brugne. Il
n'allait pas cracher sur le régime qui leur avait offert, à
Paccaud et à lui, une chance de vivre selon leur style et de
donner à d'autres le goût de ce style. Il fallait comparti-
menter sa sensibilité si l'on voulait résister aux renie-
ments et aux simplifications.

Il rangea donc, naphtaline dans les poches, le costume
aux rayures tennis, les chaussures d'enrichi, et ceignit sa
ceinture et son baudrier comme un prêtre passe à son cou
l'étole. Pour un peu il les eût baisés. Il constata que la
chère de la rue d'Arcole ne lui avait pas arrondi la taille :
il serra même d'un cran le ceinturon. La rage consume. Il
décida d'avoir avec Serge « une bonne conversation »,
mais le chef Paccaud, rentré au Centre au dernier
moment, paraissait excédé. Hector n'eût pas supporté

un échange de banalités et il préféra aller marcher sous les sapins, dont les hauts fûts lui suggéraient toutes les comparaisons qu'on imagine, avec une cathédrale, un peloton de lanciers au repos, etc. C'est là, dans le parfum des conifères, qu'il prit les résolutions de se tenir à égale distance des déchaînements antagonistes, d'être pour ses stagiaires un exemple et de devenir, sinon un grand cavalier, du moins le meilleur cavalier qu'il était capable d'être. Il avait craint, naguère, que sa nature ne le livrât aux contradictions et à la division. Aujourd'hui, ayant surmonté plusieurs épreuves, il se jugeait *rassemblé*. Il lui suffirait, pour résister aux forces de décomposition toujours prêtes à le ronger, de demeurer « transparent et vrai ». Ces deux adjectifs une fois élus, il les suça comme des berlingots. Il s'enferma dans le réduit de Meyer, qui n'avait pas encore regagné le château, et il y passa trois heures à calligraphier une citation d'Hérodote en caractères gothiques, ce qui n'était pas très grec mais s'adapterait au décor de La Brugne. De sorte que le nouveau contingent de stagiaires, quand il fut réuni le lendemain dans l'ancienne salle d'armes où se tenaient les « carrefours », put méditer sur ces vingt mots :

« De cinq à vingt ans on apprend aux jeunes Perses à monter à cheval et à dire la vérité. »

HÉRODOTE.

Les citations sont destinées à faire vibrer l'instrument humain. Hector, les jours qu'il s'abandonnait à ses élans, sentait son œil se mouiller à laisser se propager en lui les ondes d'émotion produites par quelque formule bien choisie. Il était alors comme une rivière dans laquelle on a jeté un caillou.

Assis à côté de Serge, qui débitait avec la conviction

voulue le discours de rigueur à chaque « amphi arrivée », Hector observait passionnément les visages des nouveaux venus, essayant d'y percevoir ces frissons qui devaient s'y dessiner s'ils étaient d'une eau pure. Las, sur les bonnes bouilles des arrivants — trop d'entre eux portaient encore le cheveu long et gras — on ne lisait que des sentiments simples : la peur de se tanner les fesses, la vieille ruse des tire-au-cul, l'espoir de se tailler de belles tartines. Hector se jura que dans trois mois il aurait fait de ces lunes molles des têtes d'hommes.

En quelques jours sa réputation de sérieux et de vacherie, qui passait mystérieusement d'une volée de stagiaires à l'autre alors qu'elles ne se croisaient pas, s'aggrava dans des proportions considérables. Le plus obtus sousoff de l'armée d'hier n'avait jamais été aussi tatillon qu'Hector sur la tenue, l'apparence. Ses élèves comprenaient mal ces exigences. « Je suis vache parce que vous êtes avachis », répétait-il. Il aurait voulu redresser ces petits hommes affalés, coulants.

— Je voudrais qu'ils bandent, nom de Dieu ! disait-il à Serge.

— Alors, caresse-les un peu...

Au bout de deux ou trois semaines, insensiblement, le spectacle se modifiait : épaules effacées, dos droits, un air de fierté sur les visages. Les bottes, ou ce qui en tenait lieu, brillaient le matin pour le salut aux couleurs. On ne voyait plus frisotter de queues de rat sous les bombes de velours verdâtre que fournissait le Centre aux apprentis cavaliers. Aucun murmure n'accueillait plus les sempiternels exercices sans étriers, ni la distribution de ces bâtons qu'il fallait maintenir une heure durant, à toutes les allures, au creux des reins, serrés à la pliure des bras

A neuf heures du soir, l'extinction des feux ne déclenchait plus de protestations tant les garçons étaient fatigués. Hector se sentait revivre

Tout de suite après le retour de Pâques, il avait fallu préparer la participation du Centre à la fête militaire qui devait se tenir le 4 mai aux arènes de Nîmes. Dans les bureaux, où l'on imaginait sans doute qu'en douze semaines La Brugne fabriquait des centaures, on avait invité dix cavaliers du Centre au concours hippique et aux jeux d'adresse. L'armée — des régiments cantonnés à Nîmes et aux environs — se réservait les courses de chars romains, la cavalerie à travers les âges et le match de horse-ball, spectacles qui exigeaient des répétitions.

De peur que ses stagiaires, même les meilleurs, fissent petite impression, Paccaud n'envoya à Nîmes qu'Hector et Fabien, un autre moniteur, avec trois chevaux. Le fourgon où se tassèrent cavaliers et montures prit deux jours pour faire les trois cent cinquante kilomètres qui séparent La Brugne de la Provence. Les routes tournicotaient entre des paysages et des villages que la défaite avait rendus à leur calme du début du siècle. Il fallait s'arrêter souvent pour faire boire les chevaux et ajouter de l'huile au moteur du van, dont l'échappement fumait. Les trois garçons — un palefrenier du Centre conduisait le camion — étaient joyeux. Dans les bistrots des villages, bien que les papiers tue-mouches qui se tortillaient sous les poutres fussent noirs de victimes, des chiures salissaient les portraits de Pétain. On leur sortait de sous le comptoir des tord-boyaux interdits dont ils buvaient de grandes lampées, après lesquelles ils éclataient de rire.

— Eh bien, mon lieutenant (à La Brugne on donnait parfois à Hector du « lieutenant », comme à Paccaud), moi qui vous croyais constipé...

Lamprin trouva Hector moins constipé encore quand, sur la place des Arènes où l'on avait installé le paddock, il vit arriver Thérèse. Elle sauta aux lèvres d'Hector. « Il ne me refera pas le coup de la gare de Thiers », s'était-elle promis dans le train qui se traînait entre Toulouse et Nîmes. Elle s'était occupée elle-même, cette fois, de se faire prêter une chambre, chez une collègue de Mérande, depuis peu nommée à la poste de Nîmes. La collègue s'était éclipsée et Hector retrouva une Thérèse plus ardente, plus audacieuse qu'à leurs précédentes rencontres. Cette sensualité l'effraya. Elle n'était pas aux couleurs de la fête à laquelle, disait-on, vingt mille personnes s'apprêtaient à assister. On entendait des sonneries de trompette, on voyait des militaires astiqués, cintrés, glisser des galanteries aux filles en costume provençal. A dire vrai, Hector aurait préféré que Thérèse ne fût pas venue, afin d'être seul à profiter de toute cette griserie. Il avait honte de laisser Fabien et Lamprin prendre soin des chevaux, qui avaient bien besoin d'être pomponnés. Ils faisaient piètre figure, après leur voyage, à côté des grands bourrins des artilleurs et des chasseurs à cheval, avoinés comme des richards, aux crinières et aux queues tressées, qui pétaient de santé. Les trois garçons se sentaient parents pauvres, militaires au rabais. Hector pria Lamprin de l'appeler autrement que « mon lieutenant » au milieu de tous ces officiers, l'œil au guet, qui arpentaient la place comme terrain conquis.

Il ne vint pas à l'esprit d'Hector que Thérèse avait trop

changé, qu'elle avait sans doute connu des tentations, davantage peut-être, et que ces élans, ces étreintes effrénées avaient goût de remords ou d'adieu. Il ne pensait qu'à se rhabiller et à filer inspecter son monde.

Il se classa sixième au premier concours, sur Athos, ce qui était honorable, mais ensuite ce fut la débandade. Il abandonna, sur refus, dans la deuxième épreuve, et aux jeux d'adresse, affolée par les cris de la foule, les fanfares, le soleil, toute cette gaieté à quoi elle n'était pas habituée comme les chevaux des militaires, Zurka l'embarqua proprement. Le verre d'eau qu'il s'agissait de tenir de la main droite, au petit galop, tout autour de l'arène, et de rapporter au jury aussi plein que possible, trempa sa culotte dès le départ et d'ironiques applaudissements saluèrent les facéties de la jument. Hector en perdit son flegme.

Et surtout il enragea de retrouver Thérèse après avoir fait piètre figure. Si au moins l'on avait demandé aux concurrents de montrer leur savoir-faire au lieu d'organiser ces jeux de cirque ! Le public, lui, se fichait bien de la belle équitation et adorait le cirque. Il y eut des ovations incroyables pour saluer les mousquetaires, les dragons de 14, et surtout les étendards des régiments de Nîmes. « Qu'est-ce que ce serait si on l'avait gagnée... », murmura Hector.

— Que dis-tu ? cria Thérèse.

Elle était debout, toute rose et excitée. Un peu de sueur marquait son chemisier. Hector en eut par-dessus la tête, soudain, de la fête, du soleil. Vivement les brouillards de La Brugne ! « *Jeunes gens ! Engagez-vous dans les armes montées de l'Armée Nouvelle ! Vive la France ! Vive le Maréchal !* » Les militaires avaient distribué des prospectus tricolores qu'on piétinait en dévalant les gradins. Thérèse se pendait au bras d'Hector au point que Fabien rigolait. Heureusement, il fallait mener Athos et Zurka jusqu'au quartier du 7e chasseurs où ils étaient hébergés : cela assurait un répit à Hector. On fit faire aux deux cavaliers tout un détour tant la foule était dense. Arrivés avenue Feuchères, sous les micocouliers où piaillaient des nuées d'oiseaux, ils purent allonger le trot. Des filles en robe claire les regardaient passer. Ils rattrapèrent des gardians groupés autour d'un vieux monsieur qu'ils honorèrent d'un ample salut. On entendait au loin des sonneries, des cris, des galopades. La vie reprenait du goût, et Hector goût à la vie.

Le soir il fut impossible de trouver une table où dîner au Cheval Blanc ni dans le jardin de l'Imperator. Partout des officiers, terriblement mirliflores, péroraient en posant sur les femmes des regards appuyés. Thérèse aimait cette caresse. Hector prit son plus grand air. Il lui sembla qu'un insolent reconnaissait en lui le cavalier si piteux cet après-midi au jeu du verre d'eau et se penchait à l'oreille de sa voisine, qui éclata de rire. Hector, exaspéré, dut se dominer pour ne pas pousser dehors Thérèse et Fabien. Ils réussirent enfin à se faire servir une brandade dans un boui-boui de la rue Nationale. A onze heures, Thérèse et lui regagnèrent le studio de la postière serviable, où, entre deux poupées niçoises, sur le lit défait, l'amour les attendait.

C'est vers la mi-juin qu'Hector reçut de Thérèse la lettre de dix lignes où elle lui annonçait ses fiançailles avec un dentiste de Tarbes.

Pendant dix-huit mois encore la belle façade fit illusion. C'est en novembre 1942, entre le 10, où les Allemands envahirent la zone libre, et la fin du mois, où ils désarmèrent les régiments, occupèrent les casernes et regardèrent se saborder la flotte, que les derniers va-t'en-guerre de Vichy comprirent qu'ils avaient été les dupes d'une comédie. Le général de Lattre embourba sa mésaventure chez un paysan de Cucugnan et se rendit à un gendarme. Quant au colonel qui avait tenté de séduire Hector, au quartier du 2e dragons, deux ans et demi auparavant, il fit embrasser l'étendard du régiment par ses soldats en larmes et agenouillés, cérémonie qui ne parvint pas à ralentir sensiblement l'élan des troupes allemandes. Il était impossible désormais de cingler ses bottes d'une cravache fanfaronne : l'armée française était vaincue pour la seconde fois, sans un coup de feu ni un blessé, et avec elle les mouvements qui avaient cru lui préparer des hommes pour les revanches futures. Les théoriciens de la Révolution Nationale furent mis devant une alternative enfin simple : ou devenir des canailles, ou inventer une aventure plus dangereuse.

A La Brugne, tout se déglinguait. Les stagiaires se faisaient rares, et parmi eux l'on vit surgir des garçons à mine patibulaire. Ils se moquèrent des momeries du Centre et suggérèrent, au nom du socialisme, qu'on offrît le château à de vrais adeptes de l'Ordre Nouveau qui formeraient les militants capables d'aider Laval et ses fidèles. « La Révolution n'a pas besoin de zazous », déclarèrent-ils. « Les chevaux, à la boucherie ! Les bons Français ont faim... »

Hector fut stupéfait que Paccaud ne tentât même pas d'imposer silence aux voyous. Un demi-sourire aux lèvres, il se contenta de s'enfermer dans la chambre où il passait depuis des mois tant de moments de solitude.

Le lendemain, ne voyant pas Serge, Hector alla frapper à sa porte. Quand il finit par y entrer, il trouva la pièce vide, le lit au carré, les dossiers du Centre en ordre sur la table. Nul n'avait plus vu le chef Paccaud depuis la veille en fin d'après-midi ; nul n'avait entendu d'allées et venues, ni de véhicule. Il est vrai qu'il avait plu et venté toute la soirée et une partie de la nuit. Avant que ne s'ébruitât cette disparition, Hector retourna à sa chambre : y trouverait-il un signe de son ami ? Fabien était sur la carrière avec ceux des stagiaires qui n'avaient pas rallié la fronde. Sur son lit, Hector aperçut les deux cartes Michelin qui couvrent la frontière espagnole : Serge les avait sans doute déposées là. Le message ne pouvait pas être plus clair.

Sur les visages des meneurs, la veille, pendant qu'ils lançaient leurs sarcasmes et leurs menaces, Hector avait retrouvé les sentiments affreux révélés autrefois par d'autres visages, dans la foule, pendant un monôme, une manifestation, ou lorsque Marcel dans les tourbillons de la débâcle leur frayait à tous deux un chemin à force de mensonges et de ruses. Chaque fois qu'il avait cru reconnaître cette bête dissimulée dans l'homme, Hector l'avait haïe et redoutée. C'est pour lui échapper qu'il avait travaillé ces deux années à La Brugne, qu'il employait les mots et répétait les gestes dont l'époque avait en vain tenté de se faire un style. Et voilà que le remède, à son tour, était devenu poison, qui ravageait ces jeunes hommes aux grimaces livides. Voilà qu'Hector, de médecin, était passé malade. Un de ces contagieux, de ces maudits que l'on chasse ou que l'on écrase afin qu'ils ne contaminent pas les innocents. Serge avait tout compris, hier, en un instant, et il avait tiré sa conclusion. A moins que sa décision ne fût prise depuis longtemps déjà et qu'il n'eût attendu que l'occasion.

L'Espagne ? Hector vit des sentiers, de la rocaille, la tempête et la neige. Il vit des gardes civils et des prisons. Il imagina au bout de l'épreuve la suspicion, l'ironie : n'avait-il pas mis bien longtemps à comprendre ?

Des éclats de voix l'attirèrent à la fenêtre. Hissés sur les lices, au bord du chemin de la carrière, les quatre ou cinq garçons qui excitaient la rébellion avaient guetté Fabien et maintenant le prenaient à partie. Un cheval eut peur et pointa en hennissant. Le stagiaire qui le montait fut vidé et se ramassa rudement dans la boue, au milieu des quolibets. Hector crut qu'un des garçons allait saisir au mors le cheval de Fabien, qui déjà levait sa cravache. Il ouvrit la fenêtre, se pencha, hurla n'importe quoi de sa pire voix de manège. Tous les visages, en bas, se levèrent vers lui, et Fabien profita du flottement pour entraîner ses garçons jusqu'aux écuries. Hector les vit tourner en désordre le coin du bâtiment, suivis par le cavalier démonté et crotté, qui courait après sa monture en se tenant un bras.

Il ne fallut pas un quart d'heure à Hector pour bourrer une musette de ses vêtements. Il ne possédait presque rien. Où mettre le beau costume de Brigoulet ? Un sac oublié par un stagiaire et jamais réclamé fit l'affaire ; les livres d'hippologie y rejoignirent le costume, les chaussures, quelques photos ; était-il possible que trente mois de sa vie tinssent dans ce bagage dérisoire ?

C'était le jour où montait de Thiers une camionnette avec les provisions de la semaine. Hector attendit qu'elle fût garée sous l'auvent et y jeta ses sacs pendant que le chauffeur buvait un verre à la cuisine. Puis il sauta une barrière, traversa un bosquet, pénétra dans le sous-bois. Le sol était spongieux mais la neige avait fondu. Le silence était total. Enfin Hector retrouva la route, qu'il descendit d'un bon pas. Farouchement, il se refusa de penser à Athos. Dix minutes plus tard la camionnette hoqueta dans son dos, s'arrêta à sa hauteur et le chargea sans qu'il eût même à donner d'explications au chauffeur. « Ça barde, là-haut », dit seulement l'homme. Il n'attendait pas de réponse et il parut à peine étonné, devant la gare de Thiers, quand Hector lui désigna son bagage parmi les cageots et les cartons. Il bougonna : « Je m'disais aussi... »

Il y avait presque deux ans qu'Hector était venu ici

chercher Thérèse. Il se rappela le gazogène récalcitrant de la Vivaquatre — elle avait fini, un matin de gel, au fond d'un ravin —, les joues roses de Thérèse, la nuit aux bougies, les reflets du feu sur la peau de la jeune fille. L'avait-elle épousé, son dentiste ? Sa vie avait-elle échappé à l'attente immobile qu'Hector lui avait imposée le temps de leur liaison ? C'était son problème, à Hector : il bloquait les gens. Il les attachait à un piquet. Qu'ils broutent là ! L'herbe n'était pas plus verte ailleurs. Et lui-même, ne cherchait-il pas l'anneau où s'enchaîner ? Qu'avait-il fait de sa vie au long de ces vingt-trois mois ? Elle s'était simplifiée, pour ne pas dire appauvrie, jusqu'à cette sensation de dénuement qu'il éprouvait aujourd'hui, sur le trottoir, ses deux sacs à ses pieds. Il se sentait délivré, excité, mais en même temps perdu, comme s'il eût arpenté un songe. Il avait l'âme sèche à faire peur. Après l'adieu de Thérèse il était resté, cœur vide et corps froid, dans le délaissement de La Brugne, entre les chevaux et les garçons, n'aspirant à rien qu'à ce rythme lent des jours, n'aimant rien tant que les deux heures passées chaque matin à monter Athos, seul dans la carrière ou le manège, ou parfois dans les bois d'alentour, bien qu'il n'appréciât guère ces sentiers tortueux, cette pierraille, ni rien de ce qui ressemblait à une promenade, à du temps perdu, à de la passion perdue, à quoi il préférait son travail solitaire, qu'il n'appelait jamais « haute école », ni « dressage », mais « travail », cette équitation de murmures et de concentration, cette épreuve aux affrontements feutrés, aux aides et aux victoires invisibles, ce retour quotidien sur soi qu'il lui était nécessaire d'effectuer, cette prière, oui, pourquoi pas ? cette pénitence voluptueuse que nul, jamais, quand Hector montait, n'était là pour apprécier. Tribune vide, aube brumeuse : il avait la pudeur de ces moments où il

134

occupait une enveloppe non pas plus vaste que lui-même, comme on croit, mais au contraire plus serrée que la sienne, serrée comme le sont les vareuses boutonnées près du corps, comme le sont les bottes, comme l'est toute la silhouette du cavalier appliqué à ne rien laisser voir de ses doutes, de ses efforts, de ses défis, et dont l'ambition est de n'être qu'un mince trait noir perpendiculaire au cheval, une présence à la fois fixe et liante, dominatrice et dénouée.

Tout cela — excusez du peu ! — sur le trottoir mouillé, devant la gare de Thiers, Puy-de-Dôme, avec en contrebas la ville endormie dans les effilochures de brume, l'horizon gorgé d'eau, un chauffeur endormi au volant d'un autocar jaune.

« Plus jamais, se jura Hector, plus jamais je ne reviendrai ici. Je tire un trait. Plus jamais je ne monterai Athos, ni Quenelle, ni Zurka, ni Timoléon. Plus jamais je ne grimperai la petite route du col de Saint-Thomas, même dans trente ans, quand l'envie me viendra de tisonner mes braises. La braise sera froide et grise depuis longtemps. Jamais je ne feindrai de croire qu'un beau morceau de ma jeunesse gît là-haut. J'ai été un dadais et une dupe... »

Deux types en civil sont sortis du café de la Gare, ont grimpé à travers le jardinet boueux et observent Hector. Il ne porte plus les bottes, ni la cape, ni le béret qui lui donnent depuis deux ans l'allure approximativement militaire. Rien de suspect, en décembre 1942, comme un garçon de vingt-cinq ans, son bagage à ses pieds, en perdition devant une gare. « Ai-je sauté le pas ? » se demande Hector, amusé. Avant que les autres ne l'abordent, il se dirige vers eux et les interpelle : n'ont-ils pas

135

vu, s'ils sont là depuis un moment, une camionnette Peugeot comme ceci, comme cela, l'écusson du Centre équestre de La Brugne peint sur ses portières ?

Les types secouent la tête de mauvaise grâce, embêtés ou soupçonneux.

— Si vous la voyez, dites au conducteur que je n'ai pas pu l'attendre, que j'ai pris le train de Vichy...

— Magne-toi, si tu prends la micheline de Vichy !

Hector ramasse ses sacs sans insister et s'éloigne. Au fond, il savait très bien depuis une heure qu'il irait frapper à la porte de Marthe.

De décembre 1942 à la libération de Paris, la trace d'Hector se perd plusieurs fois.

Je l'ai dit, pour toutes les années qui précèdent le matin de novembre 1967 où l'on me confia aux soins de Vachaud, c'est-à-dire pour un demi-siècle, j'ai reconstitué la biographie de l'écuyer en m'appuyant sur des confidences ou des renseignements arrachés ici ou là, parfois avec du mal car il s'agissait de faire parler des vieillards. Quand les certitudes manquaient, j'ai risqué des hypothèses. J'ai tenté, bien entendu, de les rendre aussi plausibles que possible. Les archéologues savent quelles reconstitutions miraculeuses on peut réussir à partir de parcelles de poteries, de torses manchots. J'ai procédé à leur façon. Mais j'avoue, là où malgré mes efforts restaient des blancs, des zones non pas douteuses mais vides, qu'il m'est arrivé d'avoir recours à l'imagination. J'ai failli écrire — je suis si peu écrivain — l'imagination *pure et simple*. Mais n'est-elle pas toujours, au contraire, acharnée à voir partout des secrets, à supposer des choses tues, complexes, rarement pures ?

Qu'alla faire Hector à Vichy ? Demander à Marthe Reyniet de vouloir bien user de l'influence de son mari pour régulariser sa situation. La façon dont il avait quitté le Centre, dans l'atmosphère de l'époque, ce n'était pas une rupture de contrat, c'était un abandon de poste. Filer pour s'évanouir dans la nature, comme Paccaud (qui passa en Espagne, fut interné à Miranda et revint en 1944 sous l'uniforme de la 1re armée), c'était un choix dangereux, mais clair. Hector, lui, n'avait pas préparé ses arrières. Il hésitait. Il tournait dans le vague. Quand il avait imaginé les types à gueule de faux témoin mettant la patte sur le Centre, dispersant les chevaux, le fichant dehors, il n'avait pas voulu voir ça, simplement. Sans doute l'avaient-ils déjà signalé à la gendarmerie : déserteur, gaulliste, complice du traître Paccaud, etc. Hector avait compris à leurs têtes que le temps de la dentelle était passé. Il fallait donc que Louis Reyniet fît classer son dossier. Puisqu'il se mettait dans la gueule du loup, on l'innocenterait.

Marthe fut-elle efficace ? Probablement. Sans doute eût-elle alors réussi n'importe quelle acrobatie administrative pour se débarrasser d'Hector, qu'elle n'avait vraiment pas besoin de voir réapparaître alors que Louis Reyniet jouait son sort. Ce fut en effet dès ce moment que se forma chez les Reyniet le double projet d'un divorce qui sauverait leur fortune, et, le moment venu, d'une mission en Suisse qui soustrairait Louis à la vindicte des excités. C'est dire que les bottes usées et les airs hautains d'un ancien amant encombraient Marthe. Elle fit donc vite et Hector put quitter Vichy avec, dans sa poche, un document qui le tranquillisait.

— Pour solde de tous contes, murmura-t-il avec amertume.

— Je vous avais bien dit de ne pas être naïf, répliqua Marthe. Elle oubliait quels conseils, à Mérande, elle lui avait donnés. Elle voussoyait à nouveau son passé.

Elle l'aida à trouver, à Cusset, une chambre chez la mère d'un gendarme pour le temps que durèrent les démarches. Elle aussi était une adepte de la gueule du loup. Elle lui apporta, le 31 décembre, une bouteille de champagne qu'elle refusa de vider avec lui : au milieu de l'après-midi, et cette vieille qui rôdait !

J'imagine Hector buvant seul, puis, ivre, les oreilles chaudes mais frissonnant dans sa canadienne élimée, descendant l'interminable avenue qui le ramenait en ville, usant les premières heures de la nuit de la Saint-Sylvestre à travers les rues banlieusardes et plates de Vichy. Sans doute, derrière les rideaux tirés, les vitres embuées, les portières de cuir des bistrots devinait-on de la bouffe, des rires ? L'homme le plus seul sur la terre. Avait-il au moins attendu l'aube dans les bras d'une fille ? Réveillé sa logeuse en trébuchant dans l'escalier ? Né en 1955, j'éprouve quelque mal à reconstituer — que dis-je : à inventer Vichy dans la dernière nuit de 1942. Mon père, qui n'avait pas loin de vingt ans en ce temps-là, répugne à m'en parler. Il ne m'en livre que des détails minuscules : les croisillons de papier collés sur les vitres, les phares des autos et des vélos barbouillés de noir, sauf ce mince rectangle, comme d'une paupière entrouverte, et ces portières de cuir et de drap que j'évoquais ci-dessus, à l'entrée des cafés, formant un sas destiné à la fois à occulter la lumière et à économiser la chaleur. Je vois Vachaud en surgir, dans la tiédeur de la fête et les odeurs de mangeaille, les joues rougies de froid, rester un instant immobile, dans le silence hostile, avant de faire demi-tour et de retourner à la nuit.

Dieu sait dans quel état, au mois d'avril 1943, il arriva à Paris.

Jeanne était à l'agonie. De jaunisse en bronchite, de mensonge en mensonge, le médecin l'avait menée jusqu'au stade terminal d'un cancer sans avoir eu le courage de lui parler. Elle se regardait mourir sans poser de questions. Peut-être savait-elle qu'il ne fallait pas obliger son mari à risquer des démarches, à arpenter les couloirs d'hôpitaux. Qu'avait-elle compris, au juste ? Une des questions que lui posa Hector, maladroit comme jamais, la première fois qu'il vint la voir, l'entraîna à évoquer le service de Laennec où officiait un grand patron rencontré en 1939 à Neuilly, chez Filloche, où il faisait des ronds de jambe à Marthe. « L'hôpital, murmura Jeanne, les patrons ? Oh ! non, ils *les* détestent trop... Ils s'apercevraient... » Elle savait donc ? Hector se rappela cette fin de déjeuner dominical où, lui aussi, voyant la tête de Brigoulet, blafarde, se tourner vers la porte, avait dans l'instant tout deviné. Il se tut. Jeanne fermait d'ailleurs les yeux et n'attendait pas de lui qu'il insistât.

Brigoulet tournait en rond dans les trois pièces de l'appartement de Boulogne ; les cernes lui mangeaient les joues ; son immense bedaine se relâchait. Tous les deux ou trois jours il se rasait, s'inondait d'eau de Cologne, nouait autour d'un col devenu trop large une de ses fastueuses cravates et se hâtait vers « un rendez-vous ». Avec qui, grands dieux ? « Tu verras, un jour il ne reviendra pas... », soufflait Jeanne. Pensait-elle qu'on allait l'arrêter ou qu'il rêvait de la plaquer ? Mais Léonce jusqu'à présent était toujours revenu. Parfois l'haleine mauvaise, les yeux gorgés de sang ; d'autres fois conquérant, le regard moqueur. Ces jours-là il sortait de sa poche une liasse de billets et la secouait sous le nez de Jeanne. Un remède miracle. La malade se retournait vers le mur et feignait de s'assoupir.

Un soir il tarda à rentrer. Mme Vachaud, qui ne

quittait presque plus l'appartement de la rue du Château, pinçait les lèvres. « Cette fois, ils l'auront eu », murmura Hector. Sa mère n'eut pas le temps d'inventer un mensonge ni de poser de questions : on entendait des pas, et souffler derrière la porte. L'ascenseur, à cause des coupures de courant, était presque toujours arrêté. A peine entré, en nage, incapable de parler, Léonce sortit de sa veste des documents qu'il jeta sur la table, triomphant. C'était quatre cartes d'identité, deux aux noms des époux Brigoulet, deux pour les Vachaud, mère et fils. Dans la pénombre en train de tomber, l'odeur de sueur et de linge négligé recouvrit celle, sucrée, de l'urine et de la mort, qui flottait depuis quelques jours autour de Jeanne. Hector, suffoqué, s'écarta. « Regardez ça ! » aboya Brigoulet. Il alluma une lampe d'une main tâtonnante et, les tenant très loin de lui, à la façon des presbytes, il tapota de son index énorme les documents qui tremblaient. Hector reconnut sa photo, tendit la main, lut : *Vachaud d'Arcole Paul, Rodrigue Hector, né le 13 mars 1917 à Fleury-sous-Douaumont, Meuse.* L'adresse indiquée était celle de la caverne d'Ali Baba, rue Massillon.

Il leva les yeux, ahuri, sur Léonce. L'autre se frottait les mains. Voix goguenarde :

— Tu le connais, ce village-là ? Rayé de la carte, mon garçon, anéanti, volatilisé... Et c'est à peine un mensonge : tu es bien né à quelques kilomètres de là, en pleine nature, entre les trous d'obus, non ? Ils peuvent toujours chercher !

— Mais je n'ai rien à cacher, moi ! Et ce nom ? Qu'est-ce que c'est que ce nom ?

Le ton était véhément, mais Hector parlait bas : Jeanne paraissait s'être assoupie.

— Tu ne voulais quand même pas t'appeler autrement que ta mère ?

Il se tourna galamment vers Violette :

— Chère Madame Vachaud d'Arcole, elle est tellement bonne cette carte-là, tellement vraie que vous ne pourriez plus changer d'identité quand bien même vous le voudriez ! C'est de l'or massif. Du marbre. Je n'ai qu'un regret : je n'ai pas osé changer les dates. Si je vous avais rajeunie, vous auriez eu l'air d'avoir mis au monde ce gaillard-là à l'âge de votre première communion ! En revanche, oubliez Jonzac. Vous êtes née à Fumet, où, paraît-il, les archives ont brûlé le 12 mai 40... Après le débarquement des Anglais, ma chère, vous repartirez du bon pied.

Violette Vachaud, très rouge, hésitait entre l'envie d'applaudir et l'embarras où la plongeait la mine d'Hector.

— A la guerre comme à la guerre..., murmura-t-elle timidement.

Hector cherchait comment réussir sa sortie quand un cri retentit dans la chambre où l'on croyait que dormait Jeanne. Il fut le premier à y entrer. Une tache rouge s'élargissait sur le drap. Il laissa sa mère et Léonce Brigoulet faire ce qu'il n'avait pas le courage d'imaginer et cria qu'il allait chercher le médecin, dont le cabinet se trouvait à deux cents mètres, rue des Princes. A la poste on avait ri au nez de Brigoulet quand il avait demandé le téléphone.

Les passants se détournaient, craintifs, de la course de ce grand garçon au visage blanc. Il avait l'air de fuir, bien qu'on ne vît personne le poursuivre. A l'infirmière il répéta plusieurs fois le mot « hémorragie », le cœur sur les lèvres. Elle prévint le Dr Témisier et offrit à Hector un verre d'eau.

Violette Vachaud s'occupa de tout. La concierge de l'immeuble, le Dr Témisier et elle firent en sorte que Léonce Brigoulet n'eût pas même à se rendre à la mairie. Violette reçut les pompes funèbres, dont le représentant, pourtant pugnace, ne parvint pas à lui placer le satin blanc ni les poignées d'argent que le genre de la maison lui semblait imposer. « Je suis commerçante, moi, Monsieur », siffla Violette. A sa propre surprise, l'argument porta, grâce auquel Jeanne fut expédiée à l'économie. Personne n'osait demander au veuf de quelle somme il disposait. Il n'avait pas de compte en banque, seulement ces billets dont il bourrait ses poches et qui disparaissaient aussi mystérieusement qu'ils étaient apparus.

Ce fut un enterrement de misère. S'ils furent six à suivre le corbillard, c'est que trois voisins de la rue d'Arcole étaient venus à bicyclette. Le front luisant, ils poussaient leurs vélos en prenant des airs pieux ; les hommes avaient oublié de retirer les pinces de leurs pantalons. Brigoulet était en si piteux état qu'Hector dut lui tenir le bras, le guider. Il se disait qu'au moins pour quelques heures le chagrin assurait à Léonce une espèce de maquillage : mouillé de larmes, déformé par les reniflements, le visage blet, les vastes oreilles attiraient moins l'attention. Au moment où les croque-morts

143

emportaient le cercueil, Brigoulet était apparu coiffé d'un ahurissant feutre noir. Hector le lui avait ôté de la tête sans rien dire.

Au cimetière, heureusement, tout alla vite. Les fossoyeurs n'appréciaient pas ces obsèques de sans Dieu. Hector leur glissa un billet. Les autres assistants s'étant esbignés — on en voyait encore deux, au bout de l'allée, cahotés sur leurs selles par les pavés —, ils se retrouvèrent à trois, les deux Vachaud entourant le veuf effondré sur une tombe. Hector, dressé, une main posée sur l'épaule de Léonce secouée de sanglots, s'efforçait à prendre de la hauteur. Il regardait au loin. Son geste d'amitié et son visage grave lui donnaient une belle idée de soi, à partir de laquelle d'autres idées le harcelaient, pessimistes, nobles, désolées. Il retrouvait le sentiment souvent éprouvé de ne pas pouvoir prendre son envol. Une fois de plus la trivialité du monde lui coupait les ailes. « Monsieur Brigoulet, vous devriez venir à la maison manger un morceau », proposa Violette.

Attelé d'un cheval maigre — de la rue du Château au cimetière, Hector, le cœur dilaté, avait marché dans les parfums de cuir et d'écurie —, le corbillard passa, là-bas, derrière des arbres. Son cocher le menait dans un coin abandonné du cimetière où, les guides longues, le canasson tendit une encolure triste pour brouter entre les tombes. Léonce hoquetait toujours, assis sur des regrets éternels. Un étourdissement vint à Hector, il vacilla. Tout fut noir devant lui, les jours bouchés, l'avenir improbable. Où qu'il portât ses pensées, la vie se dérobait. A vingt-six ans, son impuissance était celle d'un enfant.

Le retour jusqu'à la rue du Château parut long aux Vachaud. Léonce Brigoulet marchait un pas ou deux devant eux, massif, les bras ballants. Ce fut un soulage-

144

ment quand il déclara vouloir rester seul. Il dit même :
« Seul avec mon chagrin... » Violette apprécia l'expres-
sion. Ils hochèrent la tête et se dirigèrent vers le métro
Porte de Saint-Cloud. « Tu pourras remonter de la cave
le vélo de Monsieur Brigoulet, dit soudain Mme
Vachaud, il ne s'en sert plus. Le cœur... »

Le lendemain, qui était le 5 avril, ils finissaient de
boire ce qui leur tenait lieu de café quand les sirènes
retentirent. On eut vite le sentiment, cette fois, que
c'était sérieux. Vers l'ouest de Paris les batteries de
D.C.A. se déchaînèrent. Penché à la fenêtre, Hector
cherchait à localiser ce roulement qui soudain s'amplifia.
Les vitres vibrèrent et un petit cri de Mme Vachaud fit
écho à d'autres cris et à des galopades dans la rue. Hector
se rappela quelques souvenirs à peine vieux de trois ans :
« Des bombes », dit-il.
Il dévala l'escalier et marcha, rasant les murs, jusqu'à
la Seine. Du milieu du pont, par la trouée que fait le
fleuve dans la ville, il vit monter dans le ciel des panaches
de fumée, plus loin qu'il ne s'y attendait. Paris ? Qu'y
avait-il à détruire du côté des beaux quartiers ? Alors il
pensa aux usines de la proche banlieue, à Nanterre, à
Boulogne surtout. On prophétisait depuis longtemps
que « les Anglais » viendraient bombarder Renault.
Boulogne ?
Hector courut jusqu'au magasin où, le matin même,
sur deux numéros de *la Gerbe* étalés au sol, il avait
graissé et nettoyé la Peugeot de Léonce. Violette
Vachaud apparut en haut du colimaçon.
— Je vais voir si tout va bien rue du Château, dit
Hector.
Serrée à nouveau dans un de ces petits tabliers à fleurs

que Jeanne l'avait dissuadée de porter, Violette remarqua :

— De toute façon il fallait y aller. Dis-lui de venir dîner avec nous.

Hector plia sa veste sur le porte-bagages et partit par les quais. De tous les quartiers de Paris semblaient converger vers l'ouest des voitures de pompiers, des ambulances, et les badauds, maintenant que la fin de l'alerte avait sonné, s'agglutinaient sur les ponts, regardaient le ciel se salir et disaient des choses vagues et coléreuses. Le mot « Renault » revenait.dans tous les murmures.

Place de l'Alma on empêcha Hector de suivre le quai et il remonta par le Trocadéro et l'avenue Henri-Martin. A la porte de la Muette, des soldats allemands écartaient cyclistes et piétons des immeubles de la Kriegsmarine barbouillés du bariolage vert et brun du camouflage. Sur leurs toits, montés sur des plates-formes de madriers, des canons antiaériens pivotaient sans cesse comme si le ciel eût fourmillé encore d'avions ennemis. Hector coupa à travers une prairie, puis sous les arbres du Bois, et un peu plus bas rejoignit la contre-allée qui longe l'hippodrome d'Auteuil. A sa stupéfaction, une cloche retentissait, qui annonçait le départ d'une course. Deux ou trois minutes plus tard, dans un piétinement lourd, passa le peloton : on vit un instant les casaques et les toques multicolores des jockeys surgir au-dessus des troènes au franchissement d'une haie, et l'on entendit le souffle rauque des chevaux. Incrédule, Hector s'était arrêté. Là, tout près, on eût dit au bout du champ de courses, les tourbillons jaune et noir obscurcissaient le ciel. Une odeur de gravats et de catastrophe montait. Ils avaient osé reprendre les épreuves après le bombardement ? A la porte d'Auteuil, devant les grilles de l'hip-

podrome, quelques officiers allemands, casquette hautaine, pantalon et revers soutachés de rouge, la main
posée sur leur petit poignard, contemplaient avec une
condescendance presque amusée le flot des anxieux et
des curieux qui se hâtaient vers Boulogne. Hector, d'instinct, pédala moins vite. Ne pas « avoir l'air », surtout.
L'air de quoi ? L'air plus vaincu, plus humilié, plus
disponible qu'il ne l'était ? Il envia férocement l'arro-
gance des officiers. Il envia leurs uniformes, la peur
qu'ils inspiraient, leurs épouses sous les bombes, leurs
soûleries, le soir, au fond des grands hôtels aux façades
desquels flottait le drapeau rouge et noir. Il envia leur
sort probable : le front de l'Est, la boue, les blessures ou
la mort, et au bout de l'aventure une défaite qui les
envelopperait de gloire, comme celle des Français les
avait étouffés de honte.

Après la Porte de Boulogne, pour laisser passer les
ambulances, Hector s'arrêta au bord du trottoir et finit
par cadenasser son vélo aux grilles de l'église. Il toussait,
maintenant, dans la poussière qui s'épaississait et la
fumée. Il continua à pied, porté par la foule. Une troupe
de scouts et son abbé le dépassèrent au pas de course, et
des secouristes, des dames en blouse blanche.

C'est vers cinq heures, alors que, les mains écorchées,
les vêtements collés au corps, il déblayait depuis deux
heures, dans un désordre de cris, entouré de gamins et de
pompiers, les décombres d'un immeuble fracassé, qu'il
vit surgir Léonce Brigoulet.

Il était habillé comme pour un déjeuner élégant, d'un
costume croisé de drap gris, maculé de traînées blanchâ-
tres, de boue, de plâtre écrasé. Desserrée, sa cravate
pendait dans le col. Ses cheveux rares étaient dressés et
on lui voyait, sur le haut du front, une ecchymose en
train de bleuir. Il titubait entre les gravois, dans l'eau

jaillie des canalisations crevées. A sa bouche ouverte Hector comprit que Brigoulet parlait, ou criait. Il dressait les bras, battait l'air, paraissait boxer un fantôme. Le bruit d'une pompe couvrait ses paroles. Hector s'approcha. « ... Pourquoi pas moi ? hurlait Brigoulet. Pourquoi eux ? Pourquoi Jeanne et pas moi ?... » Une excavatrice qu'on essayait de mettre en marche assourdit un instant Hector, mais elle retomba tout de suite en panne. « ... Je suis un youpin, moi ! Vous voulez le savoir, mon nom ? Vous, monsieur, vous voulez savoir comment je m'appelle ?... »

Il avait saisi par sa chemise un garçon occupé à pelleter des plâtras et lui crachait ses mots au visage : « Ma femme a été tuée, vous entendez ? Ma femme ! Madame Garfunkel, vous ne connaissez pas, bien sûr... Elle n'y a même pas eu droit, savez-vous, à son nom ! Tout ça... »

Il fouillait ses poches d'une main tremblante, à la recherche sans doute de ses admirables cartes d'identité. Il en trouva une, la brandit : « C'est de la merde, ça ! De la merde à mille francs le faux nom ! Brigoulet de mes deux... Brigoulet !... »

Fasciné, Hector s'était planté à trois pas de Léonce qui ne le voyait pas. Un agent, tête nue, épuisé, s'approcha. Il entoura les épaules de Léonce de son bras. A ce moment l'excavatrice toussa et se remit en marche. Hector s'avança, fit mine d'embrasser Léonce. Le policier hurla :

— Vous le connaissez ? C'est vrai, pour sa femme ?

Hector hocha la tête.

— Je m'en occupe, ça va aller...

— Faites-lui taire sa gueule, cria l'agent dans l'oreille d'Hector.

Sa carte d'identité à la main, Léonce se laissa entraîner dans le vacarme, comme un malfaiteur ou un fou. Il butait sur chaque obstacle. Il était soudain très vieux. Quand le bruit se fut un peu apaisé, il releva la tête, regarda Hector avec un drôle de sourire rusé :

— Tu as vu ? Ils s'en foutent bien que je sois un youpin... Pourtant je le leur ai dit, petit, tu as entendu ?...

Ce soir-là Hector ramena Léonce rue d'Arcole. Il libéra sa chambre — toujours un sac à remplir — et y installa le veuf. Après quoi il retourna à Boulogne, récupéra sa bicyclette, vida son sac rue du Château, y empila du linge et des chemises appartenant à Léonce et les lui apporta rue d'Arcole. Quand il reprit, à bout de forces, la route de Boulogne, il était dix heures du soir.

Il frappa à la porte de la loge. La concierge, en peignoir, le fit entrer : « Vous l'avez emmené ? chuchota-t-elle. Vous avez bien fait. Il ne faut pas qu'il revienne ici. Il a hurlé des choses, dans l'escalier... Il avait perdu son bon sens. A mon avis, c'est les bombes. Si vous aviez entendu ça... »

Dans l'appartement, les odeurs d'agonie et de cadavre n'étaient pas dissipées. Hector ouvrit les fenêtres aux carreaux miraculeusement intacts et, avec le courant d'air, ce furent la poussière, la cendre, la fumée qui envahirent les trois pièces sens dessus dessous. Il vida un fond d'armagnac trouvé dans la cuisine, s'allongea sur le canapé du salon et dormit dix heures.

Le lendemain matin il brossa son costume et sortit Sur le trottoir de la rue du Château il constata que le hasard, une fois de plus, le déposait au fond d'un trou Qui l'eût cherché ici ? Ou plus simplement, qui l'eût cherché ? Il enfourcha le vélo, tourna le dos aux déblaiements et aux chagrins, roula vers le Bois. Il pensa, en passant porte d'Auteuil à côté de miliciens aux regards soupçonneux, qu'il portait dans son portefeuille deux cartes d'identité ; c'était une de trop. Dans un bosquet touffu, derrière la Croix-Catelan, il sortit les deux documents et les considéra. Il était indiscutable que le faux, avec sa photo plutôt ressemblante — seule Violette pouvait l'avoir donnée à Léonce : elle était donc au courant… — était plus convaincant que le vrai.

Hector haussa les épaules, déchira son passé et en dispersa les morceaux dans les fourrés. Il irait au commissariat déclarer qu'on lui avait volé tous ses papiers pendant qu'il déblayait les décombres, à l'exception de la carte, serrée dans la poche de sa chemise. C'est là qu'il la glissa : un peu de transpiration lui donnerait de la patine. Il se remit en route et constata, avec perplexité, qu'il n'avait guère hésité, avant d'en choisir une, entre l'identité roturière et la reluisante.

Ce printemps et cet été-là, Mme Vachaud perdit une nouvelle fois son fils. Il ne passait plus l'embrasser qu'en coup de vent et, efflanqué comme un gueux, il rechignait pourtant à goûter aux miracles culinaires de la maison. Il faut dire que le stock de chaussures s'épuisant, les denrées introuvables se raréfiaient rue d'Arcole. Brigoulet avait fondu. Il ne quittait plus un pantalon bleu et un veston dépareillés. Il ressemblait à son fantôme. Il avait remplacé la cravate par un foulard à l'artiste. « Ça lui donne un genre d'avant-guerre », avait commenté Mme Vachaud, impénétrable. Arrivé rue d'Arcole le soir du bombardement à la nuit tombée, personne ne l'avait vu monter et Violette s'était mis en tête qu'elle cachait un fugitif. Cette interprétation n'était pas tout à fait fausse et présentait l'avantage de lui offrir une occasion d'héroïsme. Il était donc entendu que jamais l'homme traqué ne devait se montrer à la fenêtre ni parler fort, et qu'il porterait tout le jour des pantoufles. Il risqua deux ou trois sorties nocturnes, d'où il revint sain et sauf, la poche gonflée d'une de ses célèbres liasses de billets. Mais les liasses, elles aussi, avaient fondu. La dernière fois, ce ne fut qu'une misère et Brigoulet, à dater de ce soir-là, ne mit plus le nez dehors. « Ça sent le roussi », répétait-il.

Hector prétendait loger rue du Château, mais les deux fois que sa mère, sans nouvelles de lui, tenta de lui « faire la surprise » d'une visite, elle ne trouva personne. Le lit était retapé à la diable et des valises fermées à clé traînaient dans l'entrée. Les journaux, sur la table, dataient de huit jours. Mme Vachaud explora les recoins de l'appartement, épousseta, lava des assiettes sales, fouilla en vain deux ou trois tiroirs et s'immobilisa, incertaine, l'oreille tendue. Elle sentait le danger rôder. Quand, au début d'octobre, elle vint pour la troisième fois, la serrure avait été changée et elle ne put pas entrer. Interrogée, la concierge lui parut réticente. Violette se le tint pour dit et crédita Hector d'activités clandestines. Compromise elle-même dans de miteux trafics, elle trouvait logique qu'un Vachaud eût choisi la voie droite et rachetât les turpitudes maternelles. Bon sang ne mentait pas. Cette pensée la purifia, ce dont elle avait grand besoin, Léonce ne se maintenant pas à la hauteur de son destin. Veuf, anonyme, traqué, on eût attendu de lui un comportement digne de ses malheurs. Au lieu de quoi il refumait éternellement le tabac de ses mégots, se raclait la gorge à en alerter les voisins et négligeait son hygiène. Mme Vachaud, bourrue, dut à plusieurs reprises lui suggérer de prendre un bain et de laver plus souvent ses caleçons. Le rationnement du gaz avait bon dos : ce n'était pas souvent qu'elle entendait du côté de la salle de bains la petite explosion inséparable de l'allumage du chauffe-eau.

L'hiver vint, et Hector n'avait plus donné de ses nouvelles depuis deux mois. Il surgit rue d'Arcole la veille de Noël et découvrit que sa mère n'y était plus. La loge était calfeutrée et ce fut la locataire du deuxième qui lui annonça que Mme Vachaud s'en était allée habiter rue Massillon. « On se demandait bien pourquoi... » Elle le scrutait. « On ne voyait plus votre ami, Monsieur Brigoulet, ces derniers temps. Il avait sans doute quitté Paris après la mort de la pauvre dame ?... »

Hector imagina un départ nocturne, le transport, un à un, des trésors familiaux, des chuchotements, toute une comédie qui ne dupait personne. Il fit retraite en bon ordre. Rue Massillon, à son coup de sonnette sa mère entrebâilla la porte que bloquait une chaîne de sécurité. « Ah ! c'est toi. » Il y eut des cliquetis, un instant d'attente et il put se glisser dans la forteresse.

— Là-bas, dit Mme Vachaud, c'était impossible à chauffer à cause du courant d'air avec la boutique...

Hector pensa qu'entre la rue et le nom, sa mère avait été obligée de choisir. Il se moquait, mais étrangement cette installation rue Massillon le rassurait. Il avait fallu vingt ans pour arracher les Vachaud aux « Pompes d'Arcole », mais c'était fait.

— Et puis la concierge était une fouineuse. Elle commençait à poser de drôles de questions.

Brigoulet était apparu au seuil de la pièce où naguère l'on empilait les dernières boîtes à chaussures négociables ; ce devait être devenu sa chambre ; il traînait les pieds, absent et vague, et approuvait Mme Vachaud de petits hochements de sa vaste tête.

Hector, gêné, entra. Il reconnaissait à peine les meubles qu'il avait toujours vus. Comme la conversation languissait — « Tu as faim ? Tu veux une tasse de café ? Ce n'est que de l'ersatz, mais enfin... » —, il demanda à sa mère si elle n'avait pas besoin d'argent. Elle le regarda avec méfiance : il en avait donc ? Elle haussa les épaules. Elle remarqua que les mains et les ongles d'Hector paraissaient avoir été abîmés par des travaux pénibles. A ses questions, prudentes, Hector répondit par d'autres questions, plus raides. Violette décida aussitôt de préférer la quiétude à la vérité, ce dont son caractère s'accommodait. Hector éprouva de la pitié pour Brigoulet, qui, heureusement, semblait avoir oublié l'encombrant fantôme de Monsieur Garfunkel et son désespoir du mois d'avril. Mme Vachaud utilisait maintenant l'énorme sac de Jeanne, un monument de box-calf et de lézard. Il lui donnait une allure femme d'affaires, qu'elle soignait. Munie dudit sac, elle avait des conciliabules avec les dégourdies du quartier, en général des concierges, à propos de juteux mystères, et il lui arrivait de plus en plus souvent de franchir le petit bras de la Seine pour se rendre, disait-elle maintenant, « sur la Rive gauche ». On verra lors de la prochaine métamorphose de Violette qu'elle avait commencé, dès cette époque, de labourer le terrain sur lequel elle ferait plus tard lever de riches moissons.

Violette ne revit Hector qu'en mars. Toujours maigre, mais élégant, il suivit volontiers le séquestré de la rue Massillon et sa geôlière sur le terrain du débarquement, unique thème de conversation qui tirât Léonce de sa léthargie. « C'est pour demain ! » promettait-il. Il ajoutait : « Vous verrez, Hector, on nagera dans la galette... » Il ne le tutoyait plus.

Le 6 juin au soir, Hector téléphona à sa mère pour lui recommander « de ne pas s'inquiéter » s'il restait un moment sans donner de ses nouvelles.

— Sois prudent ! le supplia-t-elle.

Il était désormais admis, entre eux, qu'Hector courait des dangers. Un quart de siècle plus tard, ayant mesuré au mois de mai 1968 la passion que mettait notre écuyer à commenter le grabuge de ces semaines-là, il m'arriva de l'entraîner, ou d'essayer, sur cette Libération à propos de laquelle il me semble avoir entendu beaucoup de sornettes. Intarissable sur les arbres sciés du Boul'Mich et les barricades de la rue Gay-Lussac, Vachaud d'Arcole n'aimait guère évoquer celles d'août 44, qu'il prétendait néanmoins avoir chevauchées. Un soir que nous lui avions offert, dans le troquet de la rue de l'Epée-de-Bois où le manège avait ses habitudes, plus de muscadet-cassis qu'il n'était raisonnable, il nous fit le récit horrifique du démantèlement de la grande barricade du musée de Cluny et de la sortie des chars Tigre du Luxembourg. Il prétendit aussi avoir « libéré les chevaux du manège des Gobelins », mais là il plissait les yeux, l'air de se ficher du monde. Nous étions six ou sept garnements autour de lui, énervés par le vin blanc, les garçons essayant d'attraper sous la table la main des filles, et nous nous moquions bien de savoir si notre écuyer, vingt-cinq ans auparavant, avait été un héros. Dans le doute où je suis à propos de cette année 1944 qui semble avoir pesé si lourd dans la vie de la France, je livre donc, sans en garantir la véracité, les rares confidences recueillies de la bouche d'Hector : sans doute, cet été-là, traîna-t-il parmi les pétarades du « Quartier », peut-être même un mousqueton à la main et un brassard au bras ? Je n'en puis dire davantage Ah ! si, un détail encore : comme un soir, quelques années plus tard, je marchais avec lui jusqu'au métro Censier, il m'arrêta devant une plaque de marbre blanc apposée au croisement de deux rues : « *Ici tombèrent, le 19 août 1944, victimes de la barbarie nazie, Tonio Suarès et Georges Blanc, résistants français. Passant, souviens-toi !* »

— Le petit Blanc, dit Vachaud d'Arcole, c'était quelqu'un ! Un piqueur du manège, fluet, l'air d'une fille.

Un ancien jockey. Mais ces jours-là, un vrai lion ! C'est ici qu'ils l'ont eu. Moi...

Il s'était retourné et montrait vaguement une ruelle en pente :

— ... j'ai réussi à filer par là. Il s'en est fallu de peu !

C'était vraisemblable — ce n'était pas convaincant.

A peine disparus les officiers allemands qui s'en étaient réservé l'usage, il fallut prendre soin des chevaux. Certains avaient été emmenés en Allemagne plusieurs semaines auparavant ; la plupart, dans le désordre de la retraite, étaient restés là et, les ordonnances de ces messieurs envolées, quelques valets d'écurie prirent leur relais. Dès le 22 août, à Neuilly, Filloche s'était glissé derrière son bureau et avait inspecté les lieux. Il s'était félicité de son flair, grâce auquel il avait décliné les propositions des Allemands : il était aujourd'hui un Français spolié, chassé, qui récupérait son bien ; eût-il été moins bien inspiré que le patriotisme neuilléen l'eût envoyé, ces jours-là, méditer dans quelque prison. Il se frotta les mains : ses occupants avaient pris soin de tout ; jamais le manège n'avait été mieux briqué. Il tut cette réflexion, prit l'air victime et espéra que les règlements de comptes seraient brefs. Pour le moment deux sur trois de ses vieux habitués se terraient au fond d'appartements très discrètement pavoisés ou, mieux, de campagnes profondes. Filloche se morfondait, courbatu comme jamais après avoir monté dans la matinée dix chevaux surexcités, quand apparut Hector, venu aux nouvelles.

— Tu n'es pas le meilleur mais tu es le premier, constata le maître de manège en éclatant de rire. Je t'engage ! Tu me porteras bonheur. As-tu où te loger ? Sinon tu occuperas le studio au-dessus de la sellerie. Les Frisés devaient y loger au moins un général, à voir comme ils l'avaient repeint. C'est toi qui en profiteras. As-tu réussi à monter ces derniers temps ? Où ça ?...

Mais il n'insista pas ; l'époque n'était pas aux questions précises.

Ils burent une bouteille oubliée par les Allemands dans le cartonnier, après quoi Hector décida de pousser jusque chez sa mère, où il avait abandonné à la naphtaline sa meilleure tenue de cavalier. Il y arriva vers une heure et trouva Mme Vachaud congestionnée, les cheveux dressés comme si l'on venait de lui arracher un chapeau. On était venu, à la fin de la matinée, arrêter Léonce. La scène, à en juger par l'état de Violette, devait s'être déroulée sans douceur.

— Te rends-tu compte, lui, une victime, venir l'accuser de Dieu sait quoi !

— De quoi ?

— Oh ! des injures, des saletés. Il n'y a pas eu moyen de leur tirer un mot compréhensible... Ils avaient un genre !

— Tu savais que Léonce est juif ?

— Juif, juif, c'est vite dit... Bien sûr que je le savais. Toi aussi ? Ah ! les vilaines gens. Ils étaient moins fiérots il y a six mois...

Etc. Dans beaucoup de maisons de France, ces jours-là, devait s'exhaler pareille amertume. Hector sentit une fois de plus l'écœurement monter. Pourquoi fallait-il — on n'a qu'une mère — qu'il eût été fabriqué par celle-ci ? Et pourquoi fallait-il qu'ils fussent tombés, eux ! sur le seul juif margoulin, la seule victime qui n'inspirât pas tout à fait la pitié ?

Ils mangèrent, la mère et le fils, dans un lugubre et

muet mâchonnement, une boîte de ce pâté rose que les soldats de la 2e D.B. jetaient depuis deux jours, comme des aumônes, aux Parisiens extatiques.

Au fond de son cœur, Hector était apaisé. Le soi-disant Brigoulet en prison, ce n'était que justice. Paris se passerait bien un moment d'un revendeur de bagnoles d'occasion. Tel avait dû être, avant guerre, l'apostolat du flamboyant Léonce. Quant à « Monsieur Garfunkel », encore privé de prénom, Hector se félicitait qu'il eût échappé aux Allemands et aux flics. Tout était bien. La mort de la pauvre Jeanne et l'arrestation de Léonce faisaient le ménage, sinon dans sa vie, qu'Hector estimait propre, au moins dans celle de sa mère, que ces quatre années avaient endeuillée. Endeuillée : comme on le dit des ongles noirs.

Hector, à la dérobée, regarda Mme Vachaud renifler au-dessus de son pâté rose. « Pauvres garçons ! C'est infect, leur nourriture... » Un bel appétit accompagnant cette moue dégoûtée, Hector pensa que les blessures de sa mère cicatriseraient bientôt. Pourvu qu'on ne relâchât pas trop vite le gros homme ! On entendait déjà parler de jugements sommaires, de méfaits en tout genre. Pas d'indulgence à craindre pour l'instant — mais demain ? Hector serait impuissant, il le savait, à prévenir sa mère contre les cajoleries du faux Léonce s'il réapparaissait, enjôleur, l'œil énorme et mouillé, des billets plein les poches. Il pensa qu'il fallait occuper Mme Vachaud au plus vite, l'encourager à rouvrir un magasin, voire à se remarier, pourquoi pas ? Les godasses, un homme : tout vaudrait mieux que cette odeur de décomposition qui stagnait depuis deux ans entre la rue d'Arcole et la rue Massillon.

— On ne sait même pas où ils l'ont emmené. A la Santé ? A Fresnes ? Il paraît qu'ils en enferment dans les mairies, les commissariats, n'importe où...

Hector soupira d'aise à l'évocation de toutes ces portes, de toutes ces grilles, et des forcenés qui les gardaient.

Il avait mis son point d'honneur à ne prendre ses fonctions au manège Filloche qu'une fois équipé Il retrouva avec soulagement dans le miroir son ancienne silhouette. Il fallut deux jours pour que s'évaporât de ses vêtements l'odeur de l'antimite. Il faisait beau. A Neuilly on respirait un air irréel. La guerre était passée sans imprimer sa marque sur le luxe, l'été, les avenues calmes. La division Leclerc, après avoir cantonné sous les arbres du Bois, était repartie à la poursuite des Allemands, rendant à leur disponibilité les jeunes filles du Racing et du Tir aux pigeons qui avaient tourné trois jours autour des soldats. Quelle gloire, si elles parvenaient à en capturer un et à l'amener dîner chez leurs parents, dans leurs beaux appartements du boulevard Lannes ou de l'avenue Bugeaud ! Cigarettes au goût de miel ? Drap des uniformes ? Ils dégageaient, les officiers surtout, une odeur inconnue, comme d'une nouvelle race. Les jeunes filles, elles, étaient toujours blondes. Elles évitaient de secouer la tête afin de ne pas déranger les coiffures hiératiques que leur avait apprises Madeleine Sologne. Venus d'Angleterre, les soldats de chez Leclerc leur révélèrent qu'à Hollywood aussi les dames se cachaient un œil sous une mèche pâle : une certaine Veronica Lake en avait lancé la mode. Mon Dieu, c'est vrai, ailleurs le monde avait continué d'exister. Parmi les jeunes filles, celles qui étaient cavalières se firent un chignon, l'enfermèrent sous une bombe et reprirent le chemin des manèges, où les attendait Hector, l'œil gris, si grave, les maxillaires si serrés qu'on n'osait pas lui demander pourquoi il ne s'était pas engagé. Pas de chance : la guerre lui avait encore filé entre les doigts.

Le premier matin il arriva rue Delabordère à six heures. Il sella et brida lui-même un grand bai brun nommé Peplum.

— Monsieur n'a pas de selle à lui ? Quel dommage ! murmura un palefrenier qui l'observait, le geste larbin, la bouche dédaigneuse.

— Non, mon petit vieux. Pas les moyens...

Le soleil levant ne pénétrait dans le manège, presque à l'horizontale, que par la fenêtre de la tribune. Une impalpable poussière vibrionnait dans le rai de lumière. Hector ne fit fermer que le bas de la double porte, avec le garde-botte, afin que par l'ouverture ainsi ménagée le chant des oiseaux pénétrât dans la tiédeur silencieuse. C'était un beau bâtiment à pans de bois, en briques, aux dimensions convenables pour un manège citadin. Les Allemands avaient rafraîchi l'enduit de chaux dont il était badigeonné, ce qui lui donnait, dans le matin, cette apparence propre et gaie. La tribune était placée au milieu d'une des longueurs, face au grand miroir piqué où les cavaliers se voyaient passer dans un éclairage toujours verdâtre et crépusculaire.

Les fesses poussées vers le pommeau et collées à la selle, les cuisses sur leur plat et descendues, les jambes fixes et au contact des flancs, les talons bas, ses reins, ses hanches, tout son dos épousant chaque impulsion du cheval selon un rythme, un abandon, une vigilance en un instant retrouvés après tous ces mois au long desquels, quoi qu'il eût dit à Filloche, il n'avait pas monté, Hector s'avança à main gauche.

Il ferma un instant les yeux, comme, voit-on dans les églises, on fait pour prier. Il soutenait le pas de Peplum, l'allongeait, la main légère, heureux de lui trouver l'allure fière et allante, attentif à prolonger le plus possible ce moment de paix, d'attente, cette espèce de martèlement du silence qu'animaient seulement les froissements et les craquements du cuir, le souffle du cheval, les piaillements des oiseaux auxquels Peplum dressait les oreilles.

Les têtes de deux garçons d'écurie — nouveaux venus, ils n'avaient pas connu Hector avant la guerre — étaient apparues à la porte, au-dessus du garde-botte, sur un fond de verdure. Une voix éraillée les traita de feignasses et, comme dans un jeu de massacre, les deux trognes s'escamotèrent. La journée serait chaude. A peine rafraîchi par la nuit, le manège retournerait bientôt à sa touffeur de l'été. Le cuir du chapeau collait déjà au crâne d'Hector. Le rayon de soleil prenait de la pente, dessinait maintenant des rectangles dans la sciure.

Hector allongea le trot et, dans un coin, serra les jambes et leva imperceptiblement la main gauche. Peplum glissa au galop avec un moelleux de rêve. « En tout cas, pensa Hector, le chleuh qui t'a monté ne t'a pas bousillé... » Sur la longueur, il cadença le cheval à une allure presque lente. Peplum, docile, parut danser sur ces trois temps suspendus, légers comme un ralenti de cinéma, ce galop « dans une assiette » dont la musique sourde et le balancement grisaient Hector à l'égal des frénésies de l'amour. Il prit la diagonale et, arrivé au milieu du manège, toujours au galop rassemblé, tous les

163

sens en alerte, il risqua un changement d'assiette, une inversion des aides, cette espèce d'allégement de son propre corps que Peplum comprit dans l'instant. Il exécuta sans cafouillage ni nervosité le changement de pied. Hector continua à main droite, la valse du galop lui tournant la tête. Il n'avait pas entendu arriver Filloche, dont il aperçut à la tribune le prince-de-galles et la casquette, style course à Vincennes. Il ralentit, doubla, s'arrêta sur la ligne du milieu et salua d'un coup de chapeau le maître de manège. « Bienvenue à bord, mon petit », cria Filloche, comme on tousse.

Impossible, vers 1947, de ne pas remarquer que Mme Vachaud d'Arcole était enrhumée à longueur d'année. Quand elle n'avait pas pris froid en faisant le pied de grue sur un trottoir, c'était sur un chantier, ou dans un local inoccupé, ou dans un pavillon de banlieue : les maisons vides sont des glacières. Son sac à main — l'immense gibecière héritée de Jeanne — regorgeait de bâtons Vicks, d'inhalateurs de poche, de gouttes d'éphédrine et de mouchoirs de paysan qu'elle n'osait pas déployer « devant la clientèle ». « C'est la rançon de l'immobilier », disait-elle en reniflant.

Sa métamorphose s'était opérée tout naturellement à l'automne 1944. Ses réserves épuisées, elle avait cru avec un bel optimisme que la France libérée cesserait d'avoir faim. Les jours étaient comptés, avait-elle pensé, pour les fées du ravitaillement. Comme elle avait pris l'habitude de ces conciliabules d'arrière-boutique où se jouait depuis quatre ans la vie quotidienne des Français, elle continua d'y sacrifier. La recherche et la découverte du trois pièces de la rue Massillon l'avaient aguerrie. Visage impénétrable, oreilles traînantes, elle recueillit tant de doléances et de confidences consacrées aux « difficultés

165

de logement » qu'elle prêta bientôt la main à ces tractations, problématiques mais fructueuses, qui allaient durer vingt ans. Au bout de six mois de pratique murmurée, clandestine, copiée sur les usages du cher marché noir, elle devint experte en échanges, reprises, expulsions, dissimulations, chantages divers et décida de « travailler au grand jour », d'avoir « pignon sur rue ». Cela consista en une association démoniaque avec un certain Monsieur Mittwoch, personnage flou, chaleureux, byzantin, spécialiste à la fois du mysticisme hassidique et du logement des artistes riches dans des lieux « chargés de souvenirs ». Sur la Rive gauche, toujours. Mme Vachaud d'Arcole, qui n'était pas poète, apporta en dot les ressources de son pragmatisme et l'avantage d'un nom que Mittwoch, mauvais juge, trouvait superbe. C'est ainsi que la belle Violette — elle avait repris, disait-elle, « du poil de la bête » : elle frissonnait au creux d'une vaste pelisse doublée de renard argenté — fut sans le savoir à l'origine d'une expression et d'un type social qui firent vite fureur : les comtesses de l'immobilier. Bientôt apparurent Mme de Havresac (elle écumait les Ternes et Monceau), Mme du Bleuzaille (Passy-Auteuil), Mme de Trond (elle régnait sur Neuilly et Saint-Cloud). Toutes, après avoir tenté d'empiéter sur le terrain de Mittwoch et de la Vachaud d'Arcole, vinrent à résipiscence et leur envoyèrent leurs clients lettrés, mélomanes, fanfrelucheux, dès lors qu'ils préféraient les courettes humides de la rue Visconti aux fastes tapageurs des beaux quartiers. A leur contact Violette s'épanouit. Dès 1946 elle s'exprimait en mots choisis, saisissait les allusions les plus subtiles. Pour un peu elle eût été capable d'ouvrir un salon. Elle se contenta d'acheter une Peugeot de 1939, noire, ce qui avait bon genre.

C'est dans ces années 1945-1950 que se fixa le style d'Hector Vachaud. A commencer par son nom : quand il le déroula, en son entier, au-dessus de Filloche occupé à calligraphier l'horaire des reprises, le maître de manège leva une tête étonnée mais modérément moqueuse. Il avait vu pousser depuis 1920, rue Delabordère, bien des titres et des particules sur lesquels mieux valait ne pas pencher l'attention des généalogistes. Il avait appris à respecter les baptêmes d'adultes, les soudaines floraisons d'ancêtres, et jusqu'aux traits d'union qui, à Neuilly surtout, donnaient de la branche aux rotures ainsi soudées. Il avala donc sans la relever l'histoire que lui servit Hector, sur un ton sec, d'un vieux nom que la modestie des siens, avant la guerre, l'avait contraint d'assourdir. « Je vois que la situation de Madame ta mère s'est améliorée », dit-il simplement. Hector fut satisfait de ne pas se sentir rougir, mais il se demanda ce que Marthe, autrefois, avait pu raconter sur lui à l'écuyer. Marthe ! On la disait à Lugano ou à Lausanne depuis le printemps 44. Hector jeta, sans raison, sa carte d'identité sur le bureau. « Pour vos paperasses », grogna-t-il.

Le soir il la retrouva dans son casier, sans enveloppe, et sur le casier une étiquette ainsi libellée : *Vachaud d'Arcole*, sans prénom, en belle ronde. Il aima comme cela claquait. Les deux autres instructeurs, Leblond et Estompille, ne l'avaient pas connu auparavant. Ils le traitèrent d'emblée avec la désinvolture due à sa jeunesse, tempérée — sembla-t-il à Hector — par une certaine déférence qu'il estima dédiée à son état civil. Filloche mâchonnait sa moustache. Hector, qui n'était pas passé par Saumur et n'avait même pas été sous-off à la Garde, sentit qu'il allait jouer sur des détails le confort de ses jours et sa réputation. Il lui fallait, sans commettre d'erreur, s'inventer un personnage et s'y tenir. Il se félicita d'être resté bref et rogue dans l'épisode de la carte d'identité. Il avait pour lui sa silhouette, un beau profil, et de pratiquer une équitation austère. Cela constituait un capital plus sûr que ses légers diplômes d'instructeur. Aussi, dès les jours suivants, veilla-t-il à parler peu, à sourire moins encore et à se vêtir de sombre, mais avec une recherche invisible. Quand il apprit, par des potins d'abreuvoir surpris à sept heures du matin, que les pale-freniers le surnommaient « le curé », passé un premier mouvement d'irritation, il vit le bénéfice à tirer de ce sobriquet. Il s'appliqua à le mériter par une sévérité accrue. Quand Filloche, aux gros bourgeois que l'insur-rection avait terrorisés et qui commençaient à peine à oser réapparaître, le présentait en disant : « Président, vous ne connaissez pas notre nouvel instructeur, Vachaud d'Arcole ? Il a fait de très belles choses aux Chantiers... », pas un muscle du visage d'Hector ne consentait à sourire. Ses yeux gris distillaient même des menaces de toute sorte, au choix de l'interlocuteur.

— Il a beaucoup de gueule, votre petit nouveau, Fil-loche, risquait-on ensuite en aparté. D'où m'avez-vous dit qu'il sort ?

Ainsi, en quelques semaines, sans avoir fourni un seul élément de sa biographie (à l'exception de ceux, hélas, que connaissait Filloche), Hector se vit-il créditer d'une naissance énigmatique mais flatteuse, de sentiments réactionnaires et d'héroïsme dans la Résistance. « La *bonne* Résistance », souffla Filloche. L'adjectif fit qu'on adopta le nouvel écuyer.

Plus sa mère le dégoûtait, plus Hector devenait lui-même. Il avait eu ces récentes années plusieurs raisons de mépriser Mme Vachaud : les godasses, la façon dont elle avait fait popote avec Brigoulet, ses trafics. Quant au passé, le mariage Guignebert par exemple, il était désormais enfoncé dans l'oubli, où mieux valait le laisser car il ne dégageait pas meilleur parfum.

Chaque fois que Violette l'avait horrifié, qu'il s'était senti crotté par elle, tiré par elle vers le bas, Hector s'était lavé à quelque chimère : la Révolution, le scoutisme, les chevaux, les Chantiers — peut-être même la Résistance. « S'envoler à tire-d'aile », « prendre de la hauteur », « l'eau lustrale », « les rites de purification » : lui-même, qui se connaissait bien, savourait les formules dont il couvrait ses gymnastiques mentales. Car il ne laissait pas le brouillard estomper tout cela ; il savait quels sentiments mélangés, tendresse et écœurement, lui inspirait sa mère, et qu'il ne s'en délivrerait que par la fuite ou l'oubli. Mais, en même temps, les vertus de calme, de droiture, etc., qu'il enseignait à ses élèves avec les principes de l'équitation — « il en a un peu plein la bouche », persiflait Leblond —, lui interdisaient d'éliminer Mme Vachaud de son cœur et de sa vie. Il était plutôt fier de mettre une pointe de grandeur d'âme dans la patience avec laquelle il écoutait sa mère lui détailler d'infâmes prouesses immobilières. Comment se boucher les oreilles ? Il savait tout, désormais, sur l'art de rédiger une petite annonce, de jeter dehors des occupants récalcitrants, de justifier par de la vieille moquette et trois rideaux une « reprise ». (Le même mot, dans ces friponneries et au manège ! Il ne pouvait plus crier un ordre — « En reprise à main gauche derrière Untel !... » — sans que surgît l'image de Mme Vachaud au téléphone, y déversant des promesses, des craques, des chiffres, encore des chiffres...)

Filloche le payait une misère. Sans la gratification que rapportait chaque heure de cours — il avait accepté une dizaine de reprises de débutants et celles des enfants, le jeudi, à condition qu'on lui laissât le soir deux des reprises de perfectionnement — Hector eût gagné moins qu'un ouvrier. Filloche lui avait fait cadeau d'une paire de bottes presque neuves (oubliées par un boche ?), et il offrait souvent le déjeuner, pris sur le pouce dans un bistrot place de Bagatelle. Bientôt expulsé de l'appartement de Boulogne que les manœuvres de Mme Vachaud avaient abouti à faire mettre sous scellés, Hector accepta l'offre de Filloche et emménagea dans le logement situé au-dessus de la sellerie. Il y fumait des cigarettes, le soir, à sa fenêtre, en écoutant la rumeur chaude qui montait de l'écurie. Les piqueurs, en arrivant, le réveillaient avant six heures. Transformé par la générosité de Filloche en une sorte de gardien de nuit, Hector se trouva bientôt cloîtré au manège, d'où il lui arrivait de ne pas sortir de toute une semaine, sinon pour accompagner des promenades de « confirmés » dans les allées du Bois.

Pauvre et aimant l'être, Hector regardait sa mère faire de l'argent avec un étonnement à moitié admiratif, à moitié effarouché. Il eût accepté de la voir profiter de cette aisance miraculeuse s'il avait pu ignorer la façon dont elle la gagnait. Le mot « commission », qui avait gardé de l'enfance une coloration scatologique, lui répugnait particulièrement. Le jour où Mme Vachaud lui déclara avoir « touché une grosse commission » et lui ouvrit un crédit chez Talon pour se faire couper une culotte neuve, il crut reprendre ses avantages en lui faisant la tête et en partant une heure plus tôt. Le lendemain, il accabla ses élèves du jeudi sous des théories qu'ils étaient incapables d'assimiler : « Vous pourrez prétendre être devenus des cavaliers quand vous serez capables de gagner des concours de lenteur au galop et des concours de vitesse au pas... » En cercle autour de lui, immobiles, leurs chevaux baissant piteusement l'encolure, les gosses se morfondaient. Filloche arriva et mit tout le monde au galop. « Ne soyez pas trop cérébral », murmura-t-il seulement à Hector. Il l'aimait bien.

Le dimanche, s'il n'assistait pas à un concours à l'Etrier ou au Jardin d'acclimatation, Hector passait sa journée dans les traités qu'il s'était fait prêter par des fidèles du manège. Il prenait des notes, rédigeait des fiches, recopiait des citations, décalquait des croquis. Parfois il descendait, sellait un cheval et une heure durant, dans la solitude et le silence de l'après-midi, il tentait de vérifier par la pratique les idées qui lui étaient apparues si lumineuses dans la prose hautaine et elliptique des maîtres. Etait-il déçu ? Non, jamais. Il lui semblait, quand il ramenait le cheval à son box, avoir accompli un petit bout de chemin, un progrès subtil qu'il renonça bientôt à faire passer dès le lendemain dans ses conseils et ses explications. Il y eut ainsi d'un côté les heures de pédagogie, épuisantes et heureuses, où il apprenait la rudesse, la sévérité, et à pousser les élèves jusqu'à leurs limites, et de l'autre ses heures d'étude, de rêverie, sa fête secrète. « Baucher montait sur le ventre, d'Aure sur le dos : la position ancienne, les épaules en arrière pour chasser le cheval en avant... » Hector réfléchissait. « Je suis tombé par terre / C'est la faute à Voltaire ! / J'avais mal rassemblé / C'est la faute à Baucher ! » Il riait. Mais la vieillesse de Baucher lui mettait des larmes aux yeux, sa déchéance, le petit appartement de la rue Amelot, et la dernière visite que lui rendit L'Hotte, le 7 mars 1873, au cours de laquelle, presque inconscient, Baucher lui prit la main, à laquelle il donna la position de la main de bride, en murmurant : « Rappelez-vous bien, toujours ça… », après quoi il l'avait immobilisée sous la sienne et avait soufflé, en la lui rapprochant de la poitrine : « Jamais ça. » Paul Morand, dans *Milady*, place cet ultime dialogue, presque mot pour mot, entre Grumbach et Gardefort. Hector le relut grâce à Mlle Louvier-Bellac, une de ses élèves, qui avait découpé dans plusieurs livraisons d'une vieille revue la nouvelle de Morand et l'avait collée sur des cartons, puis reliée maladroitement à l'aide d'anneaux chromés. Elle confia un soir à Hector l'étrange objet, qui sentait la colle, comme on confie un dépôt sacré. Difficile en 1945 de trouver du Morand dans une librairie. Elle avait des yeux de feu, Mlle Louvier-Bellac, et peut-être de la fortune. Elle proposa l'une et les autres pendant six mois à l'attention de l'écuyer, sans succès, et finit par les offrir à un éleveur du Bordelais.

Mme Vachaud se posait des questions sur la vie amoureuse de son fils. Non pas qu'elle fût curieuse de ces choses-là : les Bigeon, Vachaud, Guignebert et leurs semblables pouvaient étuver dans le silence toute leur vie sans en paraître incommodés. Mais elle s'était mise à espérer pour Hector une perfection de style qui compléterait, calculait-elle, sa propre métamorphose. Aux nouveaux yeux de sa mère, Hector n'aurait pas pu mieux « tourner » (langage Vachaud) qu'il n'avait fait. Restait à l'empêcher de se dessécher sur pied. Violette connaissait son garçon : il était incapable de pousser une porte. Or, dans la situation où les chevaux l'avaient placé, il pouvait tout conquérir. Du prestige, des victoires dans des concours, des relations, son nom dans les journaux et au bout du compte un joli mariage. Ah ! si Mme Vachaud avait connu l'existence de Mlle Louvier-Bellac…

Hector, deux ou trois fois, avait emmené sa mère assister à des concours d'obstacles ou de reprises. Prudente, « Madame Vachaud d'Arcole » s'était tue. Elle avait humé, pesé, observé. On apprend vite à juger le monde quand on rencontre ses clients à l'angle de deux rues et qu'on dispose de cinq minutes pour deviner leur crédit, leurs goûts, savoir si l'on peut ou non leur faire confiance. Violette avait fort bien démonté plusieurs des mécanismes dont Hector dépendait. Un jeune écuyer, comme un abbé, on l'invite au château sur sa bonne mine et sa qualité. Cet ordre qu'elle ne connaissait pas, Violette l'avait senti, d'instinct, à la fois plus simple et plus compliqué que les rapports d'argent. Or, Hector possédait presque tout ce qui n'était pas l'argent. Mais le savait-il ? Mme Vachaud fit agrandir trois ou quatre photographies de son fils sur l'obstacle, qu'elle ne se lassait pas d'admirer. Elles trônèrent dans le nouveau salon qu'elle avait installé rue Massillon après avoir abattu une cloison. Là où s'étaient entassés les paquets de sucre et endormi Léonce, elle recevait parfois des clients pour signer un compromis ou compter un dessous-de-table. Les gens s'extasiaient. Ces vieilles familles ! Saumur, sans doute ? La beauté finissante de Violette faisait merveille, qui s'était changée en dignité. Mais, les clients partis, elle redevenait songeuse : quelle était la vie privée d'Hector ?

Elle redoutait un collage. A la veille de la guerre, elle avait deviné une présence, et fouiné. Ce qu'elle avait trouvé était rassurant. Aperçue en profil perdu, Marthe avait un côté Gaby Morlay, très d'époque. Mais on n'était plus en 1937 et Hector avait de moins en moins le genre d'un gigolo. Le danger, c'était une gamine de rien, une petite niaise qui lui pondrait un enfant. Les deux fois où elle s'était glissée dans l'appartement de Boulogne,

Violette eût juré qu'aucune femme n'y était venue depuis la mort de la pauvre Jeanne. Maintenant qu'il habitait le manège, Hector ne lui avait même pas proposé de venir visiter son logement. Qu'y cachait-il ? Oh ! il ne sentait pas la femme. Toujours parfait, serré comme un nœud, mais avec ce côté rugueux, le poil trop court, les parfums de savon, à quoi Violette était sûre que se reconnaissent les jeunes hommes chastes. « Il va rancir », se surprenait-elle à penser. Et à d'autres moments : « Il cache son jeu. Il est en train de se faire piéger, j'en jurerais... »

Au vrai, Hector vivait comme un moine. Du jour, à la fin d'août, où Filloche l'avait accueilli, il s'était accroché à la vie du manège, s'y était fondu, avait évacué, refusé le reste, tout à l'émerveillement qu'on lui eût offert de vivre sa passion et de vivre d'elle. Entre son départ de La Brugne et la libération de Paris, pendant plus de vingt mois, il avait dérivé comme un proscrit. S'il ne parlait jamais de cette époque, c'est qu'elle lui faisait honte. La seule menace d'en être un jour réduit à chercher une place, un salaire, « un vrai métier » pensait-il peureusement, à ses propres yeux le déshonorait. Il se rappelait les arrêts de jurisprudence, l'odeur de mégot froid rue Servandoni, et frissonnait. Il avait de lui-même une idée grandiose, inébranlable, mais il tenait ses capacités en petite estime. Filloche lui coupant son salaire, il fût mort de faim, c'était sûr.

En quelques mois, autour de ses vingt-huit ans, Hector avait changé d'allure et d'apparence. Il avait cessé d'être un jeune homme. Ses muscles étaient de la corde dure qu'on voyait se tordre et se tendre sous la peau quand il lui arrivait, après le départ des élèves, torse nu, de se passer la tête sous la pompe de l'abreuvoir. Il aimait dans sa pauvreté ce qu'il croyait y mettre d'ascèse. Quand il allait prendre un repas rue Massillon, il en repartait l'envie de vomir lui serrant le cou. Parfois, avant le sommeil, à la pensée qu'il lui faudrait pendant quarante ou cinquante ans manger, choisir quoi manger, gagner de quoi manger, un vertige le prenait : il n'y arriverait jamais, il ne saurait pas, il ne pourrait pas. Le lendemain matin, après quelques heures de vilains rêves ou de veille, il descendait au manège plein d'une sombre humilité. Il prêtait la main aux besognes les plus modestes. On le trouvait astiquant une gourmette, pansant un cheval, parfois coltinant la paille avec Larbi, le dernier des valets.

— Ce n'est pas votre rôle, Vachaud, finit par lui dire Filloche. Ils vont vous en vouloir.

En quoi il se trompait : les gens de l'écurie respectaient « le curé ». Ils ne lui tenaient pas rigueur d'être cassant. Tout ce que retint Hector, ce fut que Filloche, à nouveau, le voussoyait. Il n'avait pas digéré le rire du maître de manège, le 22 août, ni sa familiarité : « Tu n'es pas le meilleur, mais tu es le premier... » Hector serait aussi le meilleur. Hector ne sollicitait pas la pitié, même joviale. Six mois plus tard, il avait fortifié ses positions et les autres instructeurs se trouvèrent réduits à la défensive. Leblond, paresseux, essayait toujours de carotter cinq minutes au début des reprises. Il apportait des bouteilles pour se rendre populaire et offrait à boire, à la tribune, dans la nuit tombante, à des élèves qui parlaient fort. Estompille posait ses mains sur la cuisse des filles sous le prétexte de leur placer la jambe. Filloche fulminait, réclamait de la tenue. Bientôt, taris les sarcasmes des autres, ce fut Hector qui donna le ton. Les plus délurés ou doués des jeunes clients manœuvrèrent pour s'inscrire « chez Vachaud », et, vers sept heures, dans ce

175

moment de calme qui régnait sur le manège avant la reprise nocturne, celle des cracks, ils invitaient leur écuyer au Tonneau des Sablons, où ils lui posaient des questions. Ce devint un rite auquel Hector, sans en rien montrer, s'abandonnait avec ivresse. C'est là qu'il pouvait distiller l'enseignement de ses lectures dominicales ; là aussi qu'il glissait, comme en contrebande, des questions sous les réponses, un peu de trouble. Le petit « prof de cheval » devenait prof de morale, rêvant d'exercer sur les garçons et les filles qui l'entouraient cette direction qu'il n'osait quand même pas appeler « spirituelle », le mot sentant, à son nez, le confessionnal, mais c'était bien de cela qu'il s'agissait, quelle que fût la formule, et l'attention qu'il voyait sur les visages des adolescents, autour de lui, le payait de ses déceptions de La Brugne.

Que si l'on trouve ces echanges un peu exaltés, et d'une étoffe démodée les garçons et filles du Tonneau des Sablons, on se souviendra que plus de quarante années les séparent de la rédaction de ce récit, quarante années au long desquelles a beaucoup changé l'idée que de jeunes humains se font d'eux-mêmes et de la fierté. Du moins le dit-on.

C'est au Tonneau des Sablons qu'un soir du printemps 1945 — un de ces soirs de juin alors saturés du parfum des arbres et du silence des rues — Hector raconta à son auditoire habituel ce qu'on venait d'apprendre sur la façon dont son *Kommandeur*, le colonel Podhajsky, avait sauvé les lipizzans de l'Ecole espagnole. Depuis l'*Anschluss*, le cavalier viennois avait résisté à toutes les menaces des nazis. Quand, au début de 1945, les bombardements endommagèrent les écuries, et comme les armées soviétiques approchaient de Vienne, Podhajsky décida de choisir son vainqueur et de s'échapper. Il quitta la Hofburg presque clandestinement, avec tous ses chevaux, un matin de mars, à l'aube, et mena son convoi, à travers l'écroulement du Reich, jusqu'à la propriété du comte d'Arco-Valley, près de Salzbourg, où ce furent les troupes américaines qui arrivèrent les premières. Le général Patton qui les commandait étant cavalier, il s'était fait présenter les lipizzans par leurs écuyers en tenue de gala, dans une prairie, le jour de la victoire...

Ces chevaux, nobles entre les nobles, sauvés de la boucherie probable d'une fin de guerre, cet Américain de Californie qui avait mené ses blindés jusqu'en Bohême et s'offrait, les Alpes pour horizon, le carrousel le plus célèbre de la vieille Europe avec celui du Cadre noir : il y avait de quoi enthousiasmer l'auditoire d'Hector.

D'autres sujets de conversation étaient plus périlleux. Par exemple, le soir où l'on apprit la condamnation par un tribunal d'épuration de Babby-Ducoultreux, un des meilleurs cavaliers de concours devenu un collabo notoire, deux ou trois garçons de la bande s'insurgèrent, peut-être rendus sensibles à l'événement par des familles compromises ou trop passionnées. Ils ne pouvaient pas croire à la culpabilité d'un homme dont ils admiraient l'art. « Un cavalier de cette qualité-là, proclama le petit Villetier, ne peut pas avoir commis des saloperies !... »

Hector n'était pas loin d'en penser autant. Cependant, il coupa court, abrégea la discussion. Il n'aimait pas que le désordre du monde réel vînt bouleverser l'ordre immuable du manège. Déjà, une fois par semaine, les trois quarts d'heure que durait le trajet entre Neuilly et l'île de la Cité, qu'il prît le métro ou sa bicyclette, il devait faire effort pour se préparer, à l'aller, à affronter la pétulance besogneuse de sa mère et, au retour, pour laver la trace en lui des mots, des questions, des silences, de tout ce qui sourdait de Mme Vachaud.

Sur le trottoir de la rue Delabordère, il dit au revoir à ses élèves, retourna au manège et monta à la tribune. Il y faisait sombre et l'on n'avait pas encore allumé l'unique lampe qui pendait du plafond. Trois ou quatre personnes — des épouses, un fils — se poussèrent pour lui faire place. La sœur du petit Villetier était là. Ne rentrait-elle pas dîner chez elle ? Hector imagina un de ces appartements vieillots, à Passy ou à Neuilly, comme en habitaient les habitués du manège, et la conversation qui ce soir roulerait sur le procès du beau Babby et sa condamnation. Il crut entendre les phrases bilieuses, sarcastiques — l'aigreur anxieuse de ceux qui, ces mois-là, s'obstinaient à croire qu'ils avaient eu raison. On comprenait Monique Villetier de préférer se passer de la purée familiale.

Hector avait faim. A dix heures, rentré chez lui, il mangerait un morceau de fromage et du pain, debout, encore botté, en buvant un verre de vin. D'y penser suffit à lui brûler l'estomac. Mlle Villetier, qui grignotait une plaque de chocolat, lui en offrit une barre en silence. En silence aussi il lui sourit. On n'entendait que les souffles des chevaux, ces halètements forts, profonds, comme d'une forge sur laquelle on eût pesé au rythme du trot ou du galop, à quoi se superposaient le battement des sabots, les claquements de la chambrière, les frottements du cuir des harnachements, des bottes, des étrivières, qui composaient la musique du manège comme le vent dans les gréements fait la musique des ports.

Estompille avait ordonné de déchausser les étriers. Le trot s'allongea. Six ampoules éclairaient chichement le manège, grasses de poussière. Elles dispensaient une lumière brune, hivernale, qui creusait les visages et donnait à la cavalcade une allure funèbre. On vit mousser de l'écume aux épaules de quelques chevaux. Enfin, l'instructeur ayant commandé le pas, les rênes longues, les chevaux tendirent l'encolure et s'ébrouèrent. Les reins des cavaliers accentuèrent ce déhanchement, cette cassure paresseuse que leur imposait l'allure amollie de leurs montures. On se retournait, on adressait des sourires à la tribune, on flattait de la main les chevaux. Il y eut dans la pénombre, les odeurs moites, les bruits familiers, un instant charmant, un de ces moments d'équilibre, de fatigue et de gaieté comme le manège en offrait à qui savait les mériter. Mlle Villetier sentait la camomille, la cour de récréation, le chocolat. Les auréoles d'anciennes suées marquaient sa veste pied-de-poule trop serrée. A qui dans sa famille l'avait-elle empruntée ? Une boule de joie grossit dans la poitrine d'Hector, irradia, rebondit, fit en lui un raffut terrible qui l'empêcha de répondre quand sa voisine lui adressa la parole. Puis il reprit son bon sens et parla sur un ton posé. Que disait-il pour que la jeune fille levât ce visage étonné ? « Etes-vous heureuse, Mademoiselle Villetier ? Ne sommes-nous pas heureux ? » Et la jeune fille découvrait, incrédule, que « Monsieur d'Arcole », selon toute vraisemblance, possédait un cœur. Le lendemain, ce fut oublié.

Dans ces jours du printemps 45 où l'on apprenait l'entrée des troupes alliées dans les camps d'Allemagne, et ce qu'elles y découvraient, une lettre d'un codétenu de « Brigoulet » parvint rue Massillon. Elle annonçait la mort de Léonce, d'une attaque cérébrale. Mme Vachaud laissa passer deux déjeuners hebdomadaires avant d'en parler à son fils. Enfin : « Tu sais la nouvelle ? » Son visage n'exprimait rien. Elle termina en constatant — elle tournait le dos à Hector — que Léonce avait eu de la chance de ne pas en réchapper. « Tu l'imagines hémiplégique ?... » Ce fut l'oraison funèbre de M. Garfunkel, et jamais les Vachaud ne surent que sa mystérieuse épouse d'avant-guerre existait bel et bien, ni qu'elle s'était éteinte, à Bergen-Belsen, le lendemain de l'arrivée des Anglais. A la même heure, à peu près, où l'on transportait à l'infirmerie de Fresnes le gros Léonce foudroyé.

Le gris de la vie, Vachaud ne le voyait pas. Il n'avait pas mis beaucoup d'espoirs dans la Libération ni la victoire, événements dont ses espérances n'attendaient rien ; aussi ne fut-il pas déçu quand la France, repliés ses drapeaux, fanées ses fêtes, s'enfonça dans les mortelles années de l'après-guerre.

Les personnages dont ce fut alors la mode, les pièces, les films dont on parlait touchaient à une société et à des idées si étrangères à Hector que le plus souvent il ne sut rien d'eux, il ignora les engouements et les polémiques qui colorèrent ces années-là. Il écoutait la radio distraitement, le soir, en mangeant ses morceaux de fromage et ses pommes, et y glanait juste de quoi risquer le lendemain quelque blague dans les moments où il voulait détendre une reprise un peu engoncée. Cela ne dépassait jamais, à propos du « Tabou », des « existentialistes », du prix Nobel de « Madame Gide », de la valse des présidents du Conseil, la plaisanterie de gendarme ou de garçon de bains. Il ne détestait pas cette vulgarité — disons : cette facilité, qu'il mesurait fort bien, mais qu'il pratiquait comme une nécessité et un privilège de son état. Elle était destinée dans son esprit à exprimer ses dédains. Il ne dénonçait pas ce qu'il méprisait, il en rigolait. Il n'admettait pas à la dignité de sujet de conversation les guignolades du temps. Et il entendait que ses élèves, dont hélas les « discussions », hors de sa présence, reflétaient probablement — mimétisme ou opposition — les opinions de leurs parents, fussent forcés d'absorber au manège quelques doses de contrepoison.

Il faut reconnaître que ces années 1945 à 1950 qui nous occupent durent lui paraître insipides, à supposer qu'Hector consacrât un peu d'attention à les juger. Pour un homme de mon âge, qui ne les a pas vécues, si j'oublie ce que mon enquête m'a appris (toujours menée, il est vrai, sur le territoire de mon personnage), si je lis les chroniques de ces années-là, consulte les tables synoptiques qui les concernent, comment apparaissent-elles ? J'y vois des grèves, des matchs de rugby, les discours apocalyptiques du général de Gaulle, des dévaluations, la résurrection du Tour de France, la suppression puis le rétablissement des cartes de ravitaillement, et, bien sûr, ces combats dans les rizières d'Asie qu'on n'en finissait pas de prétendre victorieux. On en promettait, des victoires, à ce pays vaincu !

Je n'ai pas grand mal à imaginer les réactions de Vachaud à la phraséologie de cette France-là et à ses dégringolades. Par les cavaliers du manège des échos étaient venus jusqu'à lui des procès, des exécutions, et d'une façon plus générale de tout ce qui touchait à la guerre. Les milieux hippiques conservant, jusqu'à Neuilly, une teinture militaire, on y était sensible aux aventures de Leclerc et de De Lattre en Indochine, et même, à travers des confidences, un aveu, un silence, à ces cicatrices qu'avaient laissées à l'armée les répressions de Sétif, puis de Madagascar, avec leurs dizaines de milliers de morts. A cela Hector n'était pas indifférent : son dégoût y trouvait aliment. Mais à quoi bon en parler ? Seule Mme Vachaud, de qui l'immobilier avait avivé le chauvinisme, prenait plaisir à l'attirer sur ce terrain-là. Hector haussait les épaules. Si l'on abordait devant lui de *grands sujets* (entendez : ceux qui traînent dans les journaux), un ennui féroce le glaçait, qu'aggravait l'envie de rire. Deux ou trois fois il s'accrocha là-dessus avec Filloche, à qui du ventre poussait et qui débitait les opinions de *l'Aurore*, de *Carrefour*, empilés sur son bureau.

— Personne, répétait Hector, ne s'intéresse *sérieusement* à Hiroshima ni au bombardement de Haiphong. Au procès de Pétain, oui, à la rigueur, ou à la fermeture des bordels. Et à la carte de pain ! J'oubliais la carte de pain... Vous avez vu que nous allons être réduits à deux cents grammes par jour ? Trois ans après notre glorieuse insurrection, quelle blague ! En refusant de jouer au prophète et au stratège, je me comporte en Français ordinaire. Je suis le plus ordinaire. Je n'ai pas de fortune ni de bobonne, moi ! Le soir je me fais des tartines, le matin aussi, et deux cents grammes de pain, ce n'est pas lourd... Je considère donc que les stratèges, les prophètes et les politicards sont des salopiauds. Je ne veux rien avoir en commun avec eux, même pas les sujets de conversation. Quand un de nos gamins se met à discourir avec des mots volés au canard de ses imbéciles de parents, il me semble le voir monter avec une fille avariée. D'ailleurs, avez-vous remarqué ? ça les enlaidit. La bouche se tord en mâchonnant certaines niaiseries, les joues s'affaissent.

— Vous leur tenez ces discours-là, au Tonneau, lors de vos sessions vespérales ?

— Je leur parle de Baucher, de L'Hotte, de Pluvinel, de Danloux. Je leur parle de choses et de gens sérieux !

— Vachaud, vous êtes le Savonarole des manèges...

Ils eurent plusieurs escarmouches de ce style. La bonhomie de Filloche les maintenait dans les limites de la courtoisie, que la véhémence d'Hector eût transgressées. Il retombait d'ailleurs aussi vite et oubliait ses emportements, sans se rendre compte qu'il était allé trop loin, que son intransigeance agaçait quand elle ne faisait pas sourire. Mais les élèves l'aimaient.

Mme Vachaud, que l'ange des affaires avait portée pendant quatre années, commit des faux pas. Elle trébucha sur d'obscures clauses secrètes d'un échange triangulaire qui promettait pourtant d'être son chef-d'œuvre. On parla de plaider. M. Mittwoch mit à profit cette faiblesse — « momentanée », assurait-elle — pour lui tondre beaucoup de laine sur le dos. Là-dessus la pauvre Violette, qui avait espéré s'installer rue de Tournon, au cœur de son royaume, se fit rouler, lâcha la proie pour l'ombre et faillit être expulsée de la rue Massillon, le gérant de l'immeuble la soupçonnant de ne plus occuper « bourgeoisement » son logement de l'entresol. « Vous y gérez une officine », lui répétait-il. « Officine », « bourgeoisement » : les mots blessèrent Violette. Elle sortit en tempête de chez son accusateur, manqua une marche de l'escalier et se brisa le col du fémur. On lui trouva les os poreux et elle mit six mois à consolider sa fracture. Quand elle put reprendre ses affaires, elle découvrit les ravages qu'y avaient exercés Mittwoch et les comtesses. Comble de malchance, elle boitait encore et comprit qu'elle boiterait toujours. Les étages, les visites, les stations sur les trottoirs lui devinrent autant d'épreuves. L'année de ses cinquante ans, d'un coup, elle en parut dix de plus.

Quand il la vit souffrir pour s'asseoir à son volant ou partir, claudicante, vers ses rendez-vous de la rue Guisarde, de la place Dauphine, de la cour de Rohan, lieux mal pavés où se trouvaient ses merveilles, Hector eut pitié de sa mère. Si la canne lui donnait grande allure, elle n'en était pas moins le signe de la prévisible décadence de Mme Vachaud. Aussi, quand on vint « prendre langue » avec Hector (ainsi s'exprimait le colonel qui lui fit visite), afin de savoir à quelles conditions il accepterait de diriger le manège des Gobelins (celui qu'il prétendit toujours avoir « libéré »), avança-t-il un chiffre qui lui paraissait exorbitant et qui fut accepté dans l'instant. Il comprit ainsi que, rue Delabordère, on l'exploitait depuis six ans

Hector n'eût jamais cherché à quitter Filloche sans les sarcasmes de ce dernier, et si le soudain vieillissement de sa mère ne l'avait pas troublé. Il s'était senti à la fois fragile et responsable, d'où cet accès de réalisme. Après coup, il regretta de n'avoir pas réfléchi. Et marchandé, peut-être ? Ce n'était pas son genre. Il s'enquit seulement du logement : le manège en mettrait un à sa disposition. Il demanda à voir. C'était un dédale de quatre petites pièces biscornues, dont l'une, par une fenêtre aux vitres opaques de crasse, prenait jour (si l'on ose dire !) directement sur le manège, à cinq mètres au-dessus de la sciure. Cette disposition emporta son accord : il se souvint de la vieillesse du général L'Hotte qui, incapable de les monter, faisait lâcher dans son petit manège ses trois derniers chevaux, Glorieux, Domfront et Insensé, et du balcon qu'il avait aménagé les regardait gambader, libres, en train d'oublier les airs relevés qu'il leur avait appris.

« Peut-être mourrai-je ici ? » pensa-t-il. C'était une étrange pensée pour un homme de trente-quatre ans, mais toute-puissante. Elle le planta un moment, comme absent, sur le pavement disjoint et spongieux du boyau

185

qui menait de la rue Ortolan au manège, où coulait avec la pluie du jus de purin, du pissat, des odeurs jaunes. « Bon Dieu, quelle pagaille ! pensa-t-il. Il va falloir nettoyer tout ça. » Il avait oublié le colonel Thouart qui l'attendait. Même à Hector les lieux paraissaient si tristes qu'il fut au bord de changer d'avis. Ils marchèrent en silence, le colonel et lui, jusqu'au métro Censier-Daubenton. Le colonel donna à poinçonner un ticket de seconde, en glissa un de première, déjà utilisé, dans le gros grain de son chapeau et se présenta devant la voiture du milieu de la rame. Indigné, Hector descendit à Jussieu, changea de ligne au hasard et se retrouva à la gare d'Austerlitz. La resquille le rendait fou.

Il décida de marcher le long des quais jusqu'à Notre-Dame et d'offrir à sa mère la surprise d'une visite. Il fut rue Massillon en un quart d'heure. Son pessimisme ne lui ouvrant de perspectives que sur l'impotence de Mme Vachaud et de dramatiques malentendus entre Filloche et lui, Hector, comme toutes les fois qu'il pensait à soi-même, se vit « à la rue », sans le sou, incapable de sauver sa mère de l'hospice. Il travaillait douze heures par jour depuis six ans, mais n'imaginait toujours pas que son acharnement, sa compétence, l'estime où le tenaient les clients de Filloche pussent lui garantir quelque sécurité. Le salaire promis par le colonel Thouart (mais pouvait-on faire fond sur un fraudeur ?) et l'appartement biscornu lui apparurent comme des aubaines inespérées. Il en parla avec enthousiasme à sa mère, qui, stupéfaite d'être mise dans une confidence, lui conseilla de « faire reprendre son ancienneté ». Elle dut lui expliquer la formule mystérieuse, et même la lui écrire sur un papier, qu'Hector, bien entendu, oublia dans la mauvaise poche, le surlendemain, quand il alla discuter et signer son contrat, qui fut un chiffon de papier. La S.E.M.G.

186

(Société d'exploitation du manège des Gobelins) l'étrangla comme il était dans le destin d'Hector de l'être.

A Filloche, il ne se décida à annoncer son départ qu'à la dernière minute, et il le fit en termes si raides, si arrogants qu'il blessa à jamais un homme auquel il n'avait à reprocher qu'un langage fleuri, et de n'avoir pas osé, lui, Hector, protester quand cet homme, d'arrangement en gentillesse, avait fini par le réduire en esclavage. Découvrant sa faiblesse, Hector eut le réflexe de la faire payer par Filloche et le manège, qu'il aimait.

Filloche se fâcha :
— Vous voulez débaucher mes élèves !
— Vos élèves sont des gosses de riches, des petits bourgeois de l'Etoile et de Neuilly. Aux Gobelins...
— Aux Gobelins vous me les piquerez à la sortie des écoles et des facultés... Je vais vous ficher un procès, vous empêcher d'exercer... Vous serez chassé de la profession !
La terre se dérobait sous Hector, mais il faillit sourire de contentement à la pensée — elle ne lui était pas venue — que peut-être, en effet, il récupérerait là-bas (à la Mouffe !) quelques-uns de ses gosses. Filloche en arrivait à « la vipère réchauffée dans son sein » quand Estompille, qui était entré, éclata de rire et proposa de boire « un peu de vin de champagne ».
Grâce à quoi les adieux furent convenables.

Thouart avait promis que le logement des Gobelins serait repeint. Il ne le fut pas et Hector, sans murmurer, emménagea dans trente ans de crasse. Mme Vachaud lui envoya « ses petits artisans », qui salopèrent quelques barbouillages en huit jours. Hector laissa blanchir les murs, les poutres, les portes. Hélas, un trou, même blanc, reste un trou. Il ne se préoccupa que de la fameuse fenêtre, qu'il fit aménager de telle sorte qu'il pût voir, assis là-haut, tourner les chevaux dans le manège. Quand il eut placé une table et un siège dans la position adéquate, il ouvrit enfin ses valises, suspendit ses vestes à des cintres, rangea ses trois paires de bottes dans un placard et ses livres sur les planches. Il planta des clous, accrocha des photos, les gravures de chasse héritées de Guignebert, le portrait de son père agrémenté de diverses médailles et regarda autour de lui : le résultat de cette tornade était navrant.

Le lendemain matin, il prit ses fonctions.

Les seize années qui s'écoulent entre l'emménagement d'Hector au manège des Gobelins et mon arrivée là-bas pour ma première reprise m'ont paru les plus difficiles à explorer. Je n'en ai aucun souvenir, mais j'ai pu recueillir sur elles, après quelques mois de manège, des racontars, des bobards, les bribes d'une légende comme en forgent les petites sociétés. Il ne m'a pas été commode, dix-huit ans plus tard, d'en apprendre davantage. Vus de loin, ces cinq ou six mille jours font une coulée de temps sans accident ni relief. J'en suis réduit à les imaginer. Je suis sûr de ne jamais me tromper de beaucoup : je connais les lieux, les parfums. Je sais quels appels traversaient le silence. Les instructeurs — Lauteuil, Hurepoix, Bauer, le gros Saulnier — étaient là bien avant moi, mais ils n'avaient pas changé. Lauteuil seul était appointé à plein temps. Les autres enseignaient pour le plaisir, ou pour des vacations symboliques. Saulnier conduisait des bagnoles sportives, fatiguées, décapotables, où se pavanaient des femmes très peintes. Il les traitait moins bien — femmes et voitures — que les trotteurs qu'il *drivait* à Vincennes. Hurepoix était dentiste. Muller, négociant en vins. Les années passaient, rendant peu à peu les Français, malgré les guerres, à l'argent, à l'insouciance, aux voyages, ce dont Vachaud ne s'apercevait pas. Sa vie

189

à lui changea quand circulèrent les premiers cyclomoteurs. Il n'avait pas touché à un volant depuis la camionnette de La Brugne. « J'ai besoin de sentir le mouvement avec mes fesses », disait-il sobrement. Son Vélo-Solex le combla. Il allait rue Massillon en cinq minutes, au Bois en vingt, botté, ganté, enveloppé l'hiver dans un de ces grands raglans triangulaires, coupés pour couvrir, quand ils sont déployés, la croupe du cheval. Sans doute est-ce au long de ces années-là qu'il prit peu à peu l'apparence dans laquelle en 1967 je le trouvai installé : lunaire, sec, vêtu comme personne. Quelques photos de lui prises au travail, dans des carrières ou des allées cavalières, étaient fixées aux murs du bureau. Nous les observions, pour constater qu'un cavalier n'a pas d'âge. Mince, cambré, la toque ou le chapeau cachant la calvitie, presque toujours glabre, il traverse trente années sans que change sa silhouette.

Quand Vachaud comprit-il qu'il ne serait jamais un grand cavalier ? Patron des Gobelins et maître de ses décisions, il se réserva l'usage de quelques chevaux de particuliers qu'il était seul, avec leurs propriétaires, à monter. Il en mit un à l'obstacle, deux en haute école. Mais autant il était habitué à « gratter » patiemment un cheval, seul dans le manège, travail pour lequel il était parvenu à alléger sa main, qu'il avait plutôt dure, autant il restait médiocre en concours hippique. A cette époque commençait la mode des soirées de *jumping* au Grand Palais, avec tralala, cavaliers en culotte blanche et habit rouge, sonneries de trompe. Vachaud ne parvint qu'une fois à s'y glisser, dans un lot de concurrents trop relevé pour lui, sur Isabeau, qui appartenait au manège et qu'il dorlotait depuis un an. Il fit médiocre impression, essuyant trois refus et éliminé sur une erreur de parcours. On lui découvrit sur les gros obstacles une position démodée, l'air d'un cavalier d'Alfred de Dreux ou de Degas, le poids du corps gênant l'arrière-main de sa jument. Un silence poli salua sa sortie, qui mortifia ses fidèles. Dès le lendemain Isabeau fut rendue à la vie ordinaire des reprises, dans le peloton des chevaux martyrs, rosses à la bouche endurcie, aux flancs indifférents sur lesquels tambourinaient les talons des gamins du jeudi. Le gros Saulnier, cinq ans plus tard, n'avait toujours pas pardonné à Vachaud d'avoir livré Isabeau aux sauvages. Après boire, il en grommelait encore. « Cette jument, c'était la gaieté même. Ce n'est pas parce qu'on a massacré un cheval qu'il faut le punir... »

Dans les petits concours dominicaux, qu'il jugeait au-dessous de son personnage, Vachaud se contentait de présenter deux ou trois des meilleurs cavaliers du manège. Il ne les emmenait jamais hors de Paris, faute d'argent pour payer un van. Quant aux terrains du Bois, Jardin d'acclimatation, Etrier, il fallait y mener les chevaux, au pas, interminablement, à travers la circulation de mois en mois plus dense. Hector qui avait tant aimé les rues vides de l'Occupation détestait cette bouillie empestée. Heureusement, il y avait toujours, au retour, une anecdote à raconter : par exemple comment, à un feu rouge, Parsifal avait tenté de dévorer le bouquet de fleurs que tenait une dame sur la plate-forme d'un autobus. Jusqu'à la Concorde la corvée était rude ; ensuite, cours la Reine, avenue du Président-Wilson, avenue Henri-Martin, on pouvait trotter sur le terre-plein central des avenues, sous les marronniers, jusqu'aux allées du Bois. Confinés depuis des semaines dans leur trou des Gobelins, les chevaux s'offraient des accès de gaieté. Il fallait de l'assiette et du sang-froid pour ces longues cavalcades dans le tohu-bohu, les coups d'avertisseur, les gaz d'échappement. Au manège, on se disputait l'honneur de cette aventure. Jamais Vachaud, lui, n'y condescendait. En revanche, au retour, il montait volontiers un des chevaux qu'il fallait ramener aux Gobelins, surtout si c'était l'hiver et que la nuit tombait tôt. Il empruntait alors de surprenants détours par des rues calmes, longeait la Seine par les quais, sur les pavés du bord de l'eau, où sous les ponts des clochards se dressaient, hirsutes, incrédules ou goguenards, à l'apparition dans l'ombre de nos silhouettes d'un autre temps.

Au manège, les plus âgés des cavaliers, qui ne formaient qu'un petit quart de l'effectif, avaient sur la vie amoureuse de Vachaud d'Arcole leur opinion et la gardaient pour eux. Ni l'époque, ni leur genre ne permettaient qu'on émît trop haut ces sortes d'hypothèses, sinon parfois, entre hommes et sous l'invocation de saint Georges, avec une verdeur de surface vite assourdie.

Les gamins et les gamines, eux, trouvaient naturel que leur écuyer parût voué à la continence. Certains prétendaient l'avoir aperçu un soir au cinéma Madeleine, vêtu en pékin et flanqué de Mlle Tron-Lisieux, une cavalière sans éclat mais à l'assiette inébranlable, assidue des exercices de perfectionnement du vendredi soir. On accueillit leur récit avec circonspection. Et l'on fit bien, car il semble que cette Tron-Lisieux, qui dissimulait sous une gabardine rêche des formes et des appétits insoupçonnables, ne parvint jamais à entamer la réserve d'Hector. Ah ! nos cavalières… Il en traînait ainsi cinq ou six, au manège, consommables, disponibles, dont la prestance et la solitude de l'écuyer avaient allumé la convoitise. Leurs avances demeuraient vaines, soit qu'Hector refusât de mener des intrigues aux Gobelins, où son autorité, jugeait-il, en eût été compromise, soit qu'il s'abandonnât à une torpeur des sens plus fréquente qu'on ne le croit, dont il aimait la paix où elle le laissait.

L'achat du Vélo-Solex ne fut pourtant pas le seul événement des années cinquante dans la vie d'Hector. L'autre fut la réapparition en 1954 de Serge Paccaud. Douze ans avaient passé depuis le départ de Serge du château de La Brugne et son passage clandestin en Espagne. Miranda, Londres, Alger, le mont Cassin, les campagnes de France et d'Allemagne avec la Première Armée : telles avaient été ses étapes. Démobilisé l'été 1945 et ayant flairé l'air de Paris, Paccaud l'avait trouvé irrespirable et s'en était allé aux Etats-Unis, à l'université Cornell, où il avait repris ses études d'architecture. Et voilà qu'il surgissait, vêtu de tweed onctueux, dans le cul-de-sac humide du manège où il avait innocemment aventuré sa voiture, une Chevrolet aux sièges rouges qui barrait le passage et dont la radio distillait, note à note, du piano.

Ils ne se quittèrent pas de tout l'été ni de l'automne.

Serge n'avait jamais cessé de monter, en Algérie, en Bavière, en Nouvelle Angleterre. Il emmena Hector à Fontainebleau, à Rambouillet, à Compiègne, partout où l'on pouvait louer des chevaux et galoper en forêt. Il fallait bien asseoir quelqu'un sur les sièges arrière de la Chevrolet : c'est le seul argument qu'invoqua Serge quand il glissa entre son ami et lui une jeune femme vigoureuse, infroissable, conforme sans doute à un modèle qu'il avait appris aux Etats-Unis à apprécier. Pour n'être pas en reste, Hector fit surgir des mystères de sa vie une certaine Angelina Aubier dont la présence parut naturelle à Serge puisqu'il ne savait rien de la nouvelle réputation de l'écuyer. Angelina, malgré son prénom de crème et de nuages, cultivait, peut-être avec quelque malice, une apparence de cheftaine. Mais sa jupe plissée était à damner un saint. Ceux qui s'étonnaient qu'affligée de ce style Mlle Aubier s'affichât avec un homme connaissaient mal les manèges et les concours, milieu où abondaient alors les amazones du genre d'Angelina, dont la vaillance, volontiers garçonnière, cachait le Vésuve. Serge qui se souvenait de Thérèse, la postière de Mérande, ne comprenait rien aux airs vagues d'Hector. Comment eût-il deviné que l'édifiante Walkyrie était en train de réveiller chez lui des démons assoupis ?

Il paraît que ce fut un bel été. Serge Paccaud, à qui j'allai poser mes questions cet après-midi de 1985 où il venait d'être reçu à l'Académie des beaux-arts, me le raconta, quelques whiskies aidant : « Ce n'est qu'au fil des jours que je me suis rendu compte qu'Hector était sorti de ses gonds. Il battait comme une porte au vent. A l'automne, je le crus mûr pour changer de vie, ouvrir les yeux et regarder autour de lui. Mais je partis en octobre pour la Côte-d'Ivoire et restai cinq nouvelles années sans le voir. Je sus qu'Angelina s'était évanouie. Où ? Pourquoi ? Je n'ai jamais osé le demander à Vachaud. Quand je l'ai retrouvé, en 58, il était devenu l'homme que vous avez connu neuf ans plus tard. Ma parole, il m'intimidait ! On ne comprendrait rien à ce qu'il fut si l'on oubliait ça : ses airs de juge ou de vieille fille, selon les jours, posés sur sa belle gueule... »

Le nouvel immortel, la crinière électrique, le teint animé, ne ressemblait pas à l'idée que je m'étais faite de lui. Je l'avais attendu plus rustique. Il s'interrompait parfois pour baiser une main. Quand il estima avoir consacré assez de temps à l'évocation d'un ami oublié, il prit congé de moi avec la plus délicate courtoisie. « Appelez-moi à mon cabinet, dit-il, mais je ne saurais vous en dire beaucoup plus... » J'en fus donc réduit — je le suis toujours — à accorder de l'attention aux ragots qu'adolescent j'avais entendus aux Gobelins. A savoir qu'Hector, « quand la chose le démangeait », allait tout bonnement chez les putes. A cet égard, les murmures de deux garçons qui juraient avoir croisé l'écuyer, un soir, rue Boissy-d'Anglas, en train de négocier une passe, m'ont toujours paru plus proches de la vérité que les hypothèses agitées autour de Mlle Tron-Lisieux. Il y a dans la recours aux putes quelque chose d'expéditif et de dédaigneux qui colle à la psychologie de Vachaud. Je tiens donc pour acquis que tout au long de ces années 1945 à 1970, si l'on excepte l'épisode Angelina, ou bien Hector se désintéressa du sexe, ou bien il paya des filles. J'étais même si bien ancré dans cette idée que je fus offusqué, quand je la découvris, par la présence d'une Mme Olidette, ou Olivette, qui semble avoir traversé la vie de l'écuyer dans les années soixante. Il s'agissait d'une libraire, ou d'une vendeuse de livres, que Vachaud avait connue du côté de la porte Maillot parce que la librairie où elle officiait disposait — ce qu'explique la proximité de plusieurs manèges disparus depuis — d'un rayon d'équitation et d'hippologie. A l'époque où il travaillait rue Delabordère, Hector, on s'en souvient, se passionnait pour la théorie. La librairie en question, qu'il fréquentait, lui avait procuré des ouvrages épuisés. On devine la suite.

Une cheftaine, une libraire : le temps était loin où Hector découvrait le pavillon de la rue de la Faisanderie, le salon chinois, les commodités du luxe que lui dispensait Marthe. Toute sa vie était désormais tirée, comme elle l'avait été dans ses meilleurs moments, à La Brugne, vers cette morale de privation vertueuse, compassée vaguement ridicule, dont peu à peu Hector avait fortifié son caractère. L'immédiat après-guerre, si pauvre, si lent, lui avait composé un décor idéal. Mais au fur et à mesure que le temps passait, la vie autour d'Hector changeait de couleurs. On roulait en voiture, on fredonnait l'air du *Troisième Homme*. Les garçons arrivaient maintenant au manège sur des vespas pétaradantes et l'argent, entre les uns et les autres, creusait à neuf ses grands fossés. D'année en année l'écuyer allait paraître plus anachronique et plus solitaire, et il lui faudrait se raidir dans son rôle, se cramponner à quelques formules afin de résister à la dérive des faux-semblants et des facilités qui, autour de lui, à son désespoir, emportait tout. Hector Vachaud était mal fait pour le bonheur.

Je suis soulagé, je l'avoue, d'être parvenu à ce moment de la vie d'Hector à partir duquel je pourrai sans gêne parler en mon propre nom. Pour l'essentiel, les épisodes que je vais raconter désormais, ou je les ai vécus, ou ils se déroulèrent si près de moi, dans l'espace et dans le temps, qu'il m'aura été facile de les reconstituer. J'essaierai néanmoins de ne pas me faufiler au premier rang de mon récit, même quand les ironies du destin me placeront, comme on le verra, dans une posture dont il me serait trop facile de tirer des effets avantageux.

En novembre 1967, je me rendis au manège comme je serais allé à la salle d'armes ou au tennis si tel avait été le souhait de l'oncle Régis. Je ne pouvais pas me douter qu'une période de ma vie commençait, ce jeudi matin, quand j'appuyai ma bicyclette contre l'unique tilleul qui avait réussi à pousser au bout du boyau mal pavé, et que je franchis le portail déglingué, couleur de sang séché, derrière lequel les odeurs du manège me tombèrent dessus.

L'endroit était d'une désolation pathétique. Malgré ses résolutions Vachaud n'avait rien retapé. Pourtant ma première impression, désastreuse, se dissipa en une heure. Quand je quittai les Gobelins, à regret, juste à temps pour regagner la lointaine plaine Monceau avant le déjeuner familial, j'étais déjà devenu insensible à la lèpre des murs, à la trogne des palefreniers et je respirais avec ivresse le parfum qui, tant d'années, allait faire se récrier ma mère. « Mais tu pues l'écurie » ! Ma mère à qui, je venais d'en avoir l'intuition, les chevaux et tout ce qui les entoure allaient me permettre d'échapper. Peu de chances qu'elle aventurât ici ses jolis talons. La bouffée de Diorissimo qui paraissait la porter partout où elle se rendait n'eût pas résisté au cocktail sublime des odeurs de latrines, de sueur et d'étable qui imprégnait les murs.

Je mis moins de temps à retourner rue Alfred-de-Vigny qu'il ne m'en avait fallu pour découvrir le dédale au fond duquel croupissait le manège. Je pédalais dans un rêve. M. Vachaud m'avait paru vieux, rauque, fragile et magnifique. Oui, ce sont là les adjectifs qui enveloppent le mieux ce sentiment composite mais exalté auquel je m'étais abandonné dès le premier instant.

C'est six mois plus tard que Vachaud d'Arcole prit pour moi — pour nous — sa stature. J'étais loin d'être devenu un cavalier présentable, mais je tenais en selle et j'avais de l'allant. Les chevaux éteints m'ennuyaient. Très vite je m'étais glissé parmi les garçons et les filles qui, après la reprise, entouraient Vachaud dans son minuscule bureau, sollicitaient ses conseils, provoquaient ses fureurs et ses confidences. Je n'ai pas connu le Tonneau des Sablons — je n'étais pas né ! —, mais je ne pense pas que l'écuyer, en vingt ans, eût tellement changé. Sans doute ses formules étaient-elles devenues plus escarpées, et plus sarcastique sa façon d'étendre à la vie entière ses préjugés cavaliers, mais l'homme était resté le même. Le temps avait seulement creusé le trait

Quand mai 68 jeta les lycéens dans la rue, la plupart des garçons et des filles des Gobelins, entraînés à la révolte par l'aisance et la niaiserie de leurs familles, s'en allèrent s'échauffer dans la pouillerie de la Sorbonne. Nous ne fûmes que quelques-uns à continuer de fréquenter le manège.

Plus personne ne les montant — prudents, les instructeurs eux-mêmes restaient chez eux —, les chevaux s'agitaient. Il fallait prendre soin d'eux. Nous passions chaque jour plusieurs heures aux Gobelins à nous disputer le plaisir des corvées. Je mentirais si je prétendais que nous n'étions pas troublés. Tout vacillait autour de nous et il était difficile à des adolescents de demeurer indifférents. Quand même, notre étonnement fut grand de découvrir de jour en jour un Vachaud plus excité et hilare. La colère des nantis lui était une divine surprise. A longueur de journée il vantait, à notre stupéfaction, le bon sens des frénétiques. Quelle leçon de sagesse !

Certes, le raisonnement de l'écuyer, ses arguments, jusqu'au choix de ses mots nous paraissaient spécieux et relever du folklore. Il n'empêche : au trot des chevaux nerveux, dans la lourdeur du printemps, avec l'écho des explosions lointaines et les relents de gaz lacrymogène qui descendaient jusqu'aux Gobelins, d'étranges pensées roulaient dans nos têtes. Il y avait donc plusieurs façons de se révolter ? Les bêlements et les criailleries qui faisaient si peur à papa-maman n'étaient pas les seules expressions possibles de la subversion ? M. Vachaud, contre toute attente, n'était pas à ranger dans le camp des pétochards. Non plus que dans celui des boutefeux. Alors ? Il ne respectait pas plus la Bourse, les bagnoles, les honneurs, les ambitions des uns que les rêvasseries des autres. Sans croire à l'avenir, il savait le passé foutu. Il livrait, en nous transmettant quelques bribes de son savoir et quelques règles de son éthique, un combat d'arrière-garde, désabusé, inutile, mais il gardait assez de lucidité pour saluer au passage, avec une gaieté tonitruante, l'étrange renfort du désordre. L'anarchie nous fut ainsi révélée, à nous, petits bourgeois frileux et incertains, par ce gentilhomme longiligne dont les trois quarts du salaire, j'en aurais juré, fondaient chez le tailleur et le bottier. A quatorze ans, ces leçons-là ne s'oublient pas.

Tout rentra bientôt dans l'ordre. Nos parents se félicitèrent — en tout cas pour nous que les chevaux avaient détournés de la rue — d'avoir si bien élevé leurs enfants qu'ils fussent capables de résister aux sirènes de la violence. Puis vinrent, avec l'été, les départs, les amourettes, la douce veulerie de la mer — tout ce que voulait ignorer Vachaud. Je retournai en septembre au manège, résolu à ne pas oublier mes découvertes du printemps et à devenir, en même temps qu'un cavalier honorable, un homme libre.

Je sauterais bien les deux ou trois années suivantes, celles de mes quinze et de mes seize ans, vouées à des tournoiements d'instincts, d'idées, à des faims violentes et vagues, à des fureurs et à des fléchissements qui sont le lot de toutes les adolescences. Et je les oublierais d'autant plus volontiers qu'elles virent notre société, qui paraissait avoir digéré la bâfrerie de 1968, se révéler minée par le dedans, ébranlée, soudain malade. On laissa tout aller à vau-l'eau. A commencer par nous, les jeunes gens, à qui l'on octroya des libertés que nous n'aurions pas osé rêver.

Un homme de l'âge et de la qualité de Vachaud ne voyait pas que ce bouleversement des mœurs, qui l'offusquait, était la conséquence des singeries et des transes qu'il avait applaudies. Il feignait de croire que rien ne changeait, ne changerait jamais, et il continuait de se référer dans son enseignement, ses exemples, ses blagues, à des évidences qui n'en étaient plus que pour lui. Il s'obstinait à nous parler comme il avait toujours fait, avec une familiarité parfois distante, presque cérémonieuse, parfois rigoleuse, qui ressemblait de moins en moins aux usages en train de s'établir. Si Lauteuil calquait son attitude sur celle de Vachaud, les autres instructeurs, Hurepoix, Bauer, encourageaient leurs élèves à les tutoyer, les laissaient monter vêtus n'importe comment et finissaient par diriger leurs reprises à pied, plantés dans la poussière du manège, peur sans doute de manquer à l'égalité en étalant, en selle, une supériorité insultante. Seules les reprises de perfectionnement gardaient un peu de ton. Mais de mois en mois leurs cavaliers, sur l'élégance de qui les gamins jetaient en s'en allant des regards apitoyés, paraissaient davantage contraints, empaillés, à la façon de ces comédiens d'apparence ordinaire à qui, parce qu'ils ont le chanfrein busqué, on fait jouer les ci-devant.

Je n'évoquerais pas le glissement qui nous entraînait, ni les stupeurs d'apprenti sorcier de Vachaud, si cette époque, malgré les doutes et les sollicitations dont elle m'abreuvait, ne m'avait pas offert une extraordinaire occasion de *résistance*. J'avais pris l'habitude, que je maintenais malgré les horaires du lycée et les supplications de mes parents, de passer chaque soir un moment

201

au manège. J'y respirais un air dont je ne voulais plus me passer.

Un dimanche soir que nous ramenions trois chevaux du Bois aux Gobelins, Vachaud — il m'avait pris en amitié — entama un monologue qu'il continua tout au long de notre étrange cheminement. Il tenait en main le troisième cheval, qui parfois risquait un écart ou prenait peur et l'entraînait quelques mètres en avant de moi, de sorte que la voix de l'écuyer, déjà éraillée comme on le sait, ne me parvenait plus distinctement. Ces confidences coupées de trous, ou rendues confuses lorsqu'une voiture passait à grand bruit en nous jetant des appels de phares, me transportaient loin de ma vie, de mes préoccupations, de l'hiver interminable. Elles valaient moins à mes yeux par leur contenu que par la confiance qu'elles exprimaient. J'en retins une phrase qui m'avait frappé : « Ce sont les chevaux, dans les années quarante, qui m ont empêché de devenir un voyou... »

Il me sembla que Vachaud exprimait là, à des nuances près, les sentiments de péril et de réconfort entre lesquels mon adolescence naviguait alors et que j'avais du mal à mettre au net. Je ne risquais pas, je crois, de devenir « un voyou », mais j'aurais pu céder à toutes les mollesses offertes sous prétexte de liberté, et qui n'étaient que chiennerie et irrespect. « Les chevaux », comme disait Vachaud, me gardèrent de me transformer en petit jeune homme à la mode du temps.

Le hasard fit que j'assistai, vers cette époque ou un peu plus tôt, au débarquement chez son fils de Mme Vachaud d'Arcole. Cela se déroula un dimanche matin, moment choisi, à l'évidence, pour épargner aux clients du manège cet épisode familial et les questions qu'il les aurait entraînés à se poser. Par exemple : où allait vivre la vieille dame dans la tanière de l'écuyer ? Qui allait prendre soin d'elle ? Mme Vachaud d'Arcole n'était pas une septuagénaire triomphante. Boiteuse, nouée par l'arthrose, elle considérait probablement comme une ultime déchéance cet emménagement à la cloche de bois. D'où sortaient — un dimanche ! — les deux costauds titubants qui vidèrent la fourgonnette où étaient entassées, avec quelques vieilleries des héritages Guignebert et Jeanne, les épaves de la brève splendeur immobilière ? L'escalier étant étroit, ils passèrent par une fenêtre les meubles dont on voyait le dos et le dessous, comme leur ventre aux poissons morts. Je m'étais reculé dans la pénombre de l'écurie afin de ne pas humilier Vachaud. Il était en manches de chemise et portait un pantalon brun, informe, qui godait sur des mocassins de Prisunic. Lui ! C'était la première fois que je le voyais sans ses bottes et il me parut plus fragile. Je ne pus l'empêcher de m'apercevoir quand il guida sa mère, doucement, en la tenant par le bras, sur les pavés irréguliers de la courette. La voix brève, il me présenta. Mme Vachaud d'Arcole tendait sa main à baiser comme si elle eût voulu saisir un objet sur une étagère. Quelques gouttes de pluie se mirent à tomber.

Dès le lendemain un menuisier vint poser une porte au bas du petit escalier, où une sonnette fut installée, de telle sorte qu'on ne pouvait plus monter jusqu'à l'appartement. On devait attendre que l'écuyer en descendît. Ces précautions amplifièrent les rumeurs les plus pessimistes sur le probable état de délabrement du logement de Vachaud et sur celui de sa mère. Il est vrai qu'on ne la voyait jamais sortir. Sans doute attendait-elle pour descendre de son perchoir que les derniers cavaliers s'en fussent allés. En revanche, il arrivait qu'à cheval, quand on marchait à main droite sur la grande longueur du manège, on aperçut en levant les yeux, derrière les vitres sales de la fameuse fenêtre, une silhouette et un visage blanc. C'est alors, me semble-t-il, qu'on prit l'habitude d'appeler « le cyclope » cette fenêtre, ou « l'œil du cyclope ». Sa mère s'était-elle emparée du poste d'observation de l'écuyer ? Vivait-elle à longueur d'année dans ce trou sans air ni ciel, ouvert seulement sur la poussière et les poutres ? On imaginait les soirées de Vachaud en face de la vieille dame, leurs tête-à-tête dominicaux, toute une vie calfeutrée, peut-être sordide, de laquelle, nous qui aimions l'écuyer, nous préférions détourner notre attention.

C'est sur ce fond de tableau que se détacheront avec le plus de relief — on comprendra dans un moment l'intérêt de ce contraste — les deux personnages qui vont entrer maintenant dans mon récit.

Mlle Brey-Muller nous apparut, dans le tremblement des taches de soleil sur le sable et les aiguilles de pin, un matin de vent, au printemps 1972.

Chaque samedi, Lauteuil et Bauer animaient une reprise d'obstacle sur le terrain du Cercle hippique, club dont les cavaliers des Gobelins louaient ce jour-là une dizaine de chevaux. J'étais assidu à ces reprises, qui se prolongeaient par un déjeuner dans un restaurant du Bois, auquel, la mort dans l'âme, je devais souvent renoncer, mon argent de poche filant alors en heures de manège et pourboires aux palefreniers.

Apparut donc, montée sur un immense étalon gris truité nommé Tambour, que nous reconnûmes tous, une jeune fille d'âge tendre, frêle, fine, mais que l'on pouvait supposer de bonne taille pour qu'on lui eût confié ce géant aux flancs rebondis, mieux fait pour les charges de cuirassiers que pour les airs académiques.

L'inconnue et Tambour s'avancèrent vers nous, dans les ombres et le soleil, d'un beau pas soutenu, l'impulsion du cheval étant telle, même à cette allure modeste, qu'il paraissait demander à sa cavalière « la permission de passer », impression à quoi l'observateur averti reconnaissait le savoir-faire de l'inconnue. Elle répondit d'un sourire à nos saluts et s'en alla, afin de ne pas nous gêner, jusqu'au bout de la carrière.

J'avais eu le temps de lui voir au passage un visage triangulaire, la peau brune, les yeux très étirés. Quel âge avait-elle ? Je savais, d'expérience, que la bombe de velours noir vieillit et durcit les traits ; quand les femmes la retirent et secouent leurs cheveux, elles changent d'un coup de personnalité. (Est-il besoin de préciser que, fidèle disciple de Vachaud, je préférais souvent les jeunes filles du manège avant cette métamorphose ?...)

Notre travail sur l'obstacle continua un moment. Je jetais de temps à autre des coups d'œil vers le fond de la carrière, résolu à ne pas laisser s'en aller la cavalière sans apprendre qui elle était, bien qu'un peu confus, avec mes dix-sept ans, de paraître m'intéresser à une bambine.

Le cheval de l'un d'entre nous, Tango, comme nous trottions pour détendre nos montures, se mit à faire de beaux appuyés que Forgeot, son cavalier, ne lui avait pas demandés. Une fois au galop, il enchaîna des changements de pied anarchiques, à la joie de Lauteuil, qui se tapait sur les cuisses sans délicatesse ni crainte de vexer le maladroit. Le pauvre Tango savait trop de choses et confondait tout, à moins que son cavalier occasionnel, la main incertaine, ne lui donnât des indications contradictoires et ne mît le désordre dans sa pauvre cervelle de cheval.

« A terre ! » commanda Lauteuil. Lui-même, riant encore, passa la jambe droite par-dessus l'encolure, sauta dans le sable, tendit ses rênes à Forgeot et monta en selle sur le récalcitrant.

Lauteuil, noueux et tassé, avait moins l'air d'un cavalier que d'une moitié de centaure. A terre, il ressemblait assez au Monsieur Bouzin du *Fil à la patte*. A cheval, il était glorieux. Les jambes en étau, les doigts ouverts, il fit gicler le cheval en avant comme eût jailli un savon mouillé serré entre deux doigts. Jeté dans le mouvement, et dans le même temps empêché d'accélérer jusqu'au galop, le bel alezan, d'abord frémissant d'anxiété, comprenant que quelque chose venait de changer, oubliait visiblement tout ce qu'on lui avait enseigné et ne pensait plus, pris dans cette pince formidable, qu'à allonger le trot sur le cercle où Lauteuil l'avait placé. Après deux minutes de ce régime, son cavalier le remit au pas, le flatta, lui parla, l'arrêta. Puis, le cheval bien rassemblé, ce fut un départ au galop de pied ferme. Et quand son galop eut atteint la cadence voulue, sur la plus grande longueur de la carrière, Lauteuil fit exécuter au cheval six changements de pied au temps, obtenus dans un grand calme et sans que les aides fussent visibles — ou à peine. Après quoi il revint au petit trot, sauta à terre, rendit sa monture à Forgeot et reprit la sienne. Il se tourna vers nous, docte et goguenard :

— Connaissez-vous (cette voix de mêlé-casse qu'ils avaient tous...) une des plus belles citations de l'art équestre ? La voici. Elle est du général Wattel. « *Comment demander le changement de pied ? J'y pense, et cela suffit.* »

Lauteuil se retourna plaisamment vers Forgeot :

— Mon cher, il me semble que tout à l'heure vous pensiez à plusieurs choses à la fois...

Il se fit à cet instant un mouvement de l'autre côté de la carrière, d'où j'avais détourné mon attention. Tambour hennissait et pointait au passage, sans doute, de l'autre côté de la haie, de quelque jument appétissante. Sa cavalière paraissait se tirer fort bien de la difficulté. Un homme et une femme, que je n'avais pas vus arriver, lui donnaient des conseils. Mes coups d'œil n'avaient pas échappé à Lauteuil :

— Vous voyez là-bas M. de Villouette ? me dit-il. Auriez-vous la bonté d'aller lui demander de ne pas s'en aller avant que je ne lui aie parlé ?

Je fis un temps de galop jusqu'au trio qui m'intéressait. Villouette était le président du Cercle hippique. Nous nous découvrîmes du même mouvement et je lui transmis le message de Lauteuil.

— Alix, connaissez-vous ce jeune homme ?

Le président me présenta à « Madame Brey-Muller ». Puis il se tourna vers la jeune fille qui, maintenant, caressait l'encolure de Tambour dont l'œil restait fou : « Et Claire, sa fille, qui a séduit notre terreur de Tambour... »

Il y eut un instant précieux, fugace, dans le mouvement des branches, la lumière rapide, l'espèce d'impatience heureuse qui paraissait saisir choses et gens. Mais il ne faut abuser de rien : je saluai et repartis vers mes compagnons.

— Alors ? demanda Bauer, allumé.

— Mère et fille. Quelque chose-Muller, si j'ai bien entendu...

— Ah ! s'écria Lauteuil, c'est donc la fameuse Brey-Muller !

— Elle est fameuse ?

— Elle vient de remporter deux concours ; elle nous arrive de Bordeaux.

— Tu parles de la mère ou de la fille ? demanda Bauer.

— De la fille, bien sûr.

— La mère paraît plus comestible...

— A l'abordage, Casanova ! Les voici qui reviennent.

Etc. Une de ces conversations de garçons, classiques et d'un ton volontairement désuet, qui n'avaient jamais lieu en présence de Vachaud. Le vocabulaire de Lauteuil, en retard de vingt ou trente ans sur les usages, imposait d'ailleurs une certaine réserve.

Alix Brey-Muller passa devant nous, bavardant avec le président de Villouette. Bien qu'elle fût en jupe, et tête nue, n'importe quel cavalier eût reconnu en elle quelqu'un de la famille. Elle pratiquait cette élégance rigoureuse, couleur de feuille morte, devenue singulière ces années-là où les jeunes femmes s'ensachaient dans des caracos superposés, des camisoles, des chasubles, des jupes de gitane, et aux pieds portaient les bottines qui avaient fait se pâmer les fétichistes du début du siècle. Il est vrai qu'Alix Brey-Muller n'était plus tout à fait jeune : la trentaine, un air de distance, des cheveux noirs où une mèche grise étonnait. Ses yeux aussi paraissaient gris. « Altière et orientale », murmura Lauteuil qui avait le goût des formules.

Dans le brouhaha d'avant le déjeuner du samedi, à ce carrefour des bâtiments du Cercle, où, en plein courant d'air, se nouaient intrigues et amitiés, nous vîmes réapparaître Mlle Brey-Muller, qui dès lors ne fut plus appelée que « la petite Claire » : elle avait treize ans. Habitude rare, elle s'était changée. En jean et tee-shirt, flexible, plus gazelle que jamais, le visage moins grave que le corps, elle s'empara dans l'instant de nos imaginations. De la mienne en particulier. Et comme je n'excelle pas aux artifices du roman, je dirai du même mouvement, sur les Brey-Muller, ce que nous n'apprîmes que par bribes, que je ne vais pas faire semblant de distiller tout au long de mon récit.

Alix, née en 1939 ou 1940, était la fille unique de juifs de Metz arrêtés par les Allemands dès 1941, morts tous deux en déportation. La petite fille avait été confiée à une famille d'Hayange, cachée, baptisée, adoptée, élevée sans rien soupçonner de ses origines, qu'elle n'avait découvertes qu'en 1956, à la mort des Muller, en même temps qu'elle héritait de leur fortune. Seule, riche, sans doute désemparée, elle avait épousé en 1959 Francisque Brey, éphémère secrétaire d'Etat du gouvernement Debré, gaulliste fanatique, qu'un accident d'hélicoptère en Afrique avait tué à la fin de 1969, au moment où le Général quittait le pouvoir. Alix était donc veuve, et Claire orpheline.

— L'histoire est un peu trop édifiante, grinça Lauteuil quand je la lui racontai. (On n'était guère gaulliste, dans les manèges.) Mais elles sont si belles !

Alix Brey-Muller venait enfin de quitter l'appartement bordelais où l'ombre de son mari, qui l'empêchait de vivre, disait-elle, l'avait retenue, comme prisonnière, pendant plus de deux ans. Elle emménageait boulevard de Port-Royal, au fond d'une longue cour où un pavillon et un jardin, vestiges du XIXe siècle, étaient restés intacts. A elle qui n'avait connu que la Lorraine et les Chartrons le quartier paraissait exotique, presque hostile. Comment Claire irait-elle jusqu'à Neuilly ? Nous leur révélâmes l'existence du manège des Gobelins, qu'elles ignoraient encore, et nous invitâmes la petite

Claire à notre fête annuelle, « pour faire connaissance ».
Sa mère promit de venir à minuit la chercher.

La fête en question était un dîner un peu saugrenu, à
l'issue duquel nous dansions, donné dans un établissement du bois de Vincennes qui n'était pas du tout notre
genre, mais où nous avait attirés Saulnier, que passion-
naient, on s'en souvient, les courses de trot. Certains y
venaient en bottes, d'autres en smoking, des filles en
long et d'autres en court, toutes attifées à n'y pas croire.
La passion de *l'allure*, dans laquelle Vachaud essayait de
nous entretenir, en prenait un coup. Lui, Vachaud, ce
soir-là, apparaissait invariablement dans un complet de
gabardine à la fois estival et militaire, auquel sa minceur
et surtout l'ennui navré qui rayonnait de lui donnaient
du chic. Ses joues rosissaient, ses yeux pâlissaient : il
attendait en souriant dans le vague l'heure d'aller se
coucher.

Claire s'était vêtue en friponne. Un ruban rouge
autour du cou, et plus que nue sous sa blouse. Du moins
le supposions-nous. Treize ans est l'âge des impudeurs.
Une ombre de maquillage aurait pu donner à son visage
de l'équivoque, mais sa silhouette, ses rires, les cheveux
courts qu'elle secouait la rendaient par instants à l'enfance. Elle dansait en s'appliquant, plutôt bien, avec
cette sensualité un peu théâtrale des très jeunes filles. Les
hommes de trente ans — pas très nombreux il est vrai à
notre fête — l'observaient, l'œil fixe, sans oser l'inviter.

Quand Alix Brey-Muller arriva, toujours vêtue d'automne, je remarquai que la petite Claire était allée
essuyer son visage, qui avait repris de bonnes couleurs
de collégienne. J'amenai Alix à la table de Vachaud, qui
se leva pour la saluer.

Je ne voudrais pas, après coup, jouer les devins, mais je jure avoir senti, au moment où je présentai Vachaud à Alix Brey-Muller, quand se croisèrent pour la première fois les deux regards gris, qu'une électricité inattendue passait entre mes deux personnages. Je ne dis pas « mes deux personnages » pour jouer les romanciers ni m'attribuer un rôle flatteur, mais parce que, entre ma dévotion pour l'écuyer et la fièvre qui m'avait jeté dans le sillage de Claire et de sa mère, je me trouvai, ce printemps 1972, au cœur de ce qui commençait devant nous dans le désordre d'une fin de soirée.

Vachaud, dans l'instant où Alix s'approcha, fut un autre homme. Il s'éloigna de nous à toute vitesse. Il ne nous vit plus, ne nous reconnut plus. Il n'avait même pas pensé à prier Mme Brey-Muller de s'asseoir. Tous deux demeurèrent donc ainsi, debout, plus isolés par cette posture et par le style si semblable de leurs gestes, de leurs comportements, qu'ils ne l'eussent été par un aparté, un bavardage à voix basse. Nous ne vîmes pas l'écuyer faire des frais, « draguer », comme nous aurions dit aussitôt. Non, il était simplement subjugué. Il se moquait bien qu'on s'aperçût de l'enchantement qui l'avait frappé. Sans doute avait-il oublié où il se trouvait, et qui se trouvait là. Alix Brey-Muller, elle, restait impénétrable. Il est permis de supposer qu'elle prenait du plaisir à la situation : il n'est jamais déplaisant de foudroyer un homme, de dévaster ses défenses de façon si spectaculaire. Elle était donc ouverte, rieuse, naturelle.

Elle prit congé au bout de quelques minutes sans s'être assise ni avoir trempé ses lèvres dans le champagne. Vachaud accompagna comme dans un rêve la mère et la fille jusqu'à leur voiture. Nous ne le revîmes pas. Puisqu'il était venu avec Lauteuil et qu'il paraissait peu vraisemblable qu'il se fût glissé dans la petite Renault de

Mme Brey-Muller, sans doute était-il parti à pied, seul, à travers le bois de Vincennes qu'il ne connaissait pas et qu'on disait infesté de rôdeurs. Personne en tout cas au moment des adieux ne le chercha, ne l'appela, ne risqua même les plaisanteries qu'on eût été en droit de redouter de jeunes gens un peu gais. Nous respections Vachaud.

Le surlendemain, qui était un lundi, plusieurs d'entre nous se retrouvèrent à six heures au manège. On ne fit pour les absents de la fête aucun récit, ni même d'allusions à la soirée du samedi. Nous nous demandions tous si Mme Brey-Muller et Claire allaient ou non apparaître, mais nous n'en parlions pas. Il nous eût paru normal que la mère et la fille, offensées par cette flambée de sentiments qu'elles avaient sans le vouloir allumée, s'évanouissent pour toujours. Nous les aurions parfois croisées, le dimanche, sur les terrains de concours, et nous aurions cru, peu à peu, avoir rêvé la soirée de Vincennes, le ravissement de Vachaud, sa disparition dans la nuit. Je n'osai pas, pour ma part, appeler Claire au téléphone. Outre que son âge eût donné à mon appel un caractère presque indécent — on peut être fou d'une enfant, l'usage n'est pas de le manifester —, il me semblait que toute l'affaire m'avait échappé, nous avait échappé, à nous, les chiens fous du manège, et que mes chances de revoir Claire, de l'habituer à moi, de m'incruster à ses côtés en attendant qu'elle vieillît, dépendaient d'une autre aventure, d'un autre amour dont je me mis ainsi à former sauvagement le vœu qu'il fût exaucé.

Le vendredi suivant, quand j'arrivai aux Gobelins après avoir zigzagué pendant une demi-heure dans la puanteur des embouteillages, Claire était à cheval, seule dans le manège en attendant que commençât la reprise de perfectionnement, sa mère assise à la tribune. « La première manche est gagnée », pensai-je. Mais je n'avais été que spectateur.

Commence alors une longue période — un an ? davantage ? — dans le souvenir de laquelle j'ai du mal à séparer ce qui m'appartient en propre des étapes de l'aventure d'Alix et de Vachaud. C'était ma première année de faculté. Mon statut avait changé. Potache, mon assiduité auprès d'une gosse pouvait choquer ; étudiant, les prévenances dont j'entourais Claire, qui venait de fêter ses quatorze ans, prenaient une couleur légitime, presque attendrissante, que je sus vite imposer à notre petit groupe. Il fut admis que Claire se tenait à mes côtés, montait avec moi, bavardait avec moi, que je la reconduisais le soir, etc. Au reste, la complaisance d'Alix, à quoi je ne m'attendais guère, paraissait inépuisable. Je la traitais, elle, avec circonspection. Sous son regard je me sentais rajeunir. Je n'en avais pas besoin ! Mais j'avais tort de m'inquiéter : elle était indulgente et tranquille.

Vachaud, que nous avions cru nous appartenir, comme parfois les enfants annexent un professeur qu'ils aiment, était en train de nous échapper. Nous nous arrêtions désormais au bord de sa vie, sans oser franchir des bornes dont nous n'avions pas soupçonné l'existence. Ainsi les adolescents n'aiment-ils pas entrer dans la chambre de leurs parents. Quant à Alix — nous l'appelions Alix — il me paraissait incompréhensible qu'elle pût considérer notre écuyer comme une femme regarde un homme. J'avais beau aimer Vachaud, je ne parvenais pas à passer de cette affection, de cette admiration — peu importe le nom du sentiment — à la tendresse ni au désir d'une femme. Si j'y réfléchissais, je me disais qu'Alix, échappée à la persécution, élevée dans ce que j'imaginais être le vide d'une famille adoptive, ébranlée par la mort des Muller, s'était jetée à dix-neuf ans dans un mariage rassurant pour conjurer le destin. Brey était de vingt-cinq ans son aîné. Veuve, recrue de chagrin, elle s'accrochait à une nouvelle bouée. Oui, c'était le mot que j'avais en tête : bouée. Dieu sait pourtant si je trouvais Vachaud séduisant ! Mais les diverses hypothèses de mon imagination ne communiquaient pas entre elles.

Un jour, d'une phrase brève et drue, Claire m'obligea à voir et à nommer les choses : Alix était depuis six mois la maîtresse de Vachaud.

Rien dans l'apparence de l'écuyer n'avait changé. Ah ! nous l'avions guetté. Il n'était pas, heureusement, de ces quinquagénaires que la soudaine présence d'une jeunesse tourneboule. Il restait le même, un peu tassé en selle, la taille d'un sous-lieutenant, des yeux d'enfant auxquels l'ironie, seule, donnait leur maturité. Souvent, d'un geste que nous ne lui connaissions pas auparavant, il retirait son chapeau et, de la main, remettait en ordre ses cheveux, que nous découvrions ainsi plus rares et plus blancs que nous ne les imaginions. Cette calvitie — celle de tous les hommes qui ont passé leur vie avec un couvre-chef — l'inquiétait-elle ? Quand il lui arrivait de poser son feutre brun sur le montant d'un obstacle, ou de le jeter vers la tribune en guise de plaisanterie, puis de rester un moment tête nue dans le manège, il nous apparaissait étonnamment vulnérable. Un bien fragile remorqueur pour tirer la belle Alix.

Qu'on n'aille pas croire que je me perdais en suppositions. Je n'ai jamais aimé imaginer les gens entre leurs draps. Non pas qu'à dix-huit ans je fusse bégueule, mais les fantasmes et les sarcasmes que je me serais permis autour d'Alix et de Vachaud auraient rejailli, en quelque sorte, sur Claire, l'auraient éclaboussée. J'avais déjà assez de mal à m'y retrouver dans mes sentiments et dans les siens pour ne pas m'imposer une complication supplémentaire. Tout le monde au manège se taisait, mais on pensait, d'évidence, que je couchais avec la jeune fille. Personne n'aurait pu concevoir la détermination avec laquelle Claire menait notre partie, ni la violence que mettait à se défendre cette jeune personne au langage rude, à la sensualité si spectaculaire. Personne non plus ne m'aurait cru si j'avais voulu expliquer la peur du sacrilège, le vertige, l'incrédulité qui me saisissaient dans les rares moments où je me trouvais seul avec Claire. Un homme, un vrai homme eût été moins sot que moi. Toujours est-il que la jeune fille dominait le jeu. Elle le fit plus tard tourner selon ses vœux, et à son heure.

On voyait maintenant Vachaud arpenter la rue Berthollet et le boulevard de Port-Royal, serré à la taille comme un sablier dans sa veste de cheviotte par beau temps, ou filant sous la pluie dans son grand raglan couleur de cachou. C'était un drôle de hasard que Mme Brey-Muller, débarquant de Bordeaux, fût venue, elle que tout destinait au Ranelagh ou au faubourg Saint-Germain, habiter à dix minutes du manège. Il y a comme ça des passions qui doivent beaucoup au voisinage. C'est ce qu'on commençait à murmurer sous cape, au manège, parmi les moins fervents des habitués. Les amours de l'écuyer et de la belle veuve tombaient dans le domaine public. J'en souffrais, bien que retenant moi aussi des plaisanteries que je jugeais inspirées par la jalousie, ou par je ne sais quelle vulgarité qui parfois m'excitait, me brouillait les idées, levait en moi une furieuse envie de saccager tout ce que j'avais respecté depuis cinq ans, à commencer par la dernière en date de mes sublimes constructions : l'amour de Claire. Elle me reprenait vite en main. A côté d'elle c'était moi le nigaud. J'admirais avec un peu d'effroi le naturel, partant l'impudeur, avec lesquels elle considérait la liaison de sa mère et de l'écuyer. Elle m'apprit que les filles, surtout les jeunes, entretiennent avec leur mère comme avec les choses de l'amour des relations rugueuses, presque brutales, à l'écart desquelles un homme a intérêt à se tenir. Elle m'apprit aussi qu'on ne comprend jamais rien aux passions des autres, à leur vie secrète, sur quoi il est donc inutile de se poser des questions.

— Qu'as-tu dans la tête ? me demandait Claire. Moi, j'aime Maman, j'aime Hector, je suis contente qu'ils soient ensemble. Voilà tout. Et puis ça ne me regarde pas...

Là, elle exagérait. Elle était sur l'œil au contraire, curieuse, anxieuse, attentive à toutes les nuances du sentiment entre Vachaud et Alix, à leurs attitudes, à leur discrétion. Elle voulait bien leur faciliter les choses à la condition qu'eux aussi y missent du leur. Et je suis sûr qu'elle eût été moins tolérante, moins docile, si l'écuyer n'avait pas manifesté à son endroit une affection de jour en jour plus expansive. Autant Vachaud manquait de simplicité dans ses rapports avec Alix, autant il avait trouvé envers Claire les gestes justes, les mots pour l'apprivoiser. Amant incertain, du moins selon mon intuition, il se révélait excellent père. Il était ferme, narquois, chaleureux. Sa passion pédagogique trouvait un nouveau terrain où s'exercer. Claire était bonne cavalière, mais avec trop de fougue : « Tu es désordre », lui répétait Vachaud en riant. Il la disciplina. Le jour où elle gagna un concours à Saint-Germain, sur Tonnerre, le cheval de Vachaud, il fut heureux comme nous ne l'avions jamais vu.

Alix, elle, montait comme elle vivait, comme elle

conduisait, comme elle parlait : avec sobriété. On ne la remarquait pas. Nous apprîmes que Vachaud l'emmenait pour de longues balades en forêt — lui qui n'aimait que la pénombre et la suffocation du manège ! — et qu'il l'avait accompagnée à Pont-l'Evêque pour la conseiller dans l'achat d'un anglo-normand de cinq ans, Rigodon, qui occupa le plus beau box de l'écurie. Très vite ce fut Claire qui le monta et lui fit gagner plusieurs trophées. Lucien, le chef palefrenier, voulut les clouer au mur du manège, là où du temps de la splendeur des Gobelins on accrochait les plaques et les médailles des vainqueurs de concours. Les coups de marteau firent surgir Mme Vachaud d'Arcole, qui apparut entre des géraniums et pria Lucien de faire silence. C'était courtois, mais ferme.

La mère d'Hector : nous l'avions oubliée ! Que savait-elle, que pensait-elle des remous qui secouaient la vie de son fils ? On n'avait jamais vu Alix gravir le petit escalier de l'appartement, ni Claire, évidemment. Il arrivait, si l'on se trouvait au manège vers l'heure du déjeuner, qu'une odeur d'oignon ou de poireau s'échappât d'un fenestron dissimulé sous le chèvrefeuille, comme si l'ex-Madame Guignebert eût éprouvé la nostalgie des frichtis d'autrefois. Mais on ne la voyait toujours pas.

Elle réapparut le jour du mariage.

Ce fut Claire, avec sa verdeur coutumière, qui me mit au courant : « Les vieux convolent... »

Nous nous attendions à une cérémonie discrète, la seule qui nous parût convenir à la situation. Au lieu de quoi ce fut à Saint-Médard, au bas de la rue Mouffetard, qui se trouvait être la paroisse de cet étrange couple, une messe tout à fait vieux genre, avec sonneries de trompe par le Débuché de Paris, et, à la sortie de l'église, les cavaliers du manège, démontés mais en tenue, qui firent aux nouveaux époux, à défaut d'épées, une voûte de cravaches. Les ménagères et les traîne-patins de la Mouffe, moins hostiles qu'ahuris, contemplaient ce cirque. Vachaud fit offrir des tournées au bar-tabac Saint-Médard, qui lui valurent une ovation. Trois ou quatre voitures emportèrent les mariés et la famille jusqu'à la maison du boulevard de Port-Royal où était prévu un déjeuner. Mme Vachaud d'Arcole mère — puisqu'il y avait maintenant une belle-fille elle s'était emparée du rôle de douairière — avait produit une forte impression : coiffée d'un tricorne qui hésitait entre les styles Louis XV et amazone, toute vêtue de noir, elle avait tiré le meilleur parti de sa boiterie, de ses silences et, en quelque sorte, de sa rareté. Sans vouloir voler la vedette aux mariés, elle avait pesé d'un poids mystérieux sur la cérémonie. Sa claustration l'avait dotée d'un teint transparent, d'une légèreté irréelle qui lui conféraient l'autorité des très vieilles gens bien qu'elle n'eût que soixante-quatorze ans. Sans doute jubilait-elle. A moins que ce bel établissement, qu'elle avait tant espéré pour Hector, ne vînt trop tard et ne lui apportât plus que de l'amertume. Dans ce moment de confusion qui se produit toujours à la sortie des mariages, quand on jette du riz, qu'on pose pour les photographies, la mère d'Hector, par le seul pouvoir de son apparence, parvint à retourner la situation, à faire oublier l'absence de toute trace du passé Vachaud et à considérer d'assez haut « le côté Brey-Muller », lequel était, il faut le dire, composite.

Il me sembla dénombrer trois catégories d'assistants : quelques vieux juifs au profil d'oiseau, aux yeux intenses et épouvantés, qui se demandaient quand se lever ou s'asseoir pendant la messe ; de solides bourgeois venus de l'Est, sur qui nos cravaches et nos éperons produisaient mauvaise impression ; enfin de ces personnes cossues, protégées, qui semblent toujours sur le point de vous proposer un bridge. La vie d'Alix était étalée là, dans son confort et son ordinaire, sans oublier, en arrière-plan, la tragédie. Des dames de Bordeaux serraient Claire sur leur cœur comme s'il eût fallu la consoler d'une agression inavouable. Elle leur échappa pour nous rejoindre et faire avec nous, à pied, le trajet jusque chez elle où les extras s'affairaient. On observait avec curiosité, dans la rue, cette vingtaine de jeunes gens bottés et vêtus de sombre qui menaient grand bruit.

C'est deux jours plus tard, comme Alix et Hector s'en étaient allés pour une semaine, que Claire, livrée à elle-même, me laissa la rejoindre le soir dans la maison de Port-Royal. Si je l'avais oublié, elle m'obligea cette nuit-là à me rappeler qu'elle n'avait que quinze ans. Au matin, elle me suggéra d'emprunter la voiture de sa mère et nous allâmes louer des chevaux à Senlis.

Après avoir connu toutes les accélérations que j'ai dites, la vie prit son temps. Les Vachaud d'Arcole reçurent deux ou trois fois, l'été et l'automne 1974, dans le minuscule jardin du boulevard de Port-Royal. Les invités, outre quelques familiers du manège, appartenaient aux mêmes genres que ceux du mariage, à l'exception des juifs ardents et sombres, qu'on ne vit plus. Je me serais embêté ferme si la présence de quelques jeunes gens n'avait permis à Claire, qui les provoquait, de m'empoisonner l'imagination. Notre nuit de juin ne s'était pas renouvelée. Claire semblait considérer qu'une bonne chose de faite ne l'entraînait pas forcément à en tirer une habitude. Ses dérobades m'aigrissaient le caractère. Les catastrophes que ma jalousie aurait pu redouter me paraissaient naguère presque inconcevables ; désormais je les sentais imminentes et fatales. Claire était versatile comme une enfant. Je ne la quittais plus de vue, je l'appelais à toute heure, je l'espionnais. En deux mois je devins un personnage de comédie, burlesque et encombrant.

Ainsi étrillé, je ne pouvais guère considérer le ménage Vachaud avec indulgence. Il arriva plusieurs fois que je me retrouvai seul avec Alix et Hector, Claire m'ayant oublié. L'écuyer me parut avoir depuis son mariage abondé dans son sens jusqu'à défendre certaines de ses marottes avec une énergie caricaturale. Il avait exigé qu'on reléguât la télévision dans une mansarde où personne ne pouvait plus la voir ; il refusait à Alix de l'accompagner en voyage s'il savait devoir coucher à l'hôtel ; il ne montait plus dans la voiture de sa femme qu'avec une réticence goguenarde et lui vantait le métro. Tout cela s'accompagnait dans la conversation d'archaïsmes, de paradoxes, de vétilleuses mises au point grammaticales, et, si l'on touchait à la politique, de proclamations disparates, tantôt réactionnaires, tantôt nihilistes, auxquelles Alix soupirait avec une patience courtoise.

L'idée me vint que Vachaud était ainsi depuis longtemps, mais que la connaissance que nous avions de lui au manège ne nous avait révélé que le pittoresque de son personnage, non ses excès. Ses tête-à-tête avec la vieille dame et ses monologues devaient abonder en trouvailles de ce genre, qui n'avaient pas eu de témoins, mais que l'épanouissement dû au mariage et à l'argent dilatait aujourd'hui en jactance ou en égarement.

J'étais consterné. Comment l'homme qui m'avait enseigné l'équilibre avait-il si vite abdiqué, pour divaguer ainsi, la souveraineté qu'il exerçait sur soi ? Je compris que Lauteuil n'avait peut-être pas tort, qui se méfiait d'Alix Brey-Muller et faisait grise mine le jour des noces. Il avait deviné, ce vieux complice de Vachaud, que l'écuyer n'était pas de taille à affronter, sinon le bonheur, au moins les versions molles et dorées du bonheur. N'étais-je pas, moi, en train de mesurer les ravages qu'un ange adolescent peut exercer sur une vie ?

Au manège, Vachaud paraissait égal à soi-même. Ni la prospérité ni l'âge n'avaient eu raison de sa sveltesse, au contraire : l'amour l'avait affûté, comme il marque de bleu les visages. L'écuyer, simplement, ne donnait plus à ses élèves l'impression d'une disponibilité inépuisable. Il me semblait d'ailleurs que les nouveaux venus ne nourrissaient pas pour lui la passion que nous avions ressentie sept ou huit ans auparavant. Les temps avaient changé, ou les jeunes gens — ou Vachaud. On le voyait, entre deux reprises, grimper le degré sombre et tordu qui menait chez sa mère. Il ne taisait à personne de confidences sur la maladie qui s'était installée là-haut et ne laissait guère de répit à la vieille dame. A des phrases ou à des silences surpris boulevard de Port-Royal j'avais cru deviner qu'Alix s'était mise à détester sa belle-mère : comment aurais-je alors compris quelque chose à cette hostilité, que je jugeais banale et cruelle ?

Il y eut un redoux dans les froidures entre Claire et moi. Elle fut moins glissante. La biche, devenue anguille, redevint biche. Mais ce n'était qu'un répit. Elle avait le diable à l'âme, et cette griserie de sa beauté, de ses gestes, de ses pouvoirs, à laquelle elle s'abandonnait avec un emportement qui me déchirait. Sa mère semblait s'être détournée d'elle, absorbée sans doute dans ses déconvenues, et la laissait patrouiller seule, sans frein, sans conseils, sur ce petit territoire où Claire ne tolérait ni concurrence, ni résistance, et qu'elle dévastait. Ma place n'était plus là.

En juin je fus collé aux examens de ma deuxième année de licence. Humilié par Claire, humilié par le professeur de droit administratif, humilié par mon père que mes déboires faisaient ricaner, je vécus les deux mois de l'été 1975 dans un délaissement d'autant plus spectaculaire que, le trouvant ridicule, j'en accentuais voluptueusement les effets.

Claire passait les vacances aux Etats-Unis, où elle ne m'avait pas suggéré de la rejoindre. Au reste, avec quel argent y serais-je allé ? Sans me « couper les vivres »,

ainsi qu'ils disaient, les parents me menaient la vie dure.
J'arrivais à peine à me payer quelques heures de manège.
Il m'embêtait, d'ailleurs, le manège ; il avait perdu sa
magie. Il n'était plus pour personne ce qu'il m'avait été
pendant quelques années : un ordre, un refuge. Les
gamins qui s'y pressaient ne ressemblaient pas à celui que
j'étais encore si peu de temps auparavant ; ils avaient l'air
de subir une corvée ; ils piaillaient ; ils faisaient ronfler
leurs motos. Heureusement, l'été les dispersa. Quand
on ferma les Gobelins pour envoyer les chevaux au pré
pendant un mois, je me retrouvai tout à fait seul. Mes
parents me proposaient sans conviction, au téléphone,
de les rejoindre à Bénerville. Tous les volets de l'appartement, sauf ceux de ma chambre, restaient fermés : cette
unique fenêtre ouverte me parut le comble de la tristesse,
et insupportable.

Je me rendis dans un bureau de la rue de Reuilly et
résiliai le sursis d'incorporation que j'avais obtenu au
printemps. Quelques démarches me transformèrent
sans trop de mal en « coopérant » : au début de septembre je partis pour Djibouti sans avoir revu Claire.

Une fois de plus change donc la distance entre moi et
l'action de ce récit. Pendant vingt mois je vais être éloi-
gné de mes personnages (et même, les retrouverai-je
jamais tout à fait ?), absent des événements qui vont les
bouleverser, dont je ne saurai rien, ou presque rien,
l'habitude s'étant perdue d'écrire parmi les garçons et les
filles de ma génération. Seule Claire, à trois ou quatre
reprises, m'enverra de longues lettres pleines d'anecdotes, sinon de sentiments, que je lirai sous la canicule,
distrait, incrédule, car elles me paraîtront venir d'une
vie momentanément oubliée.

Alix n'avait rien à reprocher à son mari. Elle l'avait pris en horreur, simplement. Horreur de tout : ses cheveux follets, ses superstitions hygiénistes, les chaussures qu'il enfilait quand il retirait ses bottes, ses envolées idéologiques, ses attitudes de paladin. Même son physique, qu'elle avait aimé, elle n'en pouvait plus. Elle n'éprouvait pas pour lui de répugnance, mais à peu près ce qu'elle imaginait être le sentiment d'un homme pour une femme qu'il a cessé de désirer : elle en avait par-dessus la tête. L'estime ? Même l'estime avait battu de l'aile quand Alix avait cru découvrir en Vachaud un phraseur, un velléitaire, grand homme dans la sciure mais filant doux devant sa vieille maman, et incapable de gagner sa vie.

Comme elle n'avait jamais aimé un homme — ce qui s'appelle aimer —, sa brusque désaffection pour Hector ne l'avait pas trop étonnée : elle croyait connaître cela. Pourtant, même sans avoir attendu le Pérou de la présence d'un compagnon, elle se retrouvait démunie. Elle n'en voulait pas à Hector, qui ne l'avait trompée en rien et qu'elle était allée chercher, mais elle ne songeait pas non plus à s'en vouloir à elle-même. Elle s'était rangée au bord du chemin, et elle attendait.

Hector, lui, l'aimait Etre élu par Alix l'avait émer

224

veillé, mais une fois ce prodige acquis, il ne le remettait plus en cause. Aimé un jour, aimé toujours. Hector était un homme-enfant : certes il ne méritait pas Alix, mais puisqu'elle en avait décidé autrement, pas question de revenir là-dessus.

Il n'était quand même pas si inconscient qu'une inquiétude ne le troublât. On peut douter que Vachaud eût jamais été très gourmand de la femme. Nous l'avons vu brûler, aux alentours de 1940-41, pour la petite postière, et quinze ans plus tard pour la voluptueuse cheftaine, mais nous avons en mémoire les confidences de Marthe Reyniet selon lesquelles Hector ne fut pas, même dans sa jeunesse, un grand casseur de bois ; et tout aussi révélatrices sont probablement ces longues périodes de l'histoire Vachaud où l'observateur le plus attentif ne trouve nulle trace de vie amoureuse. Passé la surprise d'être aimé, bientôt livré par le mariage au piège des habitudes, Vachaud se rendit compte qu'il ne donnait pas plus qu'il ne recevait, c'est-à-dire peu. Un homme qui dort seul depuis trente ans et s'en trouve bien ne voisine pas sans malaise avec ce gros morceau de chair humaine d'où suintent émois, récriminations, nostalgies, désirs. La côte lui paraissait rude à gravir. Bien entendu, Hector professait que tout cela n'avait rien à voir avec *l'amour*, mais cette distinction des genres, destinée à lui seul, ne le convainquait pas. S'en ouvrir à Alix ? Il n'avait jamais imaginé avoir à commettre pareille incongruité. Il vivait donc en ressassant un malaise qu'il ne nommait pas, d'autant plus conquérant en paroles qu'il l'était moins en actes. Et puis il y avait de bonnes surprises, des moments de tendresse : Hector s'exagérait leur signification et s'enfonçait derechef dans l'aveuglement.

Le colonel Thouart étant mort, la S.E.M.G. était passée depuis deux ans aux mains d'hommes plus jeunes et qui se voulaient *réalistes*. Il y avait là, en particulier, un certain Durand-Lederlin qui tous les trois mois examinait les comptes, relevait la tête et faisait remarquer à Vachaud que « le manège des Gobelins était devenu une mauvaise affaire ». L'écuyer produisait des réponses à la Don Quichotte. Durand-Lederlin revenait à la charge dès la séance suivante du comité, ironisait, formulait de vagues menaces auxquelles Vachaud ne comprenait goutte. Ayant décrété que Durand-Lederlin était un crapulard, il ne portait plus attention à ses pointes.

Il ne devina rien de ce qui se tramait. Des visites eurent lieu aux Gobelins les rares jours où il était absent du manège. On graissa la patte à Lucien et à ses acolytes, qui ne dirent rien à Vachaud de ces conciliabules dont pourtant leur sort dépendait. Quand le bruit courut, dans le voisinage, parmi les élèves, que la S.E.M.G. s'apprêtait à moderniser le manège — « ils voient grand », disait-on —, Vachaud flaira un danger. Il posa des questions, on le mena encore un moment en bateau, jusqu'à ce comité au terme duquel on lui apprit que le manège venait d'être vendu à un promoteur immobilier.

— Où irons-nous ? demanda l'écuyer.

— Nulle part. Nous cessons l'exploitation.

— Les chevaux ?

— Il faudra... il faudra négocier leur achat par d'autres manèges...

— Leur achat ? Vous plaisantez. La boucherie !

Quelque jugement qu'on porte sur Vachaud, rien ne pourra lui retirer d'avoir, ce soir-là, consacré sa première pensée aux chevaux. La seconde fut pour Lucien, le traître. Durand-Lederlin regarda sévèrement l'écuyer :

— Vous êtes-vous demandé quel âge a le chef palefrenier ?

— Non. C'est un homme fort capable et...

— Soixante-sept ans ! Cet « homme fort capable », comme vous dites, devrait être à la retraite depuis 1973 au moins !

Vachaud regarda la demi-douzaine de visages compassés, autour de la table. Visages chrétiens. Visages militaires. Visages Vieille France. Il ne réussit à croiser aucun regard. Comme personne n'évoquait son propre sort, il ne daigna pas poser la question. Il se leva.

— A quelle date *cessons-nous l'exploitation ?* demanda-t-il simplement, du pas de la porte, la voix sifflante.

— Le 31 décembre 75, lui fut-il répondu.

Hector s'arrêta au café qui fait le coin des rues Berthollet et Claude-Bernard et y but coup sur coup trois blancs secs avant de se diriger, la tête chaude et sonore, vers le boulevard de Port-Royal.

Il ne sut jamais comment ni pourquoi, mais il eût juré qu'Alix était déjà au courant quand il lui raconta (après une heure de silence, d'hésitation) la séance du comité et la condamnation à mort du manège. Elle ne fut affectée que ce qu'il était convenable.

— Il va falloir trouver des solutions, dit-elle.

Des solutions ? A quels problèmes... La mise au chômage de l'écuyer ? La dispersion ou le massacre des chevaux ? L'abandon des élèves ? Où que se tournât Vachaud, les portes étaient fermées. Il était une heure du matin. Jamais il n'était debout à cette heure-là. Il regarda autour de lui le salon aux éclairages doux, les jolis meubles. Tout cela, irréel. Comme l'étaient ses bottes sales sur le tapis chinois, son visage hagard et congestionné dans le miroir. Comme l'étaient les phrases méthodiques d'Alix. Etait-ce le vin, la fatigue : il entendait cogner son cœur comme jamais.

— Avez-vous dîné ? demanda Alix.

Elle revint portant un plateau : du jambon et de l'eau minérale. Hector n'avait pas bougé. « Quel gâchis ! » murmura-t-il. Au geste qu'il fit, qui paraissait désigner les boiseries, les rideaux, le tapis chinois, on pouvait penser que le gâchis s'étendait non seulement à l'écroulement de sa vie professionnelle, à sa morale bafouée, mais à tout ce qu'Alix représentait : son calme, son luxe, les « solutions » que sans nul doute la tête industrieuse de la jeune femme était déjà en train d'élaborer.

Hector but le verre et dit (mais cela lui échappait, cela n'exprimait pas une vraie angoisse) :

— Et ma mère ? Que va-t-elle devenir, là-dedans, ma mère ? Savez-vous qu'elle risque d'en crever ?

Il en était sûr, une chaîne, une articulation de complicités, de secrets sur quoi Vachaud ne daigna pas enquêter, existait entre Alix, Durand-Lederlin, le promoteur, les Grands Travaux de l'Est dont les Muller, de leur vivant, avaient été de gros actionnaires et une certaine banque Le Guen.

Quel était le degré d'innocence d'Alix, là-dedans ? Avait-elle découvert sur le tard que les Grands Travaux de l'Est allaient démolir le manège et bâtir la Résidence Gracieuse ? Ou bien avait-elle joué les intermédiaires, monté quelque profitable affaire ? Orloff, l'architecte (c'était sûrement lui qui refilait la pièce à Lucien),

Vachaud croyait avoir entendu son nom dans la bouche d'Alix. Quand ? Il se sentait entortillé dans un réseau de murmures, de dérobades.

Tout cela faisait autour de lui un bruit et un mouvement encore confus, dans ces semaines où, comme absent, il se demandait avec quels mots, le jour venu, il parlerait aux élèves, à sa mère, à Lucien, à Habib et à Lorenzo, quand un soir Alix constata : « Il faut parfois faire le bien des gens malgré eux... »

Tout semblait se mettre en place. Vachaud, en alerte, tendait maintenant l'oreille, observait tout. Plusieurs fois la petite Claire vint le trouver, comme désireuse de parler. Parler ? Savait-elle quelque chose qu'elle cherchait à lui apprendre ? Hector la découragea le plus tendrement qu'il put ; il se devait de la tenir à l'écart de cette cuisine.

Il ne se passa pas quinze jours avant qu'Alix, au début du dîner, ne déclarât sur le ton le plus uni :

— Les Travaux de l'Est et Orloff sont en train de monter une affaire, près de Compiègne, pour laquelle ils voudraient vous consulter.

— Moi !

— Un club, dans une clairière de la forêt, avec quelques chambres, un restaurant, une piscine, tout cela assez chiqué, je crois, mais surtout avec des chevaux, une carrière, peut-être même un manège. Ils ont besoin de conseils. Voulez-vous leur fixer un rendez-vous ?

C'est là-bas, au Chatenet, qu'Hector découvrit Orloff. Bien qu'il eût tout le temps des plans à la main, et à la bouche des mots de pharaon attelé à la construction de la Grande Pyramide, il n'était pas architecte mais banquier : un fondé de pouvoir de la banque Le Guen, chargé des investissements immobiliers. Il était impitoyablement sympathique. Il traita Vachaud avec déférence et lui présenta une petite troupe de messieurs importants, bottés de caoutchouc, qui patouillaient dans la boue de ce qui était déjà un chantier. Hector, parce qu'il était mal à l'aise, s'était habillé en bourgeois ; il fut vite crotté jusqu'aux genoux et sentit son infériorité. Des Mercedes étaient rangées devant une maison de belle allure autour de laquelle semblaient s'ordonner les travaux. Hector regarda Alix : quelque chose d'intense, un air actif et gai faisait resplendir son visage. « Eh bien, pensa Vachaud, nous avons épousé une bâtisseuse... »

Orloff exposait « les grandes lignes » du projet, prenant garde à ne paraître tenir aucun problème pour résolu : il conférait ainsi de l'importance à Vachaud, qui n'y comprenait pas grand-chose, mais donna des conseils nets et sensés dès qu'il fut question de chevaux. Un jeune homme prenait des notes. Les autres opinaient. Hector découvrit l'ivresse qu'il y a à ne pas se heurter perpétuellement au manque d'argent, à la nécessité de réaliser des économies. Des économies, il en faisait depuis un demi-siècle. « Il faudrait monter ici un mur », disait-il — et l'on notait : un mur... « Doubler la surface de la carrière ! » disait-il — et l'on notait : doubler la surface...

Il se sentait transi, mais heureux, quand on décida qu'il était l'heure d'aller déjeuner. On claqua les portières des voitures. Une table était dressée à la Bonne Idée, une auberge pour chasseurs de Saint-Jean-aux-Bois. On trinqua. Alix rayonnait de plus belle

Un gros homme à l'œil vitreux, plus qu'à demi mort

d'alcool et de daubes, assis parce qu'il ne tenait pas debout, dit à Vachaud, la voix épaisse :

— Cher Monsieur d'Arcole, nous sommes très reconnaissants à Madame... Vous êtes un maître... Si vous acceptez le titre de conseiller technique que nous vous proposons à l'unanimité (murmure flatteur), nous gagnerons six mois. Et nous leur ferons un club du feu de Dieu, pour parler comme en Alsace...

Orloff, dos à la cheminée, ébaucha une moue indulgente. A côté de lui Alix semblait s'être refermée, tendue. Hector se savait pris au piège, mais le moyen de résister ? D'ailleurs ce porc avait raison : il allait les aider à réussir le plus beau centre équestre qu'on pût rêver.

— Je mets une condition à mon accord...

Comme toutes les fois qu'une pensée lui tenait à cœur, celle-ci lui échappa, elle parut se formuler en dehors de lui, et les paroles sortir toutes seules de ses lèvres :

— ... C'est que le futur club, ou cercle, je ne sais pas comment vous le baptiserez...

— « Club du Chatenet », annonça pompeusement l'Alsacien.

— ... C'est que le Chatenet, donc, rachètera au manège des Gobelins ses chevaux.

Tous s'étaient tournés vers lui. Orloff l'examinait avec une espèce de curiosité. Vachaud chercha en vain les yeux d'Alix. Le silence dura un instant de trop.

— Cher Monsieur d'Arcole, toussota un grison austère que l'on appelait « Maître » (avocat ou notaire ?), nous avons prévu une réalisation haut de gamme... haut de gamme... La table, le sanitaire, le décor, le service : tout sera hors du commun ! Nous comptons attirer au Chatenet le dessus du panier... la fleur... Dans ces conditions je me demande si les braves chevaux que j'ai aperçus aux Gobelins...

— Monsieur, coupa Vachaud moins sèchement qu'il ne l'eût voulu, s'agissant d'équitation, je vous dirai ceci : ou bien vos clients seront des cavaliers, des cavaliers non pas élégants mais sérieux, auquel cas ils posséderont leur monture, ou bien ils seront des débutants, des promeneurs du dimanche, des cowboys, Dieu sait quoi et qui, et alors il sera sage de ne pas leur confier des merveilles. Pas de perles aux pourceaux, n'est-ce pas ? Même aux pourceaux *haut de gamme*. Quant aux braves chevaux des Gobelins, comme vous les appelez, mettez-les quinze jours au vert, puis installez-les ici, ils péteront le feu !

Orloff s'avança d'un pas :

— Je suis sûr que le moment venu une solution sera trouvée, et qu'elle vous conviendra...

On fit mouvement vers la table où le cuissot de chevreuil arrivait. « Tiens, les *solutions*, lui aussi ? » pensa Hector.

Au cours de l'hiver et du printemps 1976, l'écuyer se rendit au Chatenet trois ou quatre fois par mois. Le plus souvent il y allait dans la voiture d'Orloff, qui venait le prendre boulevard de Port-Royal et avec qui il se lia d'amitié. Il aimait son visage, qui était beau, son caractère taciturne. Il aimait aussi qu'Orloff parût apprécier Alix, dont Hector ne comprenait pas la froideur envers le banquier, ni son agacement quand il la lui reprochait.

Vachaud était partagé entre l'excitation où le jetaient les travaux du Chatenet et l'anxiété qu'il ne pouvait chasser tout à fait de lui : il redoutait que les promesses trop facilement arrachées ne fussent pas tenues. Il passait chaque soir un moment auprès de sa mère, à s'ennuyer, son fauteuil à côté du sien, ou assis à son chevet si elle était allongée. Habib faisait les quelques courses de la vieille dame et lui cuisait la soupe dont elle se nourrissait, ne supportant plus rien d'autre. Elle se forçait à marcher une heure chaque jour dans le minuscule appartement, sa canne frappant le parquet sur un rythme de plus en plus lent, tant elle craignait, si elle était restée au lit, les escarres, l'ankylose, les humiliations, ce qu'elle appelait « la fin ». Il y avait trois mois qu'elle avait chassé le médecin avec de tels mots qu'on ne l'avait plus revu. « Elle se laisse mourir », pensait Hector, mais il n'intervenait pas. Une infirmière ? Elle ne fût pas restée deux jours dans ce gourbi qu'était devenu l'appartement depuis qu'il l'avait quitté pour la maison de Port-Royal. En deux ans tout s'était dégradé, la peinture s'était écaillée, des objets aux origines mystérieuses s'étaient accumulés dans les quatre petites pièces. Les lieux, eux aussi, semblaient atteints d'un *mal incurable*. Quant à la diaphane mais impérieuse Violette, qui à Saint-Médard avait régné sur le mariage d'Hector, elle s'était rabougrie, avait jauni, était devenue cette humble vieillarde.

Quand arriva l'été, il fallut bien que son fils, rassemblant son courage, expliquât à Mme Vachaud ce que signifiaient ces allées et venues d'inconnus qu'elle avait fini, du fond de son trou, par flairer. Il fit cela un dimanche matin. L'œil du cyclope était ouvert sur le manège ; on voyait s'activer les hirondelles, revenues au nid entre deux rase-mottes et deux plongeons, de très haut, sur l'eau de l'abreuvoir où passaient des nuages.

Pour l'écouter Mme Vachaud avait fermé les yeux et elle laissa son fils s'avancer, patauger, parler, parler encore. Il décrivit le club en train de s'achever, la forêt

— Et moi, là-dedans ?

La voix n'avait pas chevroté.

Hector, qui avait visité dans les environs de Compiègne dix maisons de retraite, maisons de cure, homes, résidences, villas, foyers du troisième âge et autres mouroirs en général affublés d'un nom de saint ou de fleur, évoqua le moins affreux d'entre eux, ou sinon le moins affreux, du moins le plus proche du Chatenet : à dix minutes, en pleins bois. Il y était retourné deux fois, mais les deux fois la pluie noyait obstinément les allées, les massifs de roses, la terrasse. Il sortit de sa poche un prospectus orné de photos ensoleillées et le posa sur les genoux de sa mère. Mme Vachaud ne daigna ni le toucher, ni ouvrir les yeux. Le silence tomba.

Une lente négociation commença les jours suivants, destinée à convaincre la vieille dame, qui paraissait d'humeur plus accommodante, d'accepter le projet d'une visite à la Résidence des Genêts. Les chaleurs retardèrent l'expédition, pour laquelle Hector, qui ne voulait pas imposer Alix à sa mère, ni sa mère à Alix, projeta de louer une voiture de grande remise en espérant que le chauffeur à casquette, le plaid écossais, la carrosserie astiquée adouciraient l'épreuve pour la vieille dame et donneraient d'elle, à la Résidence des Genêts, une image avantageuse. Autrefois, pareille mise en scène eût comblé Mme Vachaud.

Rendez-vous fut pris pour le 2 août, un lundi, à dix heures du matin. Habib, qui ne retournait pas en Tunisie pour ses vacances, continuait de venir chaque jour pendant la fermeture du manège s'assurer que Mme Vachaud ne manquait de rien. Ce fut lui qui la découvrit, à huit heures, couchée en travers de la porte. Son visage

était convulsé, bleu, implorant. La paix de la mort ?
Habib tremblait de tous ses membres. La lumière était
encore allumée. Sans doute avait-elle eu un malaise au
moment de se coucher. Le lit était ouvert, le drap bien
lissé, mais la lampe de chevet était tombée à terre, son
abat-jour crevé, l'ampoule intacte.

Hector, qu'Habib n'avait pas trouvé au téléphone,
arriva juste à temps pour dédommager le chauffeur de la
longue Volvo noire qui encombrait le boyau. Au chevet
de sa mère il flaira le verre vide, examina les flacons
disposés sur la petite table, mais ne trouva rien de suspect. Du reste qu'eût-il pu trouver ? C'étaient des gestes
comme les comédiens en font dans les films.

Claire quitta la Suisse — elle passait l'été dans un haras
des Franches-Montagnes — pour assister à l'enterrement de la vieille dame. Ils s'y retrouvèrent à cinq,
Orloff y étant venu et Habib se tenant contre un pilier,
dans l'ombre. Lui non plus, comme naguère la téné-
breuse famille d'Alix, ne savait pas quelle contenance
adopter. Le manège ouvert, cinquante élèves eussent été
là : Mme Vachaud avait raison, les Gobelins, c'était sa
vraie maison, et les cavaliers, la seule famille d'Hector.

Au cimetière de Bagneux, où il obtint une concession,
très loin de Guignebert qui tombait en poussière à
Montmartre, Vachaud commanda un tombeau de granit
rose sur lequel on grava : *Violette Vachaud d'Arcole,
1900-1976.* Dans la pierre, enfin ! et en lettres d'or.

Hector n'avait pas assez aimé sa mère pour oser donner son chagrin en spectacle. Au reste, il éprouvait moins de chagrin qu'une honte derrière la tête, tapie, pesante, une gêne insidieuse qui l'attendait dans les minutes d'avant le sommeil ou dès qu'il se retrouvait inactif. Avait-il tout tenté ? Non, bien sûr. Pas de consultation, pas de grand patron au chevet de la malade, pas d'hospitalisation dans quelque service faramineux — rien que l'attente, cette patience nauséeuse et fataliste au bout de laquelle la mort creusait son trou. « Elle la souhaitait », se disait-il. « Moins que toi », murmurait une voix moqueuse. Hector croyait ne s'être jamais menti à soi-même. Aussi écoutait-il avec complaisance le remords qui le harcelait : il faisait partie du théâtre de droiture et de lucidité sur lequel il avait joué sa vie.

Le manège rouvrit sa porte le 1er septembre. Pour combien de semaines ? A Compiègne, les travaux avaient pris du retard. Aux Gobelins, les élèves se raréfiaient. Sur les seize chevaux de l'écurie, cinq étaient trop fatigués, malgré un mois au pré, pour qu'Hector, même lui ! tentât de les imposer au Chatenet, que les messieurs à cigare l'avaient chargé de remonter « en bourrins de qualité ». Ce faisant, ils l'avaient pris au piège · Hector n'était pas homme à leur refiler des rosses. D'autant moins que de semaine en semaine, sans qu'il fût besoin d'en parler, il devenait évident qu'on le chargerait de diriger les activités hippiques du Chatenet.

Il décida, avec une sombre passion, qu'aucun des cinq canassons hors d'âge ne serait envoyé à l'abattoir. Hector en avait pourtant vu d'autres, que des milliers de maladroits avaient malmenés férocement, partir un matin pour la boucherie. Mais ceux-là, non ! Il organisa une quête parmi les habitués, écrivit de sa main aux anciens élèves, mobilisa les manèges de Neuilly, de Versailles, de Fontainebleau, les ranches, les cercles hippiques ruraux, afin de constituer une cagnotte qui permît d'envoyer les condamnés attendre la mort en paix, dans l'herbe, à la campagne. Vingt ans auparavant, le chevalier d'Orgeix avait réussi un sauvetage de ce genre pour son Capitan, un grand gris pommelé avec lequel il avait gagné des concours, tourné des films. Mais les bidets du manège étaient cinq, et pas célèbres pour deux sous.

Alix signa un joli chèque. Orloff aussi, et du coup tira deux mille francs du poussah de Saint-Jean-aux-Bois : « Qui casse les verres les paie, comme on dirait en Alsace... », grasseya le type entre deux suffocations. Hector s'opiniâtrait d'autant plus qu'à la stupeur des promoteurs du Club se mêlait maintenant, il le sentait, une espèce d'admiration. Sa déraison commençait à plaire et sans doute lui vaudrait-elle sa nomination. « Vous devenez bien ficelle », lui dit Alix. Le 15 octobre, trois chevaux étaient placés. Il fut entendu que les deux derniers seraient recueillis au Chatenet, où ils feraient de la figuration dans la prairie, en contrebas du restaurant. « Choisissez les moins laids », grogna l'Alsacien. Claire, qui assistait à la discussion, le surnomma

« Pig », puis « Piggy ». Elle prétendit par la suite qu'on voyait sa Mercedes s'affaisser quand « Piggy » s'y engouffrait.

Claire passait de plus en plus de temps avec Hector. Son bachot réussi, elle avait refusé de s'inscrire à n'importe quelle faculté comme ses amies. A quoi usait-elle ses jours ? Elle n'était pas de ces demoiselles qu'on voit l'après-midi, avenue Victor-Hugo, les bras croisés sur les seins, marcher de l'inimitable pas des oisives et des tendrons bourgeois. Elle était rapide et nette. Au manège, elle se tenait souvent dans la sciure aux côtés d'Hector. Elle avait ce geste des vieux colonels, quand un cavalier franchissait un obstacle, de se pencher de côté en levant une jambe, cette mimique étant supposée, on le sait, aider le cheval à replier ses postérieurs. Elle aimait rire. A cause d'elle Hector soignait sa monte, ses plaisanteries, son vocabulaire. Claire absente, il allait à ses reprises comme au bureau. Sa voix s'écorchait de plus en plus. Alix, au début de leur mariage, l'ayant couvert de cadeaux, il paraissait plus élégant que jamais. A part les bottes, poussiéreuses, il faisait un peu lendemain d'anniversaire. Comme Alix, à midi, était toujours au diable vauvert, Hector reprit ses habitudes de célibataire dans un bistrot de la rue Dolomieu. Claire l'y accompagnait ou l'y attendait. « Votre fille est arrivée, Monsieur Vachaud », disait le patron que cette progéniture soudain apparue ne troublait pas.

C'était, selon les jours, des déjeuners gais ou graves. Vachaud avait toujours eu pour ses élèves, chez Filloche, aux Gobelins, les sentiments chauds et abstraits des prêtres d'autrefois. Des sentiments de vieil enfant. Avec Claire il découvrait une proximité plus grande, plus légitime. Elle allait sur ses dix-huit ans et il la traitait en gosse de quatorze. Il lui posait des questions, mais si

238

elles le dérangeaient n'écoutait pas les réponses. Les questions n'étaient qu'une façon d'éviter le silence, d'éviter de parler d'Alix, d'éviter de garder les yeux sottement fixés sur la jeune fille. Et l'indifférence aux réponses dispensait Hector de troubler l'image qu'il s'était faite de Claire.

Il fut stupéfait quand la jeune fille lui exposa son désir de quitter Port-Royal et d'habiter seule. D'habiter « un studio », précisait-elle. A la gourmandise avec laquelle elle répétait le mot, Hector lui devina quelque vertu magique.

— Vous acceptez d'en parler à maman ?

— Est-ce bien mon rôle... Je ne comprends rien à cette lubie.

— Ce n'est pas une lubie, c'est un souhait raisonnable.

— Ta maman...

— Ma mère ne me supporte plus et je ne la supporte pas davantage. Je n'aime pas... je n'aime pas la vie qu'elle mène.

— La vie qu'elle mène !

Le petit salé et le navarin les dispensèrent de poursuivre. Quand la serveuse s'éloigna, d'un commun accord, ils se turent.

La fermeture des Gobelins fut bâclée en dix jours. Il fallut rembourser des tickets de reprise aux élèves et trinquer cent fois au passé, à l'avenir. L'avenir des ruines ? Cette agonie eut pour Vachaud le goût des mousseux tièdes dont les bouchons, en sautant, affolaient les derniers chevaux. Un camion vint charger les quelques vestiges du passé familial qui avaient résisté au mariage d'Hector et à la mort de sa mère. « Donnez donc tout ça à l'abbé Pierre », avait murmuré Alix. Au lieu de quoi, le camion plein de vieilleries prit la route de Compiègne, de telle sorte que l'appartement réservé à l'écuyer — « votre duplex », disait Piggy, fier d'avoir fait couper en deux un grenier — fut illico transformé, à la fois, en foutoir d'officier pauvre et en loge de concierge. Alix vint, décidée à sauver du désastre le demi-grenier d'Hector, mais elle ne réussit qu'à lui déchirer le cœur en jetant au feu la chaise longue où Violette Vachaud avait attendu la mort. Elle fit poser des rideaux de chintz et une moquette à ramages.

— Tiens, maman vous a fait le coup du cottage anglais ? remarqua Claire la première fois qu'elle monta chez Hector. Elle a déjà obligé ce pauvre Orloff à marcher dans les bouquets de fleurs...

« Ce pauvre Orloff » traversa plusieurs fois les monologues de plus en plus aigres de la jeune fille, qui les débitait à toute vitesse, mangeant les mots, anxieuse à la fois, eût-on dit, d'être et de n'être pas entendue. Depuis que sa mère lui avait refusé le « studio » espéré, Claire était déchaînée. Elle restait coucher chez des amis en oubliant d'avertir Alix, tenait des discours impétueux pendant les dîners, s'esclaffait aux moindres propos du fondé de pouvoir. Alix restait imperturbable. « Elle a la main bien légère, pensa Hector, de quoi a-t-elle peur ? »

L'inauguration du Chatenet ne fut pas la catastrophe redoutée par l'écuyer. Dans la brume de la Toussaint, des feux de bois entretenus dans toutes les cheminées assurèrent le charme de la fête. Les invités n'avaient pas aussi mauvais genre que Vachaud l'avait prophétisé. Il avait fait répéter en hâte une présentation de reprise qui enthousiasma un petit public moyennement averti. Au vrai, si quelqu'un faillit tout gâcher, ce fut lui, avec une quinte de toux qui le prit à cheval, au moment des voltes au galop. Il crut étouffer, tourner de l'œil, et quand il mit pied à terre il était en nage, ce qui ne lui était pas arrivé deux fois en vingt ans. On lui fit boire du cognac, qu'il détestait, après quoi il eut un nouvel étouffement et crut que son cœur ne retrouverait jamais son rythme.

On admira la maîtrise avec laquelle il avait mené son affaire malgré ce malaise. Des compliments d'ignorants. Ça ne comptait pas. Alix et lui furent traités avec des égards et Hector se fit une étrange réflexion : « C'est vrai, pensa-t-il, je suis un homme marié. . » Alix avait tenu à se mettre en robe. Elle était fort pâle et refusa toutes les danses. A minuit, quand ils se furent retirés dans le « duplex » à fleurs et qu'Hector, un peu exalté par le champagne, s'approcha d'elle, Alix le repoussa en riant : « Mon chéri, vous êtes redevenu un homme très occupé ; vous n'avez même pas remarqué ces derniers jours que j'étais mal fichue. Rien, une histoire de bonne femme, comme vous diriez, mais qui m'a laissée toute patraque. Vous ne m'en voulez pas ? »

Hector, que la chair ne tarabustait pas, fut pourtant irrité de ce contretemps. (C'est le mot qui lui vint.) Il fût revenu à la charge le lendemain si Alix n'était pas retournée dès le matin à Paris. Ensuite l'ouverture du Club, l'examen des nouveaux chevaux, l'accueil des clients — il s'était accroché, comme une pancarte, un sourire au visage — l'absorbèrent. Il remarqua à peine l'absence d'Alix. Le lundi suivant, à Port-Royal, elle s'écarta à nouveau de lui, toujours gaiement. Il se sentait l'air d'un butor. « Mon Dieu, comme nous sommes louis-philippards ! dit-elle. Mes histoires se sont un peu compliquées. Le ventre des femmes, mon pauvre Hector... »

Claire était partie, pour la journée, dix minutes avant l'arrivée de son beau-père, qui rongea son frein jusqu'au soir, moment où il se décida à prendre le train de neuf heures pour Compiègne. Il avait passé vingt minutes avec Alix.

Le lendemain il appela Claire au téléphone. Elle fut évasive. Oui, elle viendrait monter au Chatenet. Non, pas ces jours-ci. Hector insista. Ennuyée, rétive, la petite finit par promettre sa visite pour le mercredi.

Vachaud l'attendit dans une impatience malsaine, comme s'il espérait et redoutait à la fois les explications qu'il sentait Claire capable de lui fournir. Il envoya la Land Rover la chercher à la gare — une princesse ! Il retournait dans sa tête les bribes éparses de sa méfiance, les lambeaux d'informations qu'il avait à la fois recueillis, repoussés, et qu'il composait maintenant en soupçon cohérent : Orloff parsemait sa conversation des mots d'Alix ; Orloff avait décoré son appartement d'une moquette à ramages ; Orloff était omniprésent ; Orloff avait exilé Hector à Compiègne. Quoi d'autre ? Alix, qui l'était si peu, semblait vouloir n'être plus du tout la femme d'Hector. Et ses rires, ses airs chics et dolents Héroïne de roman russe !

Claire commença par se dérober. D'ailleurs, comment eût-elle répondu à des questions que Vachaud ne lui posait pas ? Il n'aurait jamais eu la bassesse de provoquer des ragots ; il espérait seulement que la jeune fille renouerait avec ces allusions qu'il avait refusé d'entendre. Cette fois, il l'écouterait. Il l'emmena en forêt. Il profita d'un moment où les chevaux reprenaient souffle :

— Pourquoi Alix n'est-elle pas encore venue monter au Club ?

— Vous ne le savez vraiment pas ?

Le profil de Claire, coupant, ne se tournait pas vers lui.

— Elle parle de problèmes de santé...

— Elle appelle ça des problèmes de santé ?

L'allée était sablonneuse et les pas des deux chevaux s'y étouffaient en un doux bruit d'automne, de vie longue, de petit matin. D'un coup les pensées d'Hector basculèrent et s'organisèrent autrement. Un soupçon ? De quel droit un soupçon, alors qu'Alix avait eu la délicatesse de différer une confidence difficile ? L'évidence s'imposa soudain à Hector : une grossesse. « Elle appelle ça des problèmes de santé ? » La phrase prenait sens. Les danses refusées ; l'amour refusé ; la petite mine ; l'éloignement du Club et des chevaux : tout devenait compréhensible. Hector était abasourdi. Un enfant ? Il n'y pensait jamais. Mais il pensait avec intensité : « Alix ne me trahit pas... »

Claire avait laissé son cheval allonger le pas et elle devançait Vachaud d'un bon mètre. De la sorte il ne voyait plus du tout l'expression de son visage. Il serra les jambes, revint botte à botte. Il prit le temps de poser sa voix :

— Alix est enceinte ?

Cette fois la jeune fille se tourna franchement vers lui. Traits, ton, regard, bouche — tout en elle s'était durci.

— Je vous assure que maman n'est pas enceinte.

Elle avait parlé à voix si sourde qu'Hector ne sut pas si Claire avait dit « n'est pas enceinte » ou « n'est plus enceinte ». Il fut comme un homme qui se noie. Pas de sœur, pas d'épouse, pas d'amie : il ne connaissait rien à ces choses, qu'il eut honte, soudain, d'imposer à une enfant.

Claire avait pris le trot. Hector remonta une fois de plus à sa hauteur. Pourquoi la harceler ? « Tais-toi, disait la petite voix si bavarde depuis quelques jours. Que cherches-tu à savoir ? » Fausse couche, avortement, accident, secret : chaque hypothèse aussi cohérente que toutes les autres. « Ferme les yeux ! » criait la petite voix.

Aussi étrange que fût l'attitude de l'écuyer, Claire ne parut pas s'en émouvoir. Leur promenade dura assez longtemps, avec des incursions dans les sous-bois, un détour par une coupe pour y sauter des troncs abattus, et même une halte dans une clairière où ils mirent pied à terre, sans qu'à aucun moment Vachaud tentât d'interroger plus avant la jeune fille. Quant à elle, détendue, elle paraissait avoir oublié le premier quart d'heure de leur course. Elle était lisse, inoffensive et innocente comme un serpent qui a dégorgé son venin.

Le soir, en se déshabillant, Vachaud pensa : « Alix s'est fait sauter un gosse. Inutile d'en faire un drame », et il dormit mieux que les dix nuits précédentes.

La vie, sans qu'on en eût discuté, s'organisa ainsi : Hector venait à Paris le lundi, jour de fermeture du Club, et Alix retournait avec lui le soir au Chatenet, où elle passait une ou deux journées. Ainsi se voyaient-ils deux jours par semaine, parfois trois, ce qui semblait leur suffire. Le Club connaissait un beau succès. Malgré l'hiver les clients affluaient, qui parlaient fort, qui sentaient bon. Le chef était un adepte d'une cuisine audacieuse. Légers, les repas ne risquaient pas de compromettre les prouesses des couples illégitimes qui déjà, à jour fixe, retrouvaient leurs habitudes dans les dix chambres du Chatenet, où l'influence d'Alix avait imposé ses chers bouquets et ses motifs d'indienne. L'argent circulait avec une discrétion de bon aloi. Les chevaux prenaient de la panse. On appréciait les cachemires de Monsieur d'Arcole, son parler bref, sa distance grand genre.

Vers la mi-décembre, un de ses lundis parisiens, comme Hector s'ennuyait, il décida de pousser une pointe jusqu'au manège des Gobelins. Il imaginait le portail fermé, son cœur qui se serrerait. Il marcha dans le froid, en fredonnant sans penser à rien, en faisant sonner ses talons sur le trottoir gris-blanc de l'hiver. Il ralentit là où le passage des Postes débouche dans la rue Mouffetard. Il se sentait — comment dire ? — à l'affût de ses propres sensations. « Revenir ici est une idée de crétin », constata-t-il. Rue Ortolan, des camions et des barrières gênaient l'accès au boyau. Mais où était le boyau ? Vachaud se faufila entre des ouvriers arabes que leur casque jaune faisait paraître plus grands qu'ils ne l'étaient. « C'est toi l'architecte ? » lui demandait-on. Il répondait oui et continuait d'avancer.

Du manège, il ne restait que deux pans de mur : celui du miroir et, en face, la façade de plâtre lépreux où s'ouvrait l'œil du cyclope. La tribune était suspendue au-dessus du vide ; l'écurie, disparue. Des hommes chargeaient une benne d'huisseries arrachées, là où s'étaient trouvés les boxes de Tonnerre et de Mousquetaire. Sur le miroir empoussiéré on avait dessiné des caricatures, des images obscènes, tracé des mots illisibles, le tout étoilé d'une brisure : des pierres, probablement, en guise de jeu, à l'heure de la pause.

Hector s'aventura dans le petit escalier de son ancien logement. Il branlait mais tenait encore. On voyait des vides au sol des pièces qu'il traversa dans un songe. Ses oreilles bourdonnaient. De la fenêtre on découvrait maintenant, au-delà du mur au miroir en partie arasé, les dos des grands immeubles de la caserne Monge, deux arbres, des bâtiments biscornus, du ciel. Hector pensa au retour des hirondelles, le prochain printemps, à la forêt des grues jaunes qu'elles découvriraient de là-haut, aux ferraillages du béton. Il s'était adossé à une cloison ; à la fenêtre le vertige l'avait saisi. « Je vais être propre, pensa-t-il, avec tous ces gravats... » Il se pencha pour essuyer ses chaussures. Dans l'instant il se sentit entraîné en avant : un récipient qui se renverse ; la sensation qu'un barrage en lui s'écroulait, par où son sang se jetait dans sa tête. Il y eut un trait de feu, son cri — Hector l'entendit — et il sombra.

Il revint à lui allongé sur une porte dégondée que quatre des hommes au casque jaune portaient comme une civière. Dans sa tête, un fracas de cloche, un chuintement de pompe. Il fit un geste et ils le posèrent, de biais, sur la pierre de l'abreuvoir. Vide, cela ressemblait assez à un tombeau antique. Gallo-romain, peut-être ? Hector se forçait à penser à toute vitesse. Ici, il y a deux mois, penchées, les têtes immenses des chevaux. Leurs naseaux de rêve, leur œil incrédule... Oui, les mots venaient, dociles, précis. « Pas encore légume », murmura-t-il. Un des Arabes appela. La douleur battait dans la tête d'Hector au rythme de son sang. La marmite bouillait. Ne pas bouger. Il souleva la tête : le battement s'amplifia. Il ferma les yeux, les rouvrit sur un casque blanc, un visage anxieux. « J'habitais ici », dit Hector — sa voix *tenait*. « Excusez-moi... »

Il eut du mal à les empêcher d'appeler Police-Secours. « Je suis responsable du chantier... », répétait le casque blanc. Un habitué du manège, un jeune médecin, qu'Hector avait connu lycéen, donnait depuis peu ses consultations dans un cabinet de cardiologie de la rue Monge. Hector demanda qu'on l'y menât. A chaque phrase la douleur s'aiguisait, s'accélérait. « Le Docteur Messadier, dit-il, c'est mon fils... » Et il indiqua l'adresse. Le mensonge fut efficace : « Comme vous voudrez », soupira le casque blanc, et l'on installa précautionneusement Hector à l'arrière d'une voiture. Les yeux fermés, il s'enfonça dans sa peur.

Vers une heure, quand la secrétaire et l'infirmière quittèrent le cabinet, le Dr Messadier vint le retrouver dans la petite pièce où l'on avait installé Vachaud après les examens, le temps pour lui de récupérer. Une forte dose d'ergotamine avait ralenti le martèlement du sang dans son crâne, mais le laissait nauséeux, la bouche desséchée.

— On vous a fait le grand jeu, dit Messadier.

— Et alors ?

— Trois fois rien. Ce n'est ni cardiaque, ni cérébral. Vous êtes un hypersensible, mon vieux ! (Jamais, au manège, le petit Messadier ne se fût permis de l'appeler « mon vieux »...) C'est la première fois que ça vous arrive ? Pas d'excès ?

Hector haussa les épaules :

— Les hygiénistes meurent pourris, et les abstinents, cirrhotiques...

— Evitez quand même les occasions de colère, les fatigues, et d'aller piétiner vos souvenirs.

Ni Alix, ni l'administrateur du Chatenet ne surent rien du malaise de l'écuyer. Le lundi où il s'était produit, quand Messadier l'eut laissé appeler un taxi et s'en aller, Hector s'était fait conduire boulevard Saint-Michel, devant un cinéma où, tassé dans son fauteuil, il avait roupillé trois heures dans le silence des pelotages et une rumeur vague de poursuites et de meurtres. Le lendemain, au Club où elle venait de plus en plus souvent, Claire avait été la seule à remarquer la pâleur de Vachaud, et à se poser des questions sur ces médicaments qu'il dissimulait dans un tiroir, mais dosait avec une méticulosité maniaque

Alix vint passer les fêtes à Compiègne. Elle paraissait de nouveau disponible. Elle monta chaque jour en forêt, joua les maîtresses de maison au réveillon de Noël Hector crut la sentir se rapprocher, s'apprivoiser. Ii aurait aimé lui parler, lui dire cette peur, qui ne le lâchait plus, de l'ébullition dans sa tête, des coups de marteau contre l'os. Mais il ne fallait pas qu'on le crût malade. Il prenait l'air fringant quand il passait devant le bureau du Club : « S'ils apprennent quelque chose, je me fais lourder... » A soixante ans, et mari d'Alix, Vachaud redoutait toujours de se retrouver « à la rue ».

Un de ces soirs-là, comme Alix sortait de la salle de

bains, nue, et s'approchait de la cheminée où brûlait un feu, Hector eut vers elle un de ces mouvements brutaux et rapides qui l'avaient si fort secoué, quatre ans auparavant, à l'apparition dans sa vie de « Madame Brey-Muller ». Elle ne le découragea pas. Elle souriait, indulgente, à peine lointaine. Son corps semblait s'être affiné. Ce corps que Vachaud s'émerveillait de contempler, de caresser, de serrer contre le sien comme s'il ne l'eût pas connu. Les flammes faisaient à tout cela un accompagnement romanesque. Alix commençait à s'émouvoir, un peu de l'impudeur d'autrefois lui fermait les yeux, lui ouvrait les yeux, donnait une rudesse impatiente à ses gestes. Impatiente ? Il y avait un quart d'heure qu'il se perdait en préliminaires : Hector comprit qu'il ne conclurait pas. Qu'il ne commencerait même pas. Une rage le prit, une envie de secouer toute cette tendre chair qu'il ne reconnaissait pas, de supplier, d'exiger des paroles sales, des gestes de fille : « Fais-moi bander, salope ! Je ne te demande rien, je ferme les yeux, je file doux, mais fais-moi bander ! »

Le silence, l'attente retombèrent sur le lit. Un crépuscule, mais il n'y avait eu ni matin, ni soleil. Le sexe de Vachaud s'était recroquevillé. Alix, le visage calme, comme rassuré, gardait les paupières closes. Hector demeurait immobile, immobile. Un temps passa, trop long, puis Alix dégagea son bras, se leva. On entendit des bruits de flacons, le frottement obstiné d'une brosse sur des cheveux dénoués. Hector, maigre, le corps aplati, creusé comme sont les cadavres d'animaux qu'on voit au bord des routes, ne songeait même pas à se couvrir ni à bouger. Il était à l'écoute de cette énorme rigolade, en lui, qui allait tout emporter « Et voilà ! Nous y sommes », pensa-t-il. Que dire, que faire qui ne

251

fût pas plus humiliant encore que l'épisode en train de finir ?

Puisque Alix avait la charité de lui faciliter les choses, il se leva enfin, ramassa ses vêtements et partit se coucher au bout du couloir, dans la petite chambre où dormait Claire les soirs qu'elle restait au Chatenet.

Le surlendemain arrivèrent au courrier deux lettres pour Alix, timbrées en Guadeloupe. Elle les lut devant Hector, à la table du petit déjeuner, les replia et dit : « Orloff vous fait ses amitiés. Il passe quinze jours aux Antilles. La banque a des projets, là-bas. »

Elle regardait Vachaud dans les yeux. Tout était simple. Alix était la maîtresse d'Orloff et elle ne passait ces deux semaines au Chatenet que pour meubler son esseulement. Un calme appréciable descendit sur l'écuyer. Il était sûr de n'avoir pas accusé le coup. Il devinait d'ailleurs une espèce de considération dans la façon dont Alix l'observait.

Le soir même il revint dans la chambre, entra dans le lit de sa femme et la prit. Comment nommer ça ? Ce ne fut qu'une baise morose, piteuse. Hector, à peu près, en tira la gloire qu'éprouve le bricoleur à rafistoler une mécanique en panne. « Si elle me parlait d'Orloff, pensa-t-il, je la désirerais à nouveau. » Et plusieurs fois dans les jours qui suivirent il tenta de provoquer les confidences d'Alix, d'établir entre elle et lui la complicité qu'il croyait pouvoir le ranimer. Ce fut peine perdue. Fiasco ou spasme hâtif et morne, Alix ne se départait pas de sa courtoisie. Elle coupa court, le 6 janvier, en rentrant à Paris : Orloff devait être de retour.

Claire avait obtenu son permis de conduire et sa mère, à Noël, lui avait offert une petite Renault. Depuis, elle ne tenait plus en place. Vachaud s'en félicitait : la jeune fille passait beaucoup de temps au Chatenet, d'où ils pouvaient plus facilement s'échapper pour aller dîner à Saint-Jean ou à Vieux-Moulin, bavarder. Il semblait à Hector qu'il connaissait bien Claire. Elle ne parlait plus de vivre seule. Elle se comportait toujours avec l'intrépidité qu'il aimait, mais elle paraissait avoir réintégré son enfance. Aussi Hector fut-il stupéfait quand Alix lui téléphona pour lui demander si Claire était au Club — elle n'y était pas venue depuis plusieurs jours — et lui avoua ignorer où se trouvait la jeune fille.

Hector attendit. Quand Claire l'appela, le dimanche, il ne lui posa aucune question mais lui proposa de déjeuner avec elle à Paris le lendemain. Elle lui donna rendez-vous « dans un chinois » de la rue de Longchamp. Que fichait-elle rue de Longchamp ? Hector ne parvint pas à joindre Alix. Il passa donc boulevard de Port-Royal, pour la rassurer, le lundi matin. Elle paraissait moins inquiète qu'agacée : « Claire couche avec n'importe qui, dit-elle, c'est une génération de petites idiotes... » Hector ouvrit la bouche, hésita, puis se tut. Le naturel

253

d'Alix était impressionnant. Celui de Claire ne le fut pas moins :

— Ça ne m'amuse pas d'habiter chez Etienne, vous savez. Mais puisque maman me refuse tout, le moyen de faire autrement ?

Hector regarda la biche dévorer son pâté impérial, ses cheveux brillants comme ceux d'une collégienne d'Amérique, le chandail sous lequel bougeaient les seins, et il pensa à « Etienne ». Combien d'Etiennes ? Et depuis quand ? Ah ! tout cela lui faisait horreur.

— Je suis un vieil homme, constata-t-il.

— Pourquoi dites-vous cela ? (Son air candide, sa politesse.) Vous ne voulez pas ouvrir les yeux, vous ne voulez pas comprendre les choses, ça n'a rien à voir avec votre âge.

— J'avais l'impression de te connaître...

— C'est vrai, vous ne me connaissez pas. Mais vous croyez que je vous comprends, moi ?

Elle tripotait son riz du bout d'une baguette, la tête baissée.

— Je vous croyais intransigeant, rigoureux. Mais finalement vous mettez les pouces, comme tout le monde. Vous détestez la télé, vous trouvez l'époque vulgaire, vous prétendez ne pas savoir conduire, et alors ? Il y a une morale pour le manège et une morale pour la vie, c'est ça ?

Elle se tut sans avoir relevé le visage. Hector pensa : « Je suis plus décontenancé devant elle qu'au lit, sur sa mère, quand je ne pouvais pas la sauter... » Elle rôdait autour d'eux, Alix, avec ses secrets, ses sous, sa grande allure, elle bouchait l'horizon. Lequel aurait le courage de prononcer le premier son nom ? Vachaud se dit qu'il n'oserait plus affronter Claire s'il ne parlait pas.

— Ma petite Claire... commença-t-il.

Un grand diable de rouquin surgit alors derrière la jeune fille, en blouson de daim, une écharpe rouge autour du cou, qui se pencha sur elle et posa les deux mains sur ses yeux. Claire ne se retourna pas.

— Salut, dit-elle.

Et à Hector :

— Je vous présente Etienne. Je lui ai demandé de venir me chercher. Mon beau-père...

En un instant elle avait vieilli de vingt ans : tranquille, inaltérable. Le portrait de sa mère.

— Tu es trop forte pour moi, constata Hector.

Elle eut l'air de ne pas avoir entendu.

— Avez-vous déjeuné ? Voulez-vous vous asseoir ?

Mais déjà Claire était debout, se rhabillait. Etienne et elle dominaient Hector. Mon Dieu, qu'il était roux, ce garçon ! La hâte de Claire semblait l'embarrasser. Il fit un effort :

— Je suis heureux de vous connaître, Monsieur. C'est Monsieur Estompille qui m'a mis à cheval...

Hector eut de la main un geste vague. Claire se pencha, claqua un baiser à dix centimètres de sa tempe — une vraie fille du monde — et son manteau tournoya autour d'elle quand elle fit demi-tour.

On se trompe quand on dit : « Je ne pourrai plus le regarder en face, je n'oserai jamais reparaître devant elle », etc. Au vrai, rien ne se digère comme les humiliations. Elles tiennent chaud, elles créent une connivence. Jamais le commerce entre Alix et Hector ne parut plus tranquille qu'en cette année 1977. Quant à Claire, quand elle en eut terminé avec le grand Etienne, elle regagna le

boulevard de Port-Royal et reprit le chemin du Chatenet. La qualité de ses relations avec Vachaud avait
changé : c'était à elle d'être indulgente, maintenant, et
malicieuse. Elle provoquait les indignations de son
beau-père, puis les apaisait. Elle soufflait sur lui comme
sur un feu.

Alix ? Alix voyageait. Elle s'était prise de passion
pour l'île de Saint-Barthélemy et ne jurait plus que par
cette maison de Gustavia où « des amis » la recevaient si
volontiers. Des amis sans nom ni adresse. Elle en revenait brune, forte. Elle contemplait avec une sorte d'amu-
sement la forêt de Compiègne et parlait de flamboyants,
de bananiers. Il arrivait encore qu'Hector passât une
nuit auprès d'elle, ou le début d'une nuit : Alix avait
changé de peau, de parfum, de vocabulaire. Rien de ce
qui se passait entre eux dans l'ombre n'avait assez de
saveur pour faire oublier les défaillances d'Hector, qui
s'étaient d'ailleurs espacées et qu'Alix semblait n'avoir
jamais remarquées.

Le Chatenet procéda à une augmentation de capital à
laquelle Alix souscrivit pour la plus grosse part. Aussi
délicate qu'elle fût, elle ne pouvait pas toujours s'empêcher de parler du Club comme de sa chose. Elle disait :
« Notre danseuse. » « Notre » était un possessif généreux. Vachaud avait craint de tirer de cette situation un
excès d'autorité : il s'aperçut qu'elle le mettait en posture de faiblesse. Il se fit discret. Il avait peur de passer
pour une espèce de maquereau — pauvre maquereau
sexagénaire aux articulations de plus en plus raides. On
ne le mettait plus guère au courant des projets du Club.
Quand on oublia de le convoquer à la réunion mensuelle
du bureau, il ne protesta pas.

Le plus clair de son courage, il l'usait désormais à
sauver les apparences. Apparences de son mariage,

apparences de sa santé, apparences d'une jeunesse long-temps prolongée mais désormais enfuie. En quelques mois Hector assista à la débâcle de son corps. Son front et ses mains se couvrirent de taches brunes. Ses genoux enflèrent. Sa colonne vertébrale, qui résistait depuis bientôt un demi-siècle aux trots les plus cahoteux, parut se disloquer. Les promenades en forêt, devenues la respiration et la musique de sa vie, lui imposèrent certains jours un supplice. Des gestes anodins devinrent autant d'épreuves auxquelles il mesurait sa résistance ou les progrès de sa dégradation : enfiler ses bottes, mettre ses éperons, examiner les sabots d'un cheval. De sa syncope sur le chantier des Gobelins il gardait la hantise du mouvement de se pencher, qui lui paraissait avoir tout déclenché. Il ne s'y risquait que loin des regards, épou-vanté de sentir aussitôt sa tête se gonfler de sang, son cœur s'affoler. Il avait toujours traité son corps avec une indifférence raisonnable ; en quelques mois elle se mua en vigilance, puis en hostilité. Il était désormais son propre ennemi. L'outil docile de toutes ces années le trahissait. Hector comprit que l'erreur fondamentale du mariage ne réside pas dans ces turbulences de peau et de sentiment dont on a tort de faire si grand cas, mais dans l'imprudence de placer à côté de soi un témoin. Un conjoint finit toujours par contempler nos échecs, nos défaillances, nos déchéances et en décuple la cruauté. Vieillir seul n'est rien, une simple affaire de renoncement — les plus faciles —, mais vieillir sous un regard, s'épui-ser à porter beau, à donner le change, comment peut-on se laisser prendre à ce piège !

L'éloignement d'Alix arrangeait plutôt Hector. Grâce à Dieu, elle n'était pas de ces furies modernes qui croient indispensable de formuler les conflits, de rouler leurs cachotteries dans la farine des mots. Elle s'éloignait sur la pointe des pieds et c'était bien ainsi. Le jour de juillet 1978 où elle lui annonça, sur le ton le plus neutre, presque humble, qu'elle partait en croisière avec Orloff, Hector éprouva du soulagement. Enfin, le nom était prononcé ! Pourquoi avoir perdu tout ce temps ? Le secret allait s'alléger. Il eût voulu rassurer Alix, achever de la libérer de lui, mais il craignit d'en dire trop, et sottement. Il garda donc le silence, au risque de paraître hostile ou blessé.

Deux jours plus tard, comme Claire était au Club, l'attendant, assise sur le coin de la table où il classait des papiers, le téléphone sonna. C'était Orloff, à la recherche d'Alix. L'écuyer lui indiqua son emploi du temps, et où il pouvait la joindre. Claire l'observait. Petit juge en jodhpurs et chemisier strict. Quand il eut raccroché, Hector leva les yeux et rencontra ceux de la jeune fille, implacables. Ils s'affrontèrent un instant.

— C'est drôle, dit Claire, j'oublie toujours que vous êtes un mari complaisant.

Ayant lâché cela, elle rougit d'un seul coup, mais sans baisser le regard ni cesser, à la façon d'une fillette, de balancer sa jambe. Hector soupira. Nulle trace en lui de colère. Seulement de la fatigue, toutes ces années de fatigue. Il se sentait vide et blême. Il aimait Claire plus que jamais, et il eût détesté devoir doucher son indignation, la noyer dans les platitudes du temps, de l'âge. Il eût détesté n'avoir pas le courage de se taire.

Il se leva et prenant soin de passer à l'écart de Claire — proche d'elle, il eût posé sa main sur l'épaule de la jeune fille et elle l'eût repoussé avec une violence plus difficile à pardonner que les paroles —, il sortit du bureau.

Ce jour-là, sa dose d'Acébutolol ne fut pas suffisante

Il resta un long moment réfugié derrière l'écurie, assis sur des balles de fourrage, à attendre que s'apaisent les salves et les galops déchaînés dans sa poitrine. Il craignait que quelqu'un, contournant les bâtiments, ne le vît. Heureusement, personne n'apparut. Hector ignorait que la secrétaire du Club, de la fenêtre de sa chambre, ne perdait rien de son angoisse. Un médecin de Compiègne, au printemps, lui avait prescrit de la Trinitrine, « à ne prendre qu'en cas de gros pépin », mais il ne l'avait pas sur lui. D'ailleurs, cette sensation d'explosion imminente, était-ce un *gros pépin*? Il arriva sur la carrière, où l'attendaient six cavaliers, avec un quart d'heure de retard, et à pied.

— Cette fois, le problème est posé, constata le gérant du Chatenet, posté sur la terrasse.

A ses côtés, la secrétaire frémissait d'impatience. Ce type-là ne lui était jamais revenu. Elle l'avait enfin pris la main dans le sac. L'expression la fit rire : pendant vingt minutes, l'écuyer s'était palpé la poitrine, l'épaule, comme on dit que Napoléon faisait son estomac

C'est un dimanche matin de mars 1979, comme on préparait un concours et qu'il y avait foule au Club — « Quel effet sur la clientèle ! » — que Vachaud d'Arcole s'écroula.

Il allait, au pas, vers la carrière, et se penchait pour resserrer les sangles de sa selle, quand le noir tomba sur lui et le jeta à terre. Il fut traîné quelques mètres par un étrier, puis le cheval s'arrêta. Au lieu de ses éternels feutres, l'écuyer portait ce matin-là une bombe ; elle lui épargna d'être assommé. Il reprit ses esprits sous les lices blanches qui bordaient le pré. On entendit des rires, puis : « Monsieur d'Arcole va payer à boire ! » Il tardait à se relever : on cessa de rire. « Je n'ai pas perdu connaissance, répétait-il, pas un instant... » Quiproquo encensait en le regardant.

Autant l'on avait été mufle avec lui cette dernière année, autant l'on fut délicat pour le pousser dehors. Il comparut devant le bureau du Club, dont il ne faisait plus partie, mais avant d'aborder la discussion on servit un whisky que l'on but à sa santé. Cela sentait déjà le *pot d'adieu*. Piggy choisit le mode jovial : « Mon cher d'Arcole, pensez aux moniteurs de ski ! Vous en connaissez, vous, des moniteurs de ski de soixante-deux ans ?... »

Non, Hector n'en connaissait pas.

On vota une indemnité convenable et l'on parla, par-dessus la tête de l'intéressé, de longue maladie, de retraite anticipée. « Je fous le camp », aboya Hector, exténué, pour se retrouver seul. Mais on le caressa, on le calma. Le gérant proposa de « débrouiller le dossier administratif » et l'on passa à l'ordre du jour. Hector comprit que, cette fois, on attendait qu'il quittât le salon.

Filloche mort, les Gobelins et leurs archives disparus, la paperasserie des manèges étant ce qu'elle était, les droits de Vachaud à une retraite apparurent vite confus. Avait-il cotisé ? Avait-il cumulé des points ? Etait-il affilié, assujetti, assimilé, répertorié ? La tête lui tournait quand Alix réapparut. Elle naviguait dans les Caraïbes et l'on avait essayé en vain, disait-on, de la toucher. Elle envoya Hector voir Maître Leblet, son avocat. L'écuyer le trouva tout disposé à s'occuper non seulement de « liquider une retraite », mais de négocier un divorce discret. Alix prétendit d'abord ne pas vouloir en entendre parler, puis elle acquiesça.

Dès que sa situation fut devenue irrémédiable, Vachaud alla mieux. On lui avait laissé quinze jours pour libérer son demi-grenier. Trois lui suffirent. Alix vivant maintenant chez Orloff quelque part dans le Marais, la maison de Port-Royal paraissait grande à Claire, qui proposa à Hector d'y venir habiter avec elle, « en atten-dant ». En attendant quoi ? Il reconstitua, au second étage, la turne de sous-lieutenant qui avait toujours

constitué son idéal en matière de décoration. Ne man
quaient que les poufs et les plateaux marocains.

Claire non plus n'avait pas assisté à son départ du
Chatenet. De la Jamaïque, où elle avait quitté sa mère,
elle s'était rendue dans un ranch du Wyoming où sa
meilleure amie passait six mois. Si élégant, tout cela !
Comme Claire avait honte de cette demi-croisière en
compagnie de l'amant de sa mère, elle fut affectueuse au
retour avec l'ex-mari. Elle s'était attendue à retrouver
Hector moribond : il lui parut plein de vigueur, et sarcastique. Vêtu d'un pantalon démodé, flottant dans ses
vestons à la haute fente désormais inutile, Vachaud avait
assez la tournure d'un fonctionnaire à la retraite qui *finit*
à la campagne ses habits de la ville. Surprise : il portait
des lunettes. Il s'était mis à lire des journaux. Il en tirait,
avant de les rouler en boules, des sujets de rigolade, des
tremplins pour ses colères, des explications ténébreuses
des mystères du monde. Selon toute apparence, il ne
pensait plus aux chevaux.

Chaque matin, levé à sept heures, il préparait du thé
pour Claire, et pour lui un café qui lui brutalisait le
cœur. Il remettait dix fois l'eau à bouillir si la jeune fille
tardait à se lever. De sa vie, il n'avait accordé à personne
autant d'attention. Entre eux, l'affrontement du Club ne
s'était pas renouvelé. Puisque Alix était partie, Claire
était apaisée. On entendait les volets claquer, de la
musique : « Antigone est de bon poil », constatait
Vachaud en branchant le grille-pain.

Alix vint leur rendre visite. « Vous faites très vieux
ménage », plaisanta-t-elle. C'était pousser le naturel
trop loin. Elle eut l'impression de les gêner et s'en alla.
Ils respirèrent mieux.

Claire veillait à ne plus jamais exciter la verve ni la
susceptibilité d'Hector. Elle abondait dans son sens,

partie pour lui montrer qu'elle partageait certains de ses préjugés, partie pour rire, parce que les outrances du vieux monsieur l'amusaient. Si des insolences lui échappaient encore, elles étaient destinées à le réjouir. Jamais Vachaud n'avait été aussi heureux.

Il alla jusqu'à Neuilly, où Estompille dirigeait depuis trois ans l'ancien manège Filloche. Il proposa à Vachaud d'accompagner au Bois quelques promenades. La panse et la couperose qui l'affligeaient maintenant ne faisaient plus de lui l'écuyer idéal des dames. « Mon cher, dit-il, je ne vous donnerai que du beau linge… » Hector accepta : sa retraite se révélait dérisoire ; il en était à cent francs près. Il avançait parfois de l'argent à Claire, qui le lui rendait sous forme de chandails couleur poussin ou violette. Hector était décidément le sexagénaire de Paris le mieux pourvu en chandails.

La première fois qu'il revint rue Delabordère, il se trompa d'heure et arriva trop tôt. On lui sella une grande jument baie qu'on lui amena au milieu de la cour. « Méfiez-vous, Monsieur, elle est vicieuse au montoir… » Vachaud n'avait plus approché un cheval depuis sa chute de Quiproquo, quatre mois auparavant. La chape noire, l'élancement dans la tête. Il plia la jambe gauche, le mollet à l'horizontale, et le palefrenier, d'un coup de reins, le hissa en selle. La bonne hauteur d'où voir le monde, retrouvée. La jument s'arracha en avant dès qu'il eut serré les genoux. Bâti depuis peu, à la moderne, dans un style vaguement nordique qui dépaysait Vachaud, le petit manège était vide. Il n'y régnait pas la touffeur d'autrefois. Au pas, ses jambes soutenant machinalement la cadence, ses doigts jouant avec la bouche, Vachaud partit à rêver. Ou à penser. Avait-il suivi jusqu'à son terme une seule de ses pensées depuis quatre mois ? Ses décisions, ses songes s'étaient nourris, sa vie durant, de ces moments de solitude, manège ou forêt, avec entre les jambes ce remuement de chaleur, ces vagues de vie, et le parfum animal qui en montait. « Qu'ils m'accordent un répit, un délai de grâce ! Que je puisse me rassembler moi aussi, avant les rires d'Estompille et les piaillements des mémères aux cuisses rondes... »

L'air de juin, chargé du parfum des fleurs et d'appels d'oiseaux, circulait dans le manège par ces surprenantes ouvertures ménagées sous la coupole de bois. Vachaud le huma, et les odeurs ravivèrent un très vieux souvenir. Non pas n'importe quelle fumée de mémoire, mais le souvenir précis d'un certain jour, d'un certain été. Quand ? Ici ou ailleurs ? Au début de l'aventure, en tout cas, il y avait très longtemps, quand tout était encore à prendre et à apprendre. Et voilà, au bout de ce long chemin, qu'Hector se retrouvait le même, exactement le même, les mains vides, les narines palpitantes, le rein se creusant au rythme de la grande jument dont il ne savait même pas le nom.

La jument n'était pas à lui, ni la selle, ni le manège. La maison de Port-Royal non plus, ni les verres dans lesquels il buvait, ni le lit où il dormait, ni le tapis chinois. Même Alix, qui avait été son épouse, dont il avait connu les sueurs et les humeurs, ne lui appartenait plus.

Ses doigts s'étaient-ils crispés ? Avait-il murmuré quelque chose ? La jument, incertaine, coucha les oreilles, cafouilla, prit un petit trot désuni. D'un réflexe de tout son corps Vachaud la ressaisit, les épaules en arrière, la main un rien plus haute, la voix grondeuse, et quand Estompille se présenta, précédant une dizaine de donzelles avides de découvrir leur nouvel écuyer, ils trouvèrent Hector galopant Héloïse — elle s'appelait Héloïse — dans cette allure coulée et serrée à la fois dont il avait le secret.

Entre Hector et Claire l'idylle semblait devoir durer toujours. Jamais la vie de la jeune fille n'avait été plus réglée. Elle s'était mise à aimer les soirées passées dans le salon de Port-Royal avec Hector. Elle l'interrogeait sur la guerre, ces mystérieuses années quarante où son père, lui disait-on, avait été un héros, où sa mère n'était qu'une petite juive cachée, sauvée, mais à jamais arrachée à son vrai destin.

— Mais alors, je suis juive ? demandait-elle à Hector, les sourcils levés.

— Oui. Le ventre fait la race.

— Comme c'est abstrait...

— Abstrait, le ventre ?

Hector étonnait toujours Claire, avec ses façons extravagantes de voir les choses et de les formuler. Il paraissait avoir vécu une vie à côté de la vie. Il n'exprimait sur rien les mêmes opinions que les journaux et les livres. Il était ignorant et innocent comme un enfant. C'était lui, souvent, qui posait maintenant des questions à Claire.

Elle se rendit compte qu'il ne savait rien d'elle, qu'il se faisait d'elle une image fantaisiste, chimérique, mais pourquoi l'aurait-elle détrompé ? Elle le laissa croire, sinon à son ingénuité, au moins à une qualité de candeur et d'intrépidité qui le faisait rêver. « Antigone, Mélusine, Jeanne d'Arc — de braves gosses, quoi ! » Il riait avec elle, sans la démentir.

En janvier 1981, à son retour de la neige, Claire trouva Hector à demi allongé sur le canapé du salon, le visage inexpressif. Il ne se leva pas pour l'embrasser. Pendant plusieurs minutes elle se demanda ce qu'il y avait en lui de changé. Elle finit par comprendre : il ne parlait qu'avec prudence, cherchant parfois ses mots, butant sur certaines syllabes. Il paraissait aussi s'être retiré loin d'elle.

Devait-elle appeler un médecin et imposer sa visite à Hector ? Dès lors qu'il ne se rendait plus chez Estompille, Claire était son seul lien avec le monde. Elle n'avait pas l'âge où l'on sait donner un nom à cette rafale qui semblait être passée sur l'écuyer et l'avait laissé dans un état de stupeur. Elle décida de ne prendre aucune initiative qui aurait pu l'irriter. La preuve qu'elle avait eu raison — il le lui répétait : « On a toujours raison de ne rien faire... » —, c'est que de jour en jour Vachaud redevint lui-même. Quand les grands froids cessèrent, il fut en état de répondre à l'appel d'Estompille : les sorties au Bois reprirent, sur le sol dur, entre les arbres noirs. On voyait moins qu'aux beaux jours traîner au sol les capotes anglaises et les Kleenex maculés des branlettes nocturnes. Il ne restait à Vachaud de sa mystérieuse rencontre de Noël qu'un léger trébuchement sur les mots. Il le transformait en ce chevrotement oxonien qu'il contrôlait à la perfection et que les dames, rue Delabordère, trouvèrent du dernier chic. Autre chose : il avait toujours froid. En février, en mars, certaines sorties lui furent une torture. Estompille disait : « Fragile, d'Arcole ? Pensez-vous ! C'est l'ancien modèle, cet homme-là : du bronze ! »

Le samedi soir où le manège donnait sa fête annuelle, Vachaud se sentit si mal qu'au début du dîner, au Pré Catelan, il quitta sa table et s'esquiva. Il revint à neuf heures boulevard de Port-Royal. Claire ne l'attendait qu'à minuit. Quand Hector poussa la porte du salon, où un feu entretenait une chaleur du diable, il vit à la lueur des flammes, à même le tapis, dans un désordre de couvertures, de linges et de bouteilles, deux corps qui se besognaient. Les cheveux fous de Claire, ses seins blancs. Et sa voix. Sa voix semblable et méconnaissable dans les gémissements. Sa voix semblable et méconnaissable dans les cris.

Il referma doucement la porte, sortit et alla dans un café de la rue Broca attendre que le patron mît les chaises sur les tables. Il frissonnait.

Le lundi, il jeta dans un dossier tous les papiers qu'en deux ans lui avaient remis Maître Leblet et le gérant du Chatenet, et il partit pour Compiègne. Métro, train, taxi : il n'arriva aux Genêts que peu avant midi. Un soleil acide faisait enfin ressembler la maison aux photos de ce prospectus sur lequel Violette Vachaud avait refusé de jeter les yeux. Pour se faire recevoir, il dut bousculer une secrétaire. La directrice n'avait pas changé. Elle dévisagea Hector et prétendit le reconnaître, sur le ton dont on ment aux grands anxieux. Il jeta sur le bureau son dossier, le feuilleta, l'étala, les mains fébriles. La femme l'observait. « Cela vous change, dit-elle, de n'être plus en tenue de cheval... »

Vachaud lutta, opposa un argument à chaque argument, un chiffre à chaque chiffre pour arracher à la femme son admission aux Genêts. Il était obsédé par la crainte de n'avoir pas de quoi payer son taxi, qu'il apercevait par la fenêtre et dont le compteur tournait.

— Mais pourquoi nous ? demandait la directrice. Il existe des foyers moins coûteux. Oui, bien sûr, je comprends... Votre forêt, vos chevaux...

Elle le regardait, regardait les paperasses.

— Votre retraite est si modeste... Quant à votre capital ! Autant dire inexistant. Et vous êtes encore jeune, Monsieur d'Arcole ! Evidemment, en obtenant un secours municipal... Si, si ! J'ai des amis à la mairie. Et puis nous serions flattés de vous avoir, je dois le reconnaître. Nous nous sommes toujours efforcés de recruter nos pensionnaires dans les meilleurs milieux.

A une heure, hagard, affamé, Vachaud remonta dans son taxi après avoir obtenu de Mme Lordanchet la promesse d'une chambre. « On vous donnera Aubépine, dès qu'elle sera en état. Très bien exposée, au soleil levant... »

Il mangea un sandwich, sur un banc de la gare, en attendant le train de Paris.

Quand Aubépine fut repeinte, Mme Lordanchet envoya une convocation boulevard de Port-Royal : elle attendait son pensionnaire le 1er mai. Ne recevant pas de réponse, elle téléphona. C'est ainsi qu'elle apprit, d'une voix féminine, la mort de « Monsieur d'Arcole », qu'une embolie avait terrassé dans la rue dix jours auparavant.

— On aurait pu m'avertir !

— Vous avertir ? Mais qui êtes-vous ?

Offusquée, Mme Lordanchet raccrocha. Cinq ans après la mère, le fils. Ces gens-là n'avaient pas de santé. Aux Genêts, on s'enorgueillissait de prolonger des nonagénaires : la forêt, une nourriture saine et un bon esprit.

« On ne m'y reprendra plus à faire confiance aux clients sur leur mine. La vieille qui ne condescendait pas à venir nous voir ; lui qui tremblait comme une feuille. Des aristos, et décavés. Ils continuent de croire que tout leur est dû... »

Mme Lordanchet sortit du classeur la fiche établie six semaines auparavant au nom de « Vachaud d'Arcole Paul Rodrigue Hector, écuyer en retraite », et la déchira avec bien plus d'énergie que son geste n'en exigeait.

Ménerbes, 1986-1987

REMERCIEMENTS

En avant, calme et droit est un roman. Tout y est inventé. D'éventuelles ressemblances ou homonymies ne sauraient être que fortuites. Cependant, certains épisodes de mon histoire doivent beaucoup aux indispensables livres d'Henri Amouroux sur l'Occupation, au roman de Gérard Mourgue, *Château-fer*, et à la documentation personnelle que l'auteur m'a permis de consulter. J'ai aussi relu *les Maîtres de l'Œuvre équestre*, d'André Monteilhet, qui fut autrefois un savant et charmant compagnon pour les galopades du dimanche matin.

F.N.

Achevé d'imprimer en octobre 1987
sur presse CAMERON
dans les ateliers de la S.E.P.C.
à Saint-Amand-Montrond (Cher)

Nº d'Édition : 7435. Nº d'Impression : 1981.
Première édition : dépôt légal : août 1987.
Nouveau tirage : dépôt légal : octobre 1987.

Imprimé en France

ISBN : 2-246-39931-9